異色作家短篇集
7

# 炎のなかの絵

Pictures in the Fire／John Collier

ジョン・コリア
村上啓夫／訳

早川書房

# 炎のなかの絵

PICTURES IN THE FIRE

by

John Collier



Translated by
Hiroo Murakami
Published 2006 in Japan by
Hayakawa Publishing, Inc.
This book is published in Japan by
arrangement with
The Peters Fraser & Dunlop Group
through Tuttle-Mori Agency, Inc., Tokyo.

ハリエットへ

目　次

装幀／石川絢士（the GARDEN）

# 夢判断

Interpretation of a Dream

一人の青年が有名な精神科医の診療室《オフィス》に入ってきて、言った。「先生、ぼくを助けてください！」

「よろしいですとも」と、医者は愛想よく言った。

「わたしがここにいるのも、つまり、そのためですからね」

「いや、でも、だめです」と、青年は狂おしげに叫んだ。「だめです！　だめです！　誰だってぼくを救うことはできないにちがいない！」

「まあ、ともかく」と医者はなぐさめるように言った。

「どうしたのか話してごらんになっても損はないでしょう」


そう言いながら医者はちょっと両手をふり、相手の機嫌をとるようなお世辞笑いを浮かべたが、するといきなり青年は深いアームチェアに腰をおろし、顔を光のほうに向けて、堰を切ったように話し出した。

「ぼくの名は」と彼は言った。「チャールズ・ロティファーといって、この高層ビルの最上階にある会計事務所に勤めている者です。年は二十八でいま婚約中ですが、ぼくの婚約相手というのは、そりゃかわいらしい、天使のように美しい娘で、すてきな金髪の持主なんですよ。こんなことをわざわざお話しするのは、それがぼくの話に関係があるからなんです」

「なるほど」と精神科医は言った。「金は金銭の象徴ですな。すると、あなたは金銭に対して保有的態度といったものをおもちですか？　例えばです、あなたはいまある事務所に勤めていると言われたが、ご自分のサラリーのうちから相当額を貯金していらっしゃいますか？」

「ええ、しています」と青年は答えた。「ほんのちょっぴりですが貯金しています」

「どうぞおつづけください、ロティファーさん」と精神科医はやさしく言った。「いまあなたは婚約者のことを話しておられましたね。そのことについては、あとで少々立ち入った質問を二、三させていただかなければならないと思いますが」

「ご質問くだされば、なんなりとお答えしますよ」と青年は言った。「ぼくらの関係には、かくし立てしなければならないようなことは——少なくとも精神科医の先生に対してかくし立てしなければならないようなことは——何もないのですから。二人の間は完全に調和しているのです。まあ、しゃべるときその態度が少少気軽すぎるといった癖をのぞけば、彼女に改めてもらいたいと思うことは何もありませんね」

「そのことは書きとめておきましょう」医者は用箋に走り書きしながら言った。

「でも、そんなことはちっとも重要なことじゃないんです」と青年は言った。「では、なぜそんなことを言い出したのかといわれると、自分にもよくわからないんですが、要するにぼくはただ、彼女がいかに完全な娘かということをお話ししたかったのです。ところがですね、先生、ぼくはいまから三十八日前の晩に、ある夢を見たんです」

「三十八、なるほどね！」医者はその数字を書きとめながら言った。「正直に言っていただきたいのですが、あなたには、幼いころ、当時たまたま三十八歳の女性で、心に強い印象を残した乳母とか、女教師とか、親戚の女のひととかいった人はありませんか？」

「いえ、ありませんが」と青年は言った。「しかし、先生、このビルは三十九階ありますね」

精神科医は青年の顔に鋭い一瞥を与えた。「すると、このビルの形とか高さとかが、あなたに何かを暗示している、というのですか？」

「ぼくにわかっていることは——」と青年は頑なな調子で言った。「自分が最上階にあるうちの事務所の窓の外側の空中を、落ちて行く夢を見たということだけです」

「落ちて行く！」と、医者は眉を上げて言った。「で、その瞬間、あなたの気持ちはどんなでした？」

「冷静でした」と青年は答えた。「普通の速度で落ちて行きましたが、心のほうはとても速くはたらいていたようです。考えたり、周囲を見まわしたりするだけの余裕があったのですから。眺めはすてきでした。一瞬、ぼくはうちの事務所の窓とすぐその下の窓とを隔てている石造りの飾りに手をふれましたが、そこで眼がさめてしまいました」

「では、そんな単純無害な、ごくありふれた、ささいな夢が、いままであなたの心を苦しめてきた、というんですね？」と精神科医はおどけた調子で言った。

「でも、それは、あなた――」

「ちょっと待ってください」と若い患者は言った。「次の晩も、ぼくはまた同じ夢を、というよりもその続きを見たんですよ。こんなぐあいに両手を大きくひろげて、石造りの飾りのそばを落ちて行ったんです。やはりうちの会社が借りてる一階下の窓の中をのぞきながら……。ぼくにはうちの税務課のドン・ストレイカーがデスクに向かっているのが見えました。彼は眼を上げてぼくを見ました。ドン・ストレイカーの顔には、とてもびっくりした表情が浮かびました。彼はあわてて席を立つような動作を見せました。きっと窓ぎわへ飛んでくるつもりだったのでしょう。でも、ぼくの動きにくらべれば彼の動作は信じられぬくらい緩慢だったので、〈あの男はとても間に合うまい〉と考えたのをおぼえています。そのときはもう、ぼくは彼のいた部屋の窓の前を通りすぎて、その階と次の階との間の境界線のところまで落ちていました。そこでまた眼がさめてしまいました」

「ふん」と医者は言った。「それがどうだというんですか？　前夜の夢のつづきを次の夜見る――これはごく普通に起こることですよ」

「そうかもしれません」と青年は言った。「けれども、その次の晩には、その階と次の階との境界線のそばを通りすぎるところから、はじまったのです。ぼくはこんなふうに片脚をすこし上げ、横になった姿勢で——

——」

「いいです、いいです」と医者は言った。「わかりました。実演にはおよばんですよ。あぶなく灰皿をひっくり返すところだった」

「どうもすみません」と青年は言った。「メイジーの癖がうつったのかもしれません。メイジーというのは婚約者《フィアンセ》の名前です。彼女は自分のしたことを話そうとする時には、いつもその真似をしてみせるんですよ。実演してみせるんですよ。ぼくらが婚約したのは、彼女が七十二番街の凍った舗道でどんなふうに滑って転んだかをぼくに話した晩でした。ところで、いま言ったように、ぼくは次の階の外側を落ちて行きましたが、落ちて行きながらも四方を見まわしました。ニュー・ジャージーの山々の眺めがすてきでした。高く飛んでいた一羽のハトが、ぼくのほうへスーッと舞いおりて来ながら、無表情な丸っこい眼でぼくのことをじっと見ましたが、すぐ身をひるがえして遠ざかって行きました。ぼくには真下の街路を歩いている人たち、というよりも浜辺の黒い小石のようにむらがっている帽子の群れが見えました。そのうちに、突然、それらの小石の一つ二つが白い色に変わりました。ぼくは、自分が人々の注意をひいたことに気がつきました」

「ちょっとうかがいますが」と精神科医は言った。「あなたはかなり考える余裕をもっておられたようだが、なぜ自分が落ちて行くのか、例えば自分から身を投げたのか、それとも誤ってすべり落ちたのか、考えてみませんでしたか？」

「先生、それがまったくわからないのです」と青年は言った。「ぼくの見た最後の夢——昨夜見た夢が、その問題になんらかの光明を投じてくれないとすれば、ぼくには皆目見当がつかないのです。ぼくはそれからも、落ちて行きながらたえずあたりを見まわしつづけました。もちろん墜落の速度はしだいに速くなって行きましたが、それを埋め合わせるようにぼくの考えのほうも速くなって行ったからです。ぼくはこれが最後の機会だと思ったので、当然いろいろな重要問題について考えてみました。例えば、十七階と十六階の間では、民主主義と世界の危機のことを考えました。ぼくにはどうも、大多数の人々が大きな間違いを犯しているように――」

「ちょっと、いまは話を経験されたことだけに限ったほうがよさそうですね」と医者は言った。

「では」と青年は言った。「十五階のところで、ぼくは何気なく窓の中をのぞきこみましたが、いやまったくのはなし、あんなことが行なわれているとは夢にも思いませんでしたね。とにかく、オフィスの中ですからね。それで、先生、ぼくはさっそく次の日、まったくの好奇心からこのビルの十五階を訪ねてみたのですが、それはある演劇仲介業者のオフィスでしたよ。先生、これを見ても、ぼくの夢が正夢だとお考えになりませんか？」

「まあ、落ちついてください」と精神科医は言った。

「このビルの中にある会社の名は全部一階の掲示板に出ていますんでね。あなたはきっと、それを無意識の間に記憶していて、うまくそれを夢の中にはめこんだのですよ」

「とにかく」と青年はつづけた。「その階あたりから、ぼくは前よりも余計に下を見おろしはじめました。もちろん通過する各階の窓の中にすばやい一瞥を投げることも忘れませんでしたが、たいていは下を見ていました。このときはもう下の黒い小石のような帽子の群れのあいだに、相当たくさんの白い斑点があっちにもこっちにも見えました。まもなく、それは帽子と顔だということがはっきりしてきました。ぼくは二台のタクシーがおたがいに運転を誤まって衝突するのを見ました。下の混乱したざわめきの中から、誰か女のひとの悲鳴がきこえました。ぼくはその婦人に心から同情を感じましたね。それまでぼくは横臥の姿勢をとっていましたが、このまま落ちて行くと最初に地面にぶつかるにちがいないからだの部分に早くも痛みを感じはじめたので、思わず顔を――こんなぐあいに――下へ向けましたが、これは余計身の毛のよだつようなおそろしさを覚えさせました。そこで、こんどは両足を下にしましたが、するとたんに足が痛み出したのです。で、しかたなく、また頭を下にしてみましたが、それでは気持ちが落ちつきません。そんなわけで、ぼくはたえずこんなふうに、からだをよじったり、折りまげたりしなが……」

「どうぞ気を落ちつけてください」と精神科医は言った。「実演してみせるにはおよばんですよ」

「すみません」と青年は言った。「メイジーの癖がうつってしまったのです」

「さあ、お坐りになって、さきをお話しになってください」

「で、昨夜《ゆうべ》が」と青年は絶望的な調子で言った。「ちょうど三十八日目の夜でした」

「すると、あなたは」と医者は言った。「この階にまで到達されたわけですね。なぜなら、このオフィスは二階にあるのですから」

「そうなんですよ」と青年は叫んだ。「ぼくはこの窓の外をすごい速度で落ちて行ったのです。そのとき、ぼくはチラッと窓の中をのぞきこみましたが、すると先生、あなたが見えました！　いまと同じように、はっきりとね！」

「ロティファーさん」と、医者はおだやかな微笑を浮かべながら言った。「わたしはよくわたしの患者の夢に現われるんですよ」

「でも、そのときはまだ、ぼくは、あなたの患者ではなかったのですからね」と青年は言った。「あなたという方がこの世に存在することさえ知らなかったのです。今朝、ここが誰のオフィスか見にくるまで、何も知らなかったのです。先生、実を言うと、ぼくはあなたが演劇仲介業者でないことを知って、ホッとしたくらいなのですよ」

「なぜまた、ホッとされたのですか？」と、医者はおだやかにたずねた。

「なぜって、あなたは一人じゃなかったからですよ。もちろん、夢の中でですがね。若い女性が、あなたといっしょにいたのです。美しい金髪の若い女性がです。先生、その女はあなたの膝の上にのって、あなたの首に両腕をからませていました。ぼくは、てっきりこれもまた演劇仲介業者の一人だな、と思いました。が、それにしても、なんて美しい金髪だろう、まるでメイジーの髪そっくりだ、ととっさに考えました。すると、そのときあなたがた二人が窓のほうを見たのですが、ああ、それはまごうかたなき彼女！　メイジー！　ぼくのメイジーじゃないですか？」

精神科医はおかしくてたまらないというように大声で笑った。「バカバカしい！　それであなたも、すっかり心が休まったでしょう」

「でも、やっぱり」と青年は言った。「今朝、事務所に出てくると、どうにも抑えることのできない好奇心と、この眼でもう一度事実をたしかめたいという不可抗的な衝動にとらわれてしまったのです」

「その結果はきっと」と医者は言った。「自分の軽率な行為になんの根拠もなかったことがわかって、恥ずかしい思いをなさったことでしょう。あなたの婚約者はわたしの患者ではありません。ですから、彼女がこの部屋でそんないわゆる〈感情転移《トランスファレンス》〉的なふるまいを見せるはずもありません。それに、われわれの職業には独自の倫理というものがあるので、かりそめにも診療室《オフィス》の中でいかがわしいことが起こったためしは一度だってありませんよ。ご安心なさい。あなたのお話しになったことは、回帰夢という、比較的単純な神経症状で――時をかければ決して根治し難いものではありません。一週に三、四回通って来られれば、一、二年のうちに必ず回復すると思いますね」

「しかし、先生」と青年は絶望的に叫んだ。「ぼくはもうすぐ地面にぶつかることになっているんですよ」

「でも、それは夢の中だけのことじゃないですか」と、医者は安心させるように言った。「そのことをはっきりおぼえていてください。たとえ地面に投げ出されても、そのことだけは忘れちゃだめですよ。さあ、事務所へもどって、仕事をおつづけなさい。そして、できるだけ気にしないことですね」

「やってみましょう」と青年は言った。「でも、実際、先生は、夢で見た先生とびっくりするほど似ていらっしゃる。その小さな真珠のネクタイピンまでそっくりですよ」

「これは」と、にこやかに頭を下げながら、医者は言った。「ある著名な夫人からの贈物ですが、その夫人もいつも墜落する夢を見たもんです」

そう言いながら、彼は青年のうしろでドアを閉めた。青年は憂鬱そうに頭をふりながら帰って行った。医者はそれからデスクに向かって腰をおろし、新しい患者にどのくらいの支払い能力があるかを考えるときにいつも精神科医たちがやるように、両手の指さきを合わせた。

彼の瞑想は、まもなく戸口から頭をつき出した女性秘書によって中断された。「ミス・ミムリングがお見えになりました。約束は二時半になっておりますが」

「ここへ通してくれ」と、医者は言って、新来の患者を迎えるために立ち上がった。客は誰かから頭の上に漂白剤をどっぷりふりかけられでもしたような、ちょっと野ネズミみたいな顔つきをした若い女性だった。彼女はひどく興奮しているようだった。

「あの、先生」と彼女は言った。「あたし、どうしても先生にお電話せずにはいられなかったのです。なぜって、電話帳でお名前をくってみて、ここだってことがわかったからですわ。あたし、ここの戸口にかかっているお名前を見たんですよ、先生。夢の中で。夢の中でですわ」

「しずかにお話をうかがうことにしましょう」精神科医は、客に深いアームチェアをすすめながら言った。けれども、若い女性客は妙にそわそわしながら、医者のデスクの端にちょっとからだをのせるようにして、言った。

「先生は、夢の中ではどんなことでも起こるとお考えになっているかどうか知りませんが、これはどう考えても異常な夢ですわ。

　あたし、ここのドアへ上がってくる夢を見たんですが、そこには現にかかっているのと同じように、先生のお名前がかかっていました。あたしが今日電話帳でお名前をさがす気になったのもそのためですわ。調べてみると、ちゃんとのってるじゃありませんか。そこで、あたしどうしても伺って、先生にお会いしなければならないと思ったのです。

　それはともかく、いまも申したように、あたしこのオフィスをお訪ねした夢を見たんですが、そのときも、ちょうどこんなふうにデスクの端に腰をおろして、先生とお話ししていました。すると突然――もちろん夢にすぎないことはわかっていますけど――ある感情におそわれたんです。……あの、どう言い表わしていいかわからない感情にですわ。ひと口で言うと、急に先生が、あたしの父のような、兄のような、また以前知っていたハーマン・マイヤーズという少年のような気がしてきたんですの。いくら夢の中だといって、どうしてそんなふうに感じたのかわかりません。だって、あたしはいま、寝てもさめても忘れたことのない、心から愛している、ある青年と婚約中だからですわ。ああ、なんておそろしいことなんでしょう！」

「あの、お嬢さん」と、精神科医は満足そうに喉をならした。「それは、一種の転移現象《トランスフアレンス》にすぎませんよ。誰にも、起こり得ることなのです」

「でも、先生」と彼女は言った。「それはあたしをこんなふうにあなたの膝の上へ転移《トランスフア》させたんですわ。そしてこんなふうにあなたの首に腕をまわさせたんです」

「ああ、もし、もし！」と、医者はやさしくささやいた。「あなたは神経症的衝動で行動なさる方だと思いますがね」

「あたしはいつも物事を行動で表わしてしまうんですの。それがあたしをパーティーの花形にさせるんだって、みんな言ってますわ。でも、先生、そのときあたし何気なくこんなふうに窓の外を見たんですが、すると――ああ、どうでしょう！　あの人がいるじゃありませんか！　あの人がいたんですよ！　あのチャーリーが！　そしてあの人は、さっと窓の外を通りすぎながら、とてもおそろしい眼つきで、あたしたちのほうを見ていたのです！」

# 記念日の贈物

And Who, With Eden……

（*Anniversary Gift*）

「お前は精神年齢十歳の女と結婚し、結局この呪われたノアの方舟《はこぶね》の寝室ボーイとして一生を終えるんだ」

イェンセン氏は腹立たしげにオオハシの籠を掃除しながら、籠の中の鳥に向かって、このにがい結論をささやいた。彼はきたないものを掻き落とすことができるように、手にした掻き棒でそのくちばしの大きな鳥に一突きくれて、とまり木の端へ追いやった。

　ほかにも、あらゆる形と大きさの鳥籠が、まちがって「中庭」と呼ばれているこの空地のまわりにおいてあった。生暖かい風が、それらの鳥籠も掃除する必要のあることを、彼に知らせた。それがすまなければ――ビールにはありつけないのだ！

　イェンセン氏も、いま言ったような、精神的に若い一人の婦人に結婚を申しこんだときには、結婚後の財政の管理に対してひそかに自信と期待を抱いていたのだ。だが、小娘たちが自分の金をどんなふうに扱うかに全く注意を払わなかったのは、彼の失敗だった。このことから推して、二人の結婚は決して精神的に五月と十二月の組み合わせといったような不釣り合いなものではなく、年齢的にはどちらも成熟した九月同士の組み合わせだったけれど、知能指数の点では三月と四月の結婚だったといったほうがよかったかもしれない。

　イェンセン氏が「ノアの方舟」にたとえたのは、不動産業者の呼称に従えば「スペイン式小バンガロー」の一つだった。この呼び方はちょっと乱暴だったけれども、全然当たっていないわけではなかった。それは中部フロリダの荒れはてた海岸に沿ってひろがっている、物うげな沼地と海との間に、まるで潮位標のように散らばって建っている、似たような建物の一つだった。それらの建築様式は、ほかの景色とはあまり調和しないだろうが、ここの景色とはよく調和していた。それはどちらも、かつてそこに誰が住んでいたのか、何があったのか、まったく知ることができないほど、突然跡形もなく消え失せてしまう幻のような魅力を、見る人々に与えた。何年か前、この土地の開発がもくろまれ、急に売りに出されたとき、北部から青ざめた顔をしてやってきたイェンセン夫妻は、まぶしそうに太陽の光と海の輝きを見まわしながら、これはまったく絵のようだと言った。マイラが小切手の点線の上にサインしてからまもなく、イェンセン氏はおよそ芸術家的素質とはまったく縁のない男だったけれど、おれのほうがまだこれよりはうまくやれそうだと漠然と感じた。おそらく、ある程度の便宜を与えられたら、彼だってこれとそっくり同じことぐらいやっただろう。見るからにけばけばしい、ちょっと信じられぬパステルカラーで、あらゆるものが仕上げられた。青や黄やピンクのペンキがそこらじゅうに塗りたくられ、それらの細長い、曖昧模糊《あいまいもこ》とした色さまざまのシミを背景に、ひょろひょろとした小型ヤシがあちこちに立ちならび、それにちょっと気がきいてはいるがすぐ魅力を失ってしまう、余りにもあっさりしたペリカンが活気をそえていた。

これらのもろい粗末なおもちゃ箱がまず大急ぎで作られると、次に三本のココヤシと一本のイカダカズラが、それぞれその狭い敷地内に植えられた。その目的は、要するに魅力をそえるためだった。だがこの目的は達せられなかった。十年後に、この海岸の植民地《コロニイ》はますますみすぼらしくなり、悲惨な様相さえ見せ、もはやそれは安っぽいなどという形容を絶していた。イェンセン夫妻はマイラの少額な固定収入という生温かい波にのってどうにか過ごしてきたけれど、その波も支える力を失ってしまった今では、岸に打ち上げられたクラゲのように、止まることもいやだが、そうかといって去ることも不可能なことに気がついた。

イェンセン氏はしかし、なんとかしてここを去りたいと望んだ。彼はブルックリンに恋いこがれた。郷愁というものは、その対象が楽しいものでないほど、心のうずきははげしくなるものである。イェンセン氏は本物の酒場と上等な調製食品《デリカテッセン》が欲しいと、よく言ったが、彼の胸の内部のうめき声と肉体的苦痛が最もしばしばかき立てられたのは、ハドソン河を吹きわたる冷たい風と歩道に凍りついた吐瀉物のことを考えるときだった。

時折、彼は一種の嗅覚的妄想をも経験した。彼は、あの「スウェーデン人のアパート」のなつかしい匂いを再び嗅ぐような気がした。彼はスウェーデン人として、そこのドアマンでもあれば、エレベーター係でもあり、管理人でもあったのだ。そこへ、戦後建築屋として財を成す暇もないうちに、比較的年若くして世を去った建築業者の若い未亡人であるマイラが、わずかな固定収入をもって現われたのである。そこでイェンセン氏はその収入を目当てに彼女に言いより、まんまと彼女を手に入れて、結婚したのだった。だが、いまではおそらく愛撫の不足からか、この情深い婦人は、愛玩動物を可愛がることに血道をあげていた。

「まず最初は、臭い動物たち！　次は、ギャーギャーわめき立てる鳥ども！　そしてこんどは、誓ってもい、あの女はいまにウミガメにキスするぞ！」

ごく簡単な家計の仕事さえ後まわしにして、イェンセン夫人は、いまもユーモアとサスペンスに富んだ運動服を身にまとい、ポーチの長椅子に寝ころがって、新しく手に入れた爬虫動物の外塁や稜堡におしみない愛撫をあたえていた。だが相手は恥ずかしがって甲羅の中へ頭を引っこめてしまっていた。イェンセン氏をはじめ、彼女のたくさんのペットが、どれも彼女の愛撫に少々恐れをなして、そっぽを向くか、頭を引っこめるかし、あげくのはては「中庭」の粗末な檻に放りこまれて彼女のコレクションの一つになることは、この無邪気な夫人の不幸だった。

「まるで阿片吸飲者だ！」とイェンセン氏は口に出して言った。「麻薬中毒者そっくりだ！　いつもぐったりしている！　おれに言えることは、彼女がわざとそうなることを求めているとしか思えない、ということだ」

オオハシにはこんなことは言えなかった。この種の鳥のもつ限界に従って、それは全然しゃべることができないからだ。もちろんオオハシにはオオハシなりの考えがあるにちがいない。が、おそらく四月と五月をのぞいては、誰だってオオハシが何を考えているかわかる者はないだろう。しかし、それだからといって、この鳥はイェンセン氏のことなど考えていなかったと決めてしまうのも、危険である。実際、もしこの鳥がオウムのようにおしゃべりで、フクロウのように賢く、タカのように鋭い眼をもち、掻き棒で突つかれれば不死鳥のように燃え上がる鳥だったら、たぶんそれは次のように自分の考えをのべたことだろう。

「道徳的義憤を口にするのはやめたまえ、イェンセン！　きみはなんとかして自分を興奮させようとしている。そして、勇気をふるい起こして、自分の能力にあまることをやろうとしている。が、きみに対するぼくの忠告は――そんなことはやめろ！　ということだ。あの小さな広告ののっている新聞の切り抜きはすててしまいたまえ！　そんな危険な夢はあきらめたまえ！　そして、ぼくに向かって自由を説くことなんかやめたまえ！　自由とは、友よ、厳密に言って鳥のものだよ。鳥たちを見たまえ！　彼らは翼をもっている。が、きみたちにはそれがあるかね？　ぼくはそう思うんだ。このことについては、これ以上言う必要はあるまい。

ただ、ぼくが言いたいことは、きみには心中ひそかに考えているそのけしからん計画を実行するだけの準備がまったく欠けているということだ。きみの頭は働きがにぶいし、神経は弱っているし、判断力には欠けている。そのうえ、きみの体重は並はずれて重く、きみのコレステロール値は危険なくらい高い。さらに悪いことには、あのマット・グロッソの夜のような、きみの無知の暗さ、深さ、広さを考えてみたまえ。眼を上げて、きみのまだ知らぬ、無限の事物のパノラマを見まわしてみたまえ。これらのうちのどれかが、成功と失敗の違いをつくることになるかもしれないのだ。きみはぼくの考えうるあらゆることについても、ほとんど無知だ。四月と五月においてさえそうだ。この最後の点については不同意かね？　それなら、イェンセン夫人にきいてみようじゃないか。

一つ具体的な例について見ることにしよう。きみはきみの飼っている爬虫類のことも知らないじゃないか。きみはこれまで、普通の陸ガメを海ガメと全く混同してきた。きみの評価は全部まちがっている。きみは、爬虫類を下等な動物だ、というようなことをほのめかした。なるほど、それはきみと同様羽毛をもっていないことはたしかだが、きみは爬虫類がぼくと同様卵を産むってことを忘れている。もちろん、きみだって例の向こう見ずな計画にあくまで固執するなら、〈卵を産む〉ようなことになる（失敗するの意）だろうがね。しかし、これは単に比喩的な意味であって、きみの信用にも、きみの慰安にも、何も加えはしないだろうよ。もっとも、慰安といえば、このまわりにはそれに役立つものがいくつもあるから――」

しかし、われわれはこれ以上、オオハシのこの純仮定的な議論に耳をかたむける必要はないだろう。なぜなら、オオハシにはそれに必要な能力があたえられていないので、事実上ひとこともしゃべらなかったからである。これは実に残念なことだった。というのは、多少ともこうした線に沿って語られた率直な意見は、イェンセン氏にとってはかなり効き目があったろうと思われるからだ。

ところが、あいにく風が一、二ポイント南西に変わって、イェンセン氏は、グレイト・サイプレス沼沢地――肉体的悪臭と同時に道徳的悪臭をも発散する地域――の熱い息吹きにおそわれた。それは泥《ウーズ》の臭い、蛇《サーペント》共の臭い、暗黒の臭い、腐敗堕落の臭いだった！　この陰険な影響にさらされたのは、イェンセン氏が最初の人間でもなければ、この海岸のコロニイが最初のエデンの園でもなかった。

イェンセン氏はたちまち、歯痛のように骨身にしみ透る、みぞれと摩天楼の幻影に悩まされた。「本物の酒場」の非現実的な輪郭が、眼の前に浮かび上がった。彼は眼を上げてもうろうとかすむアパートの頂を見上げた。そこでは、客にどんな種類のペットも持ちこむことを禁ずる権限が、管理人に与えられているのだ。

熱帯魚もいけませんか？

熱帯魚もいけません！

次の瞬間、蜃気楼は消えうせたが、消え去った幻の常として、それは以前にもまして、その犠牲者を心細い、絶望的で、渇望的な気持ちにした。グレイト・サイプレス沼沢地は計画どおり彼をこの反動に追いこんだのだ。グレイト・サイプレス沼沢地は、ドアマン兼エレベーター係兼管理人の給料およびチップのほかに、完全に自分のものである少額の固定収入をもった独身のスウェーデン人が、いかに威厳と快適と独立をあたえられ、いかに最上等のビールやデリカテッセンを自由に手に入れられるか、といったような長たらしい売り込みの文句を、うるさい使者をつかって、彼の耳に吹きこむようなことはしなかった。グレイト・サイプレス沼沢地はすべてそういった種類のことは、決してそれを軽視しない個人にまかしているのである。グレイト・サイプレス沼沢地は、人類に対して、一つの伝言を、たった一つの伝言をもっているだけなのだ。それは芝居のプロンプターのように小声で、「いったいなんだ、そのざまは！」とささやくのである。「いったいなんだ！」と、イェンセン氏は口に出して言った。そしてグッと身をのばすと、掻き棒をごみの中に放り出して、細君が寝ている椅子のほうへ歩いて行った。彼女は、遠慮して出てきて遊ぼうとしないカメを、物足りなげに、じっと見ていた。

「ペットショップでは、カメは愛情が深いって言っていたけれど——」と彼女は不平を言った。「あたしには、自分本位の動物のように思えるわ」

「だから、薄ぎたないカメなんか買うなと言ったろう」と良人《おっと》は答えた。「お前はあの連中が渡すものには、なんでもとびつくんだからな。まあ、ぼくの話をお聞き、マイラ。ぼくはこう考えているんだ。お前いま何をすべきか知ってるかね？　ヘビを手に入れるべきだよ」

「また冷血動物！」とイェンセン夫人は反対した。「冷血動物を飼ったって、いつになっても本当になつかないんじゃないかしら。このカメをごらんなさい！　甲羅の中にとじこもったままですわ」

「まさかカメでいっさいを判断しようというんじゃないだろうね」とイェンセン氏は言った。「ヘビはどうして甲羅の中へとじこめるかね？　どこへ引っこめるかね？　たとえそれができたとしても、ヘビはそんなことをしたがらないよ。ヘビは愛情深い動物だ。ちゃんとしたヘビを飼えば、本当の友達になれるよ」

「誰でもヘビを見るといやな気がすると言いますわ」とイェンセン夫人は言ったが、その調子には負け犬に対する同情が全然含まれていないわけではなかった。

「それはひどい偏見だよ」と、イェンセン氏は言った。「それに、誰もがそんなふうに考えてるわけじゃない。ヘビを親しく知っている人間は、決してそんなふうに考えちゃいないよ。きみがどうしてもはいりたがらなかったタンパでの例の見世物のことを、思い出してごらん！　スネーク・ダンスのストリップ・ショウさ！　あの女はからだじゅうにヘビを巻きつけていたじゃないか。看板にその写真が出ていたろう」

「ヘビは何を食べますの、あなた？」細君はカメを床の上におろしながらたずねた。

「卵を食べるよ」とイェンセン氏は言った。「だからきみはただ、食事のときに、口笛を吹くだけでいいんだ。そうすれば、彼らは鎌首をもたげて、食べものをねだるよ。種類によってはウサギを食べる奴もいるが、そういうのは大きなヘビさ。きみが飼うとすれば、かわいらしい小ヘビだね」

「持ちはこびができるんだと、いいんだけれど」と、夫人はためしに言ってみた。

「できるとも」と良人は保証した。「ドレスの胸のところに入れるんだ。持ち歩くときには、みんなそうしているよ。そうすれば、人の顔が見えるからね。かわいいもんさ！」

「でも、ヘビって、どうも好きになれそうもないわ」

イェンセン夫人は試みにヘビを一匹つれている自分を空想するような仕種を見せてから言った。

「オーケイ！」とイェンセン氏は言った。「オーケイ！　オーケイ！　やめたまえ！　ヘビなんかやめたほうがいいよ！　ヘビはよしだ！　それで話はおしまいさ！　なにもぼくはヘビの商品目録をきみに売りつけようとしているんじゃないからね——勘違いしないでくれよ！　ぼくがいつも言ってることは、きみだって知ってるだろう。ぼくらはすでにここに多すぎるくらいたくさんの、いまいましい動物を集めているんだ。きみがあのろくでもない、能なしのカメにがっかりしているのを見るだけでたくさんだよ——もう忘れるんだな、そんなこと！　ヘビなんか、くそくらえだ！　奴らは、困れば殺して、皮をはいで、子供の靴でも作るだろうさ」

「あなた、ヘビの心あたりがあるとおっしゃるの？」とイェンセン夫人がたずねた。

「もちろんさ」とイェンセン氏は保証した。「ある男から聞いたんだ。その男はマイアミでペットショップをやってるんだが、そのヘビの処置に困って、どうしていいかわからないでいるんだよ」

「でも、結局手放さなければならないんでしょう？」

「うん、卵の値段がいまどんなに上がっているか、きみだって知ってるだろう」とイェンセン氏は言った。

「じゃ、相手がちゃんとした家庭なら、譲ってくれるかもしれないわね？」

「だが、ヘビの皮は金になるのだ」とイェンセン氏は言った。「その男だって食って行かなければならない。でも、そいつを殺すのはどうにも見るにしのびないって、彼は言うんだよ。とても忠実なヘビらしいんだ。犬のような眼をしている、と言ったよ」

「そう、あたしにはわからないわ」

「それに、ヘビは死ぬまでにまる一日かかるんだそうだ」と良人はつづけた。

「とても高価なもんですの？」ちょっと黙っていてから、イェンセン夫人はたずねた。

「その男は、二十ドルだと言ってたよ」と、良人は言った。「でも、それ以下で買えると思うんだ。どうだね？　ぼくに手に入れてきてもらいたくはないかね、あけてびっくりする贈物として」

「あら、あんまりびっくりするようなものでもないわ」と彼女は言った。

「そうだね」と彼は言った。「しかし――箱にはいってくるんだぜ。贈物の包装をされてね。ぼくらの結婚記念日用になるよ。二十ドル渡してくれれば、食事のあとですぐ行ってくる。たぶん、十ドルぐらいで手にはいるだろう。いや、ひょっとしたら五ドルでも買えるかもしれない」

「あたしもいっしょに行きましょう」とイェンセン夫人が言った。が、イェンセン氏は頭をふった。

「きみがカメで失敗したのもそれだよ」と彼は言った。「カメの奴は、自分がみじめな生活をしていたペットショップときみの姿とを、心の中で結びつけているんだよ。だからこいつを見てごらん――すっかり首を引っこめてるじゃないか！　映画の中のあの貴婦人と同じで、必要なのは、恋と愛情だけだよ。いいかね、もしぼくがヘビだったら、箱に入れられて、どこへ行くのかわからないでいたいね。そして気がついてみたら、ドアを閉めきったきれいな静かな部屋で、きみのような人に包みを解かれていた、ということにしてもらいたいね。そうすれば、環境の相違がはっきりわかるだろうからね」

「じゃ、あたし、ヘビのために卵を用意しておきますわ」とイェンセン夫人は言った。「生で食べるんでしょう？」

「説明書がついてくるよ」と良人は言った。「さあ、食事にしてもらおう。すんだら、すぐ出かけてくるから」

善良な良人というものは、常に自分の妻のささやかな趣味をかなえてやるのに熱心なものだが、イェンセン氏も食事がすむかすまぬうちに家を出た。彼は海岸沿いのハイウェイに車を走らせながらも、まだ口をもぐもぐやっていた。しかし、その広い楽な道をとってマイアミへは向かわずに、まもなく彼は奥地へ向かう狭い道路へ車を乗りいれた。この道は、彼がエヴァグレイズ河の北方の、広い、寂しい、迷いやすい沼沢地へしだいに深くはいって行くにつれ、さながら水源に近づく流れのように細くなっていった。彼はメロディーという村を探しながら進んで行った。

その小さな村は、非常にわかりにくく、見落としやすい寒村だったので、イェンセン氏はそれと気づくまでに、二度も三度もそこを通り過ごしたほどだった。ついに彼は、辛うじて道と呼ばれうる泥道の入口に、一群の郵便箱を見つけた。まちまちの高さにならんだこれらの箱は、なんとなく楽譜の一、二小節の音符のように見え、もし音楽的才能のある旅行者がそれを見て口笛を吹くとしたら、それらの音符はきっと、それが代表しているかわいらしい村の美しさと魅力を表現したにちがいない。イェンセン氏は音楽の才能にめぐまれていなかったけれど、その彼にさえ、これらの郵便箱は相当たくさんのことを表現してくれた。

例えば、それは、彼の探している村がこの泥道のさきのどこかにあるにちがいないことを示していた。というのは、ここ以外のどこにも村などありうるはずがなかったからだ。つまり、あるとすれば、まちがいなくここがそうにちがいなかった。それに、これらの箱はいかにも鄙《ひな》びた素朴さをもっていたので、自分の求めるヘビも五ドルぐらいで買えるかもしれないという新たな希望を彼にいだかせた。彼は州道のふちに車をのこし、思いきってその小道へはいって行ったが、案の定、まもなくいくつかのつつましやかな屋根が見えてきた。それらの屋根は、すこしさきの、小さな流れ《クリーク》の向こう側に見え、その流れにはたしかに橋らしいものがかかっていた。というのは、事実その片側には欄干のようなものがまだついていた。この欄干の一部は外見よりも、ずっとしっかりしているらしかった。なぜなら、一人の子供がそれによりかかっていたからだ。見たところ十三ぐらいの少年だが、年の割りに小柄な子だった。

橋の上には、また、たくさんの蚊が群がり飛んでいた。この地方の特産の一つにかぞえられている、色の黒い、昼間飛びまわる種類の蚊だった。イェンセン氏ははじめそれに気がつかなかったが、蚊のほうで彼に気づき、たちまち自己紹介をはじめた。

「メロディーというのは、ここかね？」とイェンセン氏はきいた。「この辺に住んでるヘビ学者の家というのはどこかね？」

小柄な少年は、普通のよりも丸い、いかつい眼鏡ごしに、イェンセン氏を見上げた。「爬虫類学者《ハーペトロジスト》だろう」と彼は言った。

「おい、おい」とイェンセン氏は言った。「おれは仮に疱疹が出たからって、その治療を受けにこんな森のはずれまでやって来やしないよ。おれが探しているのは、この広告を出した男だよ」そう言いながら、彼は新聞の切り抜きをとり出したが、彼が手をポケットへ入れた瞬間を二匹の蚊が申し分なく利用した。「畜生！」と、イェンセン氏は叫んで、いそいで首と額をたたいた。

「爬虫類学者のアイデルフェッファー」と、少年は言った。「それはぼくだよ」

「きみだって？」イェンセン氏は、人がときどき真底《しんそこ》からびっくりしたときに表わすおどろきの表情で少年を見つめながら、言った。

「各博物学者、愛玩動物店、博物館、医学校御用達」少年はその知り抜いた広告文には眼もくれずに言った。「科学的目的のための生きた爬虫類。蒐集家のための珍種。――で、何をお求めなんですか？」

「うん、それだがね」と、イェンセン氏は言った。「まあ、きみにもわかるだろうが、わたしは北部の大学の、教授といったものでね、多くの人間を救うためにいろんな実験を行なっているんだよ。それで、とびきり強力な毒をもったヘビを一匹手に入れたいと思って、はるばるここまでやって来たのさ。本当の毒ヘビを手に入れたいと思ってね」

「へえ、教授だって？」とその小柄な少年は言った。

そのときはもうイェンセン氏も、この少年が肉体的にはともかく、精神的には年よりもだいぶ老けていることに気がついた。この特徴は自分の妻の娘っぽさと同じように、イェンセン氏にはなんとなく気にくわなかった。たぶんイェンセン氏は、精神年齢に関することはなんでもあまり愉快には感じられなかったのかもしれない。

「さあ、それなら」と、村の学者は言った。「クロタルスか？　クロタルス・アダマンテウスか？　ホリドゥスか？　それともアンシストロドンはどうかな？」

「そんなたいしたものじゃなくていいんだ」とイェンセン氏は言った。「わたしの欲しいのは、きみの家の裏庭にでもいるような純アメリカ産のヘビでいいんだよ」

「いま言ったのは、ガラガラヘビやマムシのことだよ、教授先生」と、少年はひどく無礼な、科学者ぶった顔つきでイェンセン氏を見ながら言った。「ただラテン語でそれを言ったまでだよ、教授先生」

幸運にもイェンセン氏はその瞬間、一匹の蚊が額にとまったので、思わず自分の額をたたいた。これはある程度失敗を救ってくれたばかりでなく、つい上の空でいたためラテン語を聞き違えた科学者のふりをすることを彼に思いつかせた。こういったことは、きちょうめんな学徒にとっても決して不名誉なことではないはずだ。

「そりゃそうだ！　たしかにそうだ！　もちろん！」と彼は言った。「いったいわたしは何を考えていたんだろう！　たえずこのいまいましい蚊のやつらがブンブンいってるんで、うっかり気をとられていたんだ！　だがね、きみ、わたしはガラガラヘビには興味がないね。もうちょっとましなやつが欲しいんだ。小さくって、かわいらしくて、それでいてうんと生きのいいやつがね」

少年はちょっとの間考えこんでいたが、「それじゃ、教授先生」と、やっと彼は言った。「ティラノサウルス・レックスはどうかね？」

「わたしがここへ来たのは」とイェンセン氏は叫んだ。「ヘビをさがしに来たんで、学問的な話をしに来たんじゃないよ。もしきみのところにわたしの言ったようなやつがあるんなら、さっそく取引をしようじゃないか。もしないなら、ないと言って、わたしをいつまでもこんなところに立たせて、蚊の餌食にさせないでくれ」

「あんたの欲しがっているものはわかってるよ」と少年は言った。「あんたはさんごへび《コーラル・スネイク》を欲しがってるんだ」

「そいつの大きさはどのくらいだ？」

「二十インチぐらいさ」

「毒は強いのかい？」

「もちろんだよ」

「見かけはきれいかね？」

「からだのぐるりを、赤と黒と黄のバンドが巻いている、きれいなやつさ。ちょっと見ると、キング・スネイクに似ているが、まあ現在いるヘビのうちで、いちばんきれいな種類だろうね。ほら、こいつだよ」少年はジーンズの尻のポケットから薄いハンドブックをとり出すと、いま言ったような帯模様《バンド》のある、魅力的なヘビの色刷りをイェンセン氏に示した。「なんと書いてあるか、読んでごらん。南北アメリカに棲息する最も恐るべき毒性をもった種のコブラの毒性に似ている」

「これだ！」と、イェンセン氏は小躍りして叫んだ。

「なんのために要るんだね？」と少年がきいた。

蚊と質問は、イェンセン氏にとって、この世における最もいやな組み合わせの一つだった。

「だいたい子供に広告を出させる権利は」とイェンセン氏は言った。「新聞にだってないはずだ。わが国はいま科学者を必要としているのに、わたしははるばるこんなところまで出かけてきて、ヘビとサナダムシの区別も知らない、チビの、四つ眼の、せんさく好きな小僧を相手に、時間を浪費している！　おい、お前は自分のヘビをしっかりにぎっていろ。おれは自分の機密情報を守ることにする。それから金もね」そう言うと、彼はくるりと背を向けて、歩き出した。

だが、いくらも行かないうちに、急に例のヘビの絵が心の眼にありありと映り、その色彩や全体のからだつきが強く強く心に訴え、その上、あんなのを二度とほかで見つけられるかどうかわからないぞという反省が浮かびあがると同時に、彼は腹立たしさをグッとのみこんで、もう一度橋のところへ引き返した。

「おい、どうだい」と彼は言った。「ざっくばらんに取引しようじゃないか。いくらで、それを売るね？　そんな小っぽけなやつは、どうせたいして高くはないんだろう、え？　三ドルか？　それとも四ドルかね？　きみも知ってるように、この国じゃ、赤い国がやってるように、札びらを切れるほどわれわれ科学者に金をくれちゃいないんだからね。ふうん、もしわたしがきみの年ごろで、四ドル自分の金をにぎったとしたら、天下を取ったような気持ちになるだろうよ！」そう言いながら、イェンセン氏はこの少年に、まったく無料の、しかもなんのヒモもつかない、すこぶる気前のいい、温かい、愛想のいい、いわば男対男の微笑をあたえた。「四ドルでいいだろう、え？」と彼は言った。

だが、ああ！　この恩知らずの小僧は、彼が商《あきな》っているヘビの歯よりも鋭かった。彼は丸い、無反応な眼鏡を、イェンセン氏に向けた。その眼鏡は、冷やかなよそよそしさにもかかわらず、相手の紳士の心の奥底まで、いや少なくともその財布の底まで、見通しているように思われた。はたして小僧は、やっとその申し出を認めると、たったひとことだけ、だが、きっぱりと言った。「二十ドルだよ」

イェンセン氏が、その最初に申し出た低い線から、このおそるべき少年の絶壁のような無関心さのほとんど垂直に近い面を、一歩一歩登って行ったその痛ましい足どりをいちいちここに紹介してみても、読者に退屈をあたえるにすぎないだろう。だが、登山家がエヴェレストについて言ったと同じように、イェンセン氏もこの絶壁がそこにある以上、それを登らなければならなかった。それにしても、もし蚊に刺激されなかったら、たぶん途中で挫折してしまったかもしれない。結局、彼は十八ドル五十セントで商談をとり決めた。これは、ヘビを持ち帰るちゃんとした箱も含めての値段だった。少年は橋の向こう側に建っている一軒の丸太小屋の裏庭にある物置きのような小屋の中へはいって行ったが、まもなく小ぎれいな緑色のボール箱と、一ドル五十セントの釣り銭を持ってもどってきた。

　イェンセン氏は、深い感謝の言葉も別れの挨拶もいっさい抜きにして、アイデルフェッファーぼっちゃんや蚊とのおつき合いを早々に切り上げた。彼はこのどっちからも咬まれたような気持ちがした。泥道の曲がり角まで来て、ふり返ってみると、少年が妙な顔つきをして彼を見送っていた。非常にデリケイトな仕事にたずさわっているとき、妙な表情で見られるくらい、人をあわてさせるものはないだろう。

　イェンセン氏も、家へ向かって車を走らせながら、たまらなく息苦しさをおぼえた。奥地からの道路とハイウェイ第一号とが出合う地点に、一軒の小さな酒場《バー》があった。その外側はグレープフルーツを半分にしたようなすがすがしい外観をもっているが、中は奥深い冷蔵庫の内側のように冷え冷えとして、ほの暗かった。そして、ひどく洗練された、独自な、排他的な雰囲気がただよっていた。これはジューク・ボックスを極度に低くしているためでもあった。イェンセン氏はこの隠れ家で、三十分の時間と、四本の冷たいビールと、さっきの釣り銭の一ドル五十セントを消化した。六時きっかりに帰宅するのが彼の目的だった。というのは、六時になるとイェンセン夫人は運動着から夕食のときに着る服に着替える習慣だったからだ。

　中庭を突っ切りながら、イェンセン氏はオオハシのほうを見た。すると、オオハシもイェンセン氏を見上げた。だが、何も言わなかった。

家にはいったイェンセン氏は、夫婦の寝室へ行った。そこでは、案の定、バスから上がってバラ色に染まった細君が、強いスミレの匂いのするタルカム・パウダーを使って、バラ色の目立つ部分をぼかしていた。

「もしこのヘビがスミレの匂いが好きだと、事はうまく運ぶんだが」とイェンセン氏は考えた。

「さあ、きみ」と彼は細君に言った。「きみをおどろかすものを持ってきたよ」

「あら、ありがとう、ハーミー！」とイェンセン夫人はうれしそうに言った。が、それから顔を少しうつむけて言った。「あたし、あなたがもっと贈り物らしい包みにさせて持っていらっしゃるものと思っていたわ」

「このヘビを買ったとこの男が、あいにく贈り物の包み紙を切らしていたんでね」

「いいわ」とマイラは言った。「来週記念日には、ヘビを箱にもどして、適当に包みなおしましょうよ」

「そりゃいい！」とイェンセン氏は言ったが、ちょっとの間次の言葉が出てこなかった。自分の仕事にとって大事なこの際に、彼はさっき飲んだ冷たいビールが途中で凍って固いかたまりになってしまったような、ある圧迫感を胸におぼえたのだった。

「すぐあけてみましょう」とマイラが言った。

「ちょっと待て！」と、イェンセン氏は彼女の手を押しもどしながら言った。「こいつは訓練ずみのヘビだからね、マイラ、よく馴れているよ。愛情がふかくて、芸もやるんだ。靴下どめの代わりにきみの足に巻くこともできれば、首にでもどこにでも巻くことができるんだ。ネックレスの両端みたいに、その尻っ尾を口の中へ突っこむだけでいいんだよ。あの男は言ってたよ——奥さんはこいつを好きにならずにはいられないだろう。ペットにせずにはいられないだろう。最初からいろんなことをやらせずにはいられないだろう、ってね。こいつもきっときみに夢中になるぞ」

「わかったわ」とマイラは言った。「では、出してやりましょう」

「ちょっと、その前にぼくを外へ出させてくれ」とイェンセン氏は言った。「最初にぼくの姿を見せたくないんだ。きみの代わりに、ぼくのことを好きになっちまうかもしれないからね。ぼくはちょっと散歩してくるよ。その間にきみはこいつとすっかり仲良しになっちまうだろう」

そう言うと、彼はドアをしっかりと閉め、海岸へぶらつきに出かけた。ベイツ家の見晴らし窓ごしに、ベイツ氏の家族たちが夕食のテーブルについているのが見えた。もしイェンセン氏が絵画芸術の愛好者だったら、見晴らし窓の外から中を見るのと、中から外を見るのとの違いによって、あの種々雑多な画風が生まれたことについて、興味ある思索にふけったかもしれない。だが、実際には彼は、この隣人たちをちょっと訪ねて、今日細君にプレゼントとしてキング・スネイクを一匹買ってきたとそれとなく告げておいたほうがいいのではなかろうか、と考えただけだった。そうすれば、あとになってあのアイデルフェッファー坊やがまちがえてコーラル・スネイクを彼に包んでよこしたと主張することもできるわけだ。が、彼はベイツ氏の義兄がそこにいるのに気がつくと、この考えを実行に移すのを見合わせた。義兄にいられては、どうもまずかった。この義兄というのはオカラの猟区管理官だが、ひどく好奇心が強いらしく、また物を知りすぎているらしかったからだ。目下のところイェンセン氏には、原則として知的な好奇心とか、知識とかいったものは気に入らなかったので、彼はやっぱり最初のプランにもどり、他人には彼の恐ろしい買物を、いわばちょっとひと咬みするために立ち寄った単なる通りすがりのヘビだと思わせることにした。

家のほうへもどりながら、イェンセン氏は焼却炉のそばで立ちどまり、小さな紙きれと枯れた棕櫚の小枝を数本その中に投げ入れた。なぜなら、この最後の瞬間になって彼は、広告好きのあの少年が人目につきやすいその名前を刷りこんだ例の緑色のボール箱を、なんの痕跡ものこさないようにこの世から葬ってしまうほうがいいと気づいたからだった。ひょっとして、ほかにもこのような重要なものを見落としてはいないだろうかと考えたが、この考えは彼の神経をヴァイオリンの弦のようにふるわせ、額に汗の玉を噴き出させた。その瞬間、イェンセン氏は自分の邪《よこしま》な行為を心から悔やみ、何かの守護神が箱をあけるときマイラの手に宿っていて、突然あのヘビに歯痛を起こさせるか、あるいは不意に奴の気を変えさせるような何かをしてくれますように、と祈った。

「あなたでしたの、ハーミー?」と細君が呼んだ。「早く来てちょうだい、ハーミー! このヘビ、あたしを好かないらしいわよ」

とたんにイェンセン氏の恐怖は消えて、彼は寝室へはいって行きながら、どういうわけかヘビまたは細君が、あるいはその両者が、自分をがっかりさせたことだけを感じた。世の中には、決して満足しない人間もいるものである。

「つまみ上げるのが怖いのか?」と、彼は不機嫌に言った。

「つまみ上げたのよ」と、マイラは涙をうかべながら言った。「そして、キスしてやろうと思ったところ、そっぽばかり向いてるのよ。冷血動物って、争われないものだわ! 冷血なんだから、人間を本当に好きにはなれないのよ」

「ちぇっ! きみはヘビの扱い方を知らないんだ」とイェンセン氏は言った。「とにかく、あいつはどこにいるんだい?」

「寝床に入れてやったわ」とマイラは言った。「あとで卵をやろうと思うの。そうしたらたぶん少しは態度を変えるかもしれないわ」

「たぶんね」と、イェンセン氏は緑色の箱をチラッと見ながら言った。突然、今日一日が自分にとってあまりに重荷すぎたことを感じた彼は、ウウンとうなると、ダブルベッドの上に腰をおろした。「まったく世話が焼けるよ、きみときみのろくでもない野獣園には！」と、彼はすねたように言った。

「あたし、あれを箱にもどしてやりますわ」とマイラが言った。

「もどしたと言ったじゃないか！」とイェンセン氏は、いそいで床から足を上げながら叫んだ。

「ベッドよ」と、マイラは言った。「箱じゃないわ。ベッドへ入れたと言ったのよ。血が温まるようにね。あら、気をつけてちょうだい！　あなた、あのおちびさんを押しつぶしてしまうわよ」

だが、すでにイェンセン氏は、ベッドからすばやくとびおりようとして片手をうしろにつきながら、そのとおりのことをやってしまっていた。「あっ、しまった！」と彼は叫んだ。「畜生、咬みやがった！　咬まれた！」

「あなた、マーキュロを塗って上げましょう、そのほうがいいわ」と心配性の細君は叫んだ。「あなたときたら、ヘビの歯がどこにあるのか、まるっきり知らないのね」

「おれのからだにささってるよ」と、彼女の良人は言った。「歯のあり場所はおれのからだの中だよ！」彼はこれらの言葉を、嵐の前の静けさとでもいうべき、超然とした、物うい態度で、静かに悲しげに言った。

「おれは死ぬよ！」

「傷はたいして深そうじゃないけど」と、マイラは、良人の手をとって、二つの小さな傷痕をしらべながら言った。「いつだったか、あの人たちの飼ってた可哀そうな犬を咬んだ、例の毒ヘビともちがうようだから——」

それを聞くと、急にイェンセン氏は、しゃべる力をとりもどすと同時に、事態の緊急性をはっきり意識した。

「いや、それなんだよ！　もっと恐ろしい奴なんだ！　ものすごい奴なんだ！」と彼は叫んだ。「おれはもう死ぬよ！　早く誰か呼んできてくれ、早く！」

「あら、ハーミー！」物ごとの実際的な面よりもどっちかというと感傷的な面を強調したがる、情にもろい女の常として、マイラは叫んだ。「あなた、まさかそんな毒ヘビをあたしに持ってきたんじゃないでしょうね？　ハーミー、そんなことをしたなんて、言わないでちょうだい！　まさか、あたしたちの記念日用に、そんな！　ああ、ハーミー、冗談だと言ってちょうだい！」

「冗談だって！」とイェンセン氏は叫んだ。「おれは死にかけてるんだ、と言ったろう！　早く、走って行ってくれ！」

マイラは走った。が、まるで雌鶏のように、やみくもに走りまわった。で、彼女がやっとベイツ氏とその義兄の猟区管理官をつれてもどってきたのは、数分たってからだった。家に近づくにつれて、彼らの耳には、イェンセン氏が何かひどくショッキングな音を立てているのがきこえたが、家にはいったときには、彼は静かになっていた。

「残念ながら、亡くなられたようですな、奥さん」とベイツ氏は、寝室の戸口に近い出しゃばらぬ位置から声をかけた。彼は寝室そのものの中へはいって行く必要がなかった。というのは、ベイツ氏はつい去年、小さいながらもかなり繁盛していた、葬儀屋の仕事をやめたばかりで、彼には六ブロックさきからイェンセン氏の不幸な状態が察知できたからだ。

「そのヘビというのは、どこにいるんですか？」と、義兄がステッキ片手に部屋の中へ進み入りながら言った。

「ああ、ハーミー！」と、マイラは声を上げて泣いた。「どうしてあなたはあたしにそんなことができたの？　どうしてそんな悪人になれたの？」

「気をつけろ！」と、猟区管理官が不意にどなった。「ここにいる！　つかまえろ！」

小ヘビの動きを止めるのに、手間はかからなかった。次の瞬間、二人の男はその上にかがみこんでいた。

「もしこいつがそのヘビなら」と、猟区管理官はマイラに言った。「あなたのご主人は決して咬まれて亡くなられたのではありませんよ。ちょっと見たときには、コーラルかと思いましたが、こいつはキング・スネイクですよ、奥さん。これはまったく無害なヘビです」

「もちろん、それを決めるのは、資格のある内科医のやることですが」とベイッ氏が言った。「わたしもそれと同じ意見ですね、奥さん。なぜなら、わたしはすでに四十年近くも経験を積んでいるからで、お気の毒にご主人は心臓麻痺で亡くなられたのですよ」

「ああ、ハーミー！」とマイラは前よりもやさしい涙をぼろぼろこぼしながら、叫んだ。「あたしには、あなたが冗談を言っただけなのが、わかっていたわ！」

# ささやかな記念品

Little Memento

足早に歩いてきた一人の青年が、奥深い小道から広い丘の上の台地に出て来た。そこには緑におおわれた小さな村があった。村の中央には、一つの池と、一群れの鵞鳥と、白ペンキ塗りの吊り看板をさげた「御者宿」が見えた。すべてがサマセット高地の寒村に共通した、新鮮で、清潔な、静かな景物だった。

道に沿って青年はなおも進んで行ったが、丘をこえて高台の端のところまでくると、道路に面して白い門があり、門の中はうっそうと果樹の生い茂った広い庭園になっていて、そのはずれの雑木林にかこまれた、眼下に広い谷間を見晴らす位置に、一棟のこぢんまりした家が建っていた。びっくりするほど柔和な顔つきをした一人の老人が、庭の中をぶらついていたが、歩いてきたエリック・ガスケルが門の前に近づくと、老人は眼を上げた。

「やあ、おはよう」と彼は言った。「九月らしい、よく晴れた朝ですなあ！」

「おはようございます」と、エリック・ガスケルも言った。

「今朝は、望遠鏡を持ち出して、ながめていたところです」と老人は言った。「近ごろはわしもめったに山をおりたことがないんです。帰りの登りが老人のわしには少々きつすぎますんでね。でも、わしにはまだ視力もあれば、望遠鏡もあるので、世間で起こってることは、まあなんでも知っているつもりです」

「なるほど、そりゃおもしろいですね」とエリックは言った。

「そうですよ」と老人は言った。「ところで、あんたはエリック・ガスケルさんでしたな？」

「ええ」とエリックは答えた。「ぼくも存じ上げていますよ！　いつぞや牧師館でお会いいたしましたね」

「そうでしたな」と老人は言った。「あんたはよくこの道を散歩なさるようですね。ときどきここを通られるのをお見かけするんで。今朝も考えていたところなんですよ、〈今日こそ若いガスケルさんとちょっとおしゃべりするのにいい日だがな〉とね。まあ、おはいりになりませんか」

「ありがとう」とエリックは言った。「では、ちょっとおじゃまさせていただきましょうか」

「ところで、どうです」と、老人は門をあけながら言った。「あんたも奥さんも、サマセットがお気に入りましたか？」

「とても」とエリックは言った。

「うちの家政婦が話していましたが」と老人は言った。「あんたがたは、東部の海岸からおいでになったそうですな。実はその家政婦の姪が、お宅で使っておられる小さなメイドなんですよ。でも、ここは退屈すぎやしませんか？　あんまり消極的で、古風すぎていて？」

「ぼくらにはむしろその点がいちばん気に入っているんです」エリックは一本のリンゴの木の下の白いベンチに、主人とならんで腰をおろしながら言った。

「近ごろは」と老人は言った。「若い人たちが古風なものを好かれるようだが、その点わしの若いころとはちがいますね。現にこのあたりに住んでいる連中は、ご承知のように、偏屈な老人ばかりですからな。もちろん、フェルトン大尉のような人もいるが、牧師にしても、提督にしても、コパラス氏にしても、その他みんな、年よりの変人ばかりです。そんなことも気にならんですか？」

「ぼくはそれが好きなんです」とエリックは言った。

「その上、わしらはみんな趣味とか道楽とかをもっている」と老人は言った。「コパラスは古物蒐集家をもって任じているし、提督にはバラがあるし」

「そして、あなたには望遠鏡があるというわけですね」とエリックが言った。

「ああ、望遠鏡！」と老人は言った。「そう、わしには望遠鏡がある。しかし、わしの一番の気晴らしは——というよりも、わしとして本当に自慢できるのは——わが家の博物館ですよ」

「博物館をおもちなんですか？」

「ええ、博物館をね」と老人は言った。「一度ご覧くださって、ぜひご意見をきかせていただきたいですな」

「よろこんで——」とエリックは言った。

「では、どうぞおはいりください」老人は言いながら、青年を家のほうへ案内した。「新しいかたに蒐集品を見ていただく機会はめったにありませんのでね。近いうちにぜひ奥さんをおつれになってください。こんな静かな土地では、奥さんも楽しみを見つけられるのが困難でしょう？」

「家内はこの土地がすっかり好きになって」とエリックは言った。「いくら見ても見足りないらしいのです。

ほとんど毎日のように、ドライヴに出かけて行きますよ」

「あの小型の赤いロードスターを、自分で運転なさってね」と老人は言った。「奥さんは、いまの家は気に入っておられるのですか？」

「さあ、よくわかりませんが」と、エリックは言った。「この春、二人であの家を選んだときには、気に入ったようでした。いや、ひどく気に入っていました」

「とてもいい小ぢんまりしたお宅ですものね」と老人は言った。

「でも、最近はあの家を少しうっとうしがっているようで」とエリックは言った。「呼吸《いき》をするために外へ出ずにはいられない、と言っています」

「そりゃ戸外はちがいますよ」と老人は言った。「ことに東部海岸地方に住んでおられたあとではね」

「たぶん、そうなのかもしれません」とエリックは言った。

このときすでに、二人は玄関まで来ていた。老人はエリックを屋内に招じ入れた。二人は、家具類がどれもこれもきれいに磨き上げられ、あらゆるものがきちんと整頓されている、とても居心地のよさそうな、小ぎれいな小部屋へはいって行った。

「これはわしの小さな居間ですが」と、老人は言った。「近ごろは食堂でもあるのです。向こうの客間と書斎は全部博物館にあててしまったものですから。さあ、どうぞ」

老人は境のドアをサッとあけた。エリックは一歩足を踏み入れて、あたりを見まわしたが、とたんにびっくりして眼を見張った。彼の予想では、ごく普通の種類のもの——例えば、ローマの貨幣とか、火打ち石とか、アルコール漬けのヘビとか、剝製の鳥とか、卵とかいったもののはいった、一つ二つの飾り戸棚を眼にするものと思っていたのだが、その部屋と、さらにそのさき戸口を通して見られる書斎らしい部屋は、これまで見たこともないような、こわれた、使い古された、うす汚いガラクタの山で、埋まっていた。何よりも奇妙なのは、それらのガラクタの中に、一つとして由緒のある器物らしいものがないことだった。それはまるで、村のごみ捨て場から手あたりしだいにいろんな物を荷馬車五、六台分もかき集めてきて、それをこの二つの部屋のテーブルや、椅子や、床の上にぶちまけたような感じだった。

老人はエリックのおどろきをすこぶる上機嫌でながめながら言った。「あんたはきっと、これらのコレクションは普通博物館で見られるようなものじゃない、と考えておられるにちがいない。そのとおりです。しかし、ガスケルさん、わしが言いたいのは、ここにある品物はどれもみんな、いわれ因縁をもっているということですよ。これらの品は、村々を越えてこの静かな地方へながれつくまでに、時の流れによって丸くされたり、割られたり、けずられたりした小石なのです。まあ、言ってみれば、一種の記録ですよ。例えば、ここにあるのは、戦争の思い出の一つで——アッパー・メドラムのブリストウ家へ来た、息子の戦死を知らせた電報です。わしが気の毒なブリストウ夫人からこの電報を手に入れたのは、数年前のことですが、わしはそのために彼女に一ポンド払いましたよ」

「とてもおもしろい話ですな」とエリックは言った。

「あの手押車は」と、老人はこわれた車の残骸を指さしながらつづけた。「二人の人間の死の原因となったものです。あれが土手から下の小道へころがり落ちたとたんに、そこへ一台の自動車が走って来たんです。どの新聞にものりましたよ、〈地方の悲劇〉という見出しでね」

「めずらしい事件ですね！」とエリックが言った。

「すべてがそれぞれ人生をつくり上げているのです」と老人は言った。「こっちにあるのは、アイルランド人の乾草作りがジプシーと喧嘩をしたとき、その一人が落としたベルトです。またこの帽子は、お宅の近くで教会農園を経営していた男のものですが、その男は〈アイリッシュ・スウィープ〉で賞金を得たため、可哀そうに、大酒をくらって酒に生命を取られてしまいましたよ！　それから、これはわしのところの庭師の小屋のレンガです。ご存じのように、その小屋は丸焼けになりましたが、どうして出火したのかだれにもわからないのです。それから、こいつは去年ミサの最中に教会へはいこんできたヘビです。フェルトン大尉が殺したんですが、彼氏はなかなかハンサムな男ですな、そう思いませんか？」

「ええ、そう思いますが、でもぼくはあの人をよく知らないので――」

「それはおかしいですね。わしはまた、あんたがたご夫妻は、フェルトン大尉と大の仲良しかと思っていましたよ」

「どうして、そんなふうにお考えになったのですか？」

「いや、たぶんわしの想像にすぎなかったのかもしれません。ところで、これはかなり悲しい思い出の品です。この二本の角《つの》は、百姓のローソンがわしの牧草地につれてきた雄牛のものですが、誰かが門をあけっ放しにしておいたため、そいつが柵の外に出て、道を通りかかったある男を突き殺してしまったのです」

「ぼくらは、フェルトン大尉をほとんど知らないんですよ」とエリックは言った。「最初ここへ来たときに会ったことはありますが、しかし――」

「そうでしょう、そうでしょうとも!」と、老人は言った。「それから、ここにあるのは匿名の手紙です。どこにでもよくあるように、この土地でも、時々われわれはこうした手紙を受けとるんですよ。これはコパラスさんからもらったものですが」

「あなたのおっしゃる、そういった田舎の匿名の手紙の中に書かれていることには、普通根拠があるんでしょうか?」とエリックがきいた。

「あると思いますね」と老人は答えた。「世間で起っていることは、かならず誰かが知っているらしいですよ。つぎに、あんまり長もちはしそうもありませんが、こんなものもあります。墓地からとってきた大きなホコリダケです。こいつはどこよりも墓地で大きく育つようですね。とても軽いですから、持ってごらんなさい」

そう言いながら、老人はそのキノコをエリックのほうへさし出した。エリックはそれまでパイプとタバコ入れを両手でもてあそんでいたが、それをかたわらにおいて、ホコリダケを受けとった。「ほお、とても軽いですね」と彼は言った。「不思議ですな」

「さあ、ここを通りぬけて、ずっとこっちへいらっしゃい」と老人は熱心に言った。「わしは長靴のことを忘れていました」エリックは巨大なキノコをもったまま老人のあとに従った。「この一足の長靴は、池で溺死体となって発見された、ある浮浪者のものです。フェルトン大尉の家の近くのあの池ですよ」

「フェルトン大尉はいま何をしているのですか?」とエリックがきいた。

「彼には収入があるので」と老人は言った。「けっこう楽しく暮らしているらしいですよ」

「あの人の楽しみというのは、なんですか?」エリックは何気ない調子でたずねた。

「さあ」と、老人はチラッと眼を光らせながら言った。

「フェルトン大尉というのは、どっちかというとレディー向きの色事師じゃないですかな」

「本当ですか?」とエリックが言った。

「いろんな噂があるのですよ」と老人は言った。「大尉はなかなかの用心屋ですが――どうしてそんな噂が立つのか、おわかりでしょう。ああ、あそこにある大きな水晶――あれはこの家の前の小道を半マイルばかり行ったところにある石切り場から発見されたものです。もっとも、ずっと前からその石切り場は使用されずに、いまは廃墟同然になっていますがね。でも道路からその中へ車を乗り入れることができるので、大尉はなんでもそこを、人目をしのぶランデブーの場所にしているということを聞きましたよ。やっ、これはどうも。他人の陰口などきいてはいけなかったですな。でも、羊飼いの少年たちが岩の上から見たというのは、有名な事実でして、むろん噂が立ったのもそのためなのです。それに、世間の連中は、こういった問題を笑い話の種にするのが好きですからな。わしがおそれているのは、そのうちに、大尉からいわばその家庭を侵害された尊敬すべき紳士たちの誰かの眼にも、触れやしないかということですよ。なにしろ、あそこには、とても大きな石がいくつもころがってますのでね。ところで、これはわしが剝製にした猫ですが、この猫に関しては実に奇怪な話がありましてね」

「教えてください」とエリックが言った。「フェルトンはいまこの土地にいるのでしょうか、それとも不在中なのでしょうか?」

「ここにいますよ」と老人は言った。「つい一時間ほど前に彼の車が通ったのを見ましたからね。赤い車です。赤い車なんてめったにお目にかかれるものじゃないのに、実を言うと、彼の車のすぐあとからもう一台赤い車がやって来て、通りすぎましたよ」

「ぼくは――ぼくはおいとましなければならないと思います」とエリックが言った。

「お帰りになる？」と老人は言った。「いまこの不仕合わせな猫のことをお話ししようと思っていたところですのに」

「それはまたこの次の機会に」とエリックは言った。

「では、またのときにしましょう」と老人は言った。

「いつでもよろこんでお話しいたしますよ。門までお送りしましょう」

エリックはあたふたと門から出た。

「来たときの道をおもどりにならないのですか？」と老人は言った。「そのほうが早道ですのに」

「いえ、いえ、こっちをまわって行くことにしているものですから」とエリックは言った。

「その道を行くと大尉の石切り場のそばを通ることになりますよ」と老人は言った。「では、さよなら、また近いうちにどうぞ」

老人はエリックがいそいで大股に道を下って行くのを見まもっていたが、それからさらに相手の姿を見張るために、土手にはいのぼりさえした。エリックが道をはずれ、石切り場の縁に向かって斜面をおりて行くのを認めると、老人ははじめて自分の博物室へ静かにもどって行った。

部屋にはいった彼は、エリックのパイプとタバコ入れを取り上げ、限りない愛情をこめてそれらをなでまわした。しばらくそうしていてから、彼はやっとその二つの品を注意ぶかく棚の上にのせ、再び庭内の散歩にもどった。

# ある湖の出来事

Incident on a Lake

五十歳の誕生日を迎えた翌日、ひげを剃りながらビーズリイ氏は鏡のなかの顔をながめて、自分がひどくネズミに似ていることを認めた。「チュウ！　チュウ！」と、彼は肩をすくめながら自分に言った。「何をおれは気にしているんだ？　少なくとも、マリアのこと以外気にすることはないじゃないか。おれは結婚当時、彼女を小猫みたいだと思ったことをおぼえているが、いつのまにか、あいつめ、なんておとなになったことだろう！」

　彼はよれよれのネクタイを結ぶと、朝食に遅れたのではないかとびくびくしながら、いそいで階下へおりた。朝食が終わるとすぐ、彼はドラッグストアの店を開けなければならなかった。店はこうした小さな町の常として、それから夜の十時まで、ろくな儲けもないのに、たえず忙しかった。その上、昼間は一定の時間をおいてマリアが監督のためにときどき姿を現わし、客の面前だろうとお構いなしに、彼のまちがいや欠点をびしびし指摘した。

　それでも彼には、毎朝、一つの小さななぐさめがあった。それは、新聞をひろげて何よりもさきに、リプリイ氏の筆になる面白い連載記事に読みふけるときだった。金曜日には、さらに大きなたのしみがあった。その日には、彼が愛読している〈自然科学の驚異〉誌がとどくことになっていたからだ。この雑誌を読むのは、彼の希望なき生活のいわば穴であって、この穴を通して彼は耐えられぬ世界から信じられぬ世界へ逃避するのだった。

　ところが、ある朝、この信じられぬことが、親切にも本当にビーズリイ氏を訪れたのだ。それは長い封筒に入り、ある有名な法律事務所のしゃれた便箋にのって、やって来た。「おい、きみ、信じる信じないは勝手だが」と、ビーズリィ氏は細君に言った。「おれに四十万ドルの遺産がころがりこむことになったぞ」

「どこから？　ちょっとあたしにも見せてよ！」とビーズリィ夫人が叫んだ。「そんなふうに手紙をひとり占めにしないで」

「そら」と彼は手紙を渡しながら言った。「読んでごらん。鼻をひっつけて読んでみるといい。もっとも、そんなことをしても、お前さんには大して得にならんことかもしれんがね」

「あら、まあ！」と彼女は言った。「あなた、もうすっかり、えらそうに構えてるのね！」

「そうさ」と彼は歯をほじくりながら言った。「なにしろ四十万ドルの遺産が手にはいったんだからな」

「あたしたちもそうなれば」と細君は言った。「ニューヨークでアパートを借りることも、マイアミに小さな家を持つこともできるわけね」

「きみには半分やるから、好きなようにしたらいいだろう」とビーズリィ氏は言った。「ぼくは旅行するよ」

ビーズリィ夫人は、どんな古ぼけた無価値なものでも、自分の所有に属するものが失われそうになる時いつも感じるあの驚愕と狼狽の気持ちで、良人《おっと》の言葉をきいた。「まあ！　それじゃあなたはあたしを棄てて、どこか未開の地の女を追っかけまわしに行くつもりなの？」と彼女は言った。「あなたはもうそんなことをすっかり卒業したと思ってたわ」

「ぼくが興味をもっている女は」と彼は言った。「リブリィ氏が描いているあの女たち――皿を何枚ものせられるほど大きな唇をした連中だけさ。もっとも〈自然科学の驚異〉には、キリンのような首をした女の写真ものっていたがね。ぼくはこれらの先住民族や、ピグミー族や、極楽鳥や、ユカタンのお寺が見たいんだ。ぼくが金を半分きみにやろうと言ったのは、きみが都会生活や社交界にあこがれているのを知ってるからだよ。ぼくは断然旅行のほうにするよ。もしきみが来たいというなら、ついて来てもかまわないがね」

「行くわ」と彼女は言った。「あたしがいっしょに行くのは、あなたに馬鹿なまねをさせないためだってことを忘れないでちょうだい。そして、あなたがうろつきまわるのに飽きたら、そのときは、ニューヨークでアパート住まいをするなり、マイアミで小さな家をもつなりするのよ」

良人からその天国を少しでも奪うことができれば、地獄の生活も辛抱する気で、ビーズリィ夫人はぷりぷりしながら、良人に同行した。二人の旅はまず彼らを深い森の奥へつれて行った。そこでは、壁も床も天井も生木のままの松材で作られた裸の寝室のどの窓にも、直立した松の木立の間に青くかがやく斜光にいろどられた、セザンヌそっくりの森の風景画が見られた。また、アンデスの高地では、彼らの窓は燃えるような瑠璃色——時としてその下の片隅に、綿のかたまりのような小さな雪白の雲を浮かべた——で四角に区切られていた。熱帯の島々の海岸小屋では、毎朝潮が、一風変った趣味豊かなホテルの主人のように、かならずなにかしら小さな贈物を——スミレ色の海草の扇だとか、ヒトデだとか、貝殻だとかを残していった。もっとも、ビーズリィ夫人は卑俗な女だったから、そんなものよりもA級酒の一壜か、〈エグザミナー〉の一冊でももらうほうをよろこんだにちがいない。彼女は始終ニューヨークのアパートのことやマイアミの家のことを考えて溜息をつき、自分からこれらのものを奪った張本人として可哀そうな良人のことを絶えず罰しようとしていた。

例えば、極楽鳥がビーズリィ氏の頭上の大枝に止まりでもすると、彼女は良人がこの興味ある生きものを調べるひまもないうちに、大きなしゃがれ声をあげてそれを追っぱらうように心がけたし、ユカタンの寺院巡りのときには、わざとまちがった出発の時間を良人に告げたり、また眼に何かはいったふりをして、アルマジロから良人の注意をそらせたりした。また、ブドウの房のように埠頭に群がった、有名なバリ島女の乳房の列を見たときには、彼女はぐるりと廻れ右して、抗議する良人を追い立てて船中へ引き返した。

ブエノス・アイレスでは、彼女は髪にパーマをかけたり、美容院通いをしたり、気の利いた衣裳を買ったり、競馬へ行ったりできるように、長期間滞在することを熱心に主張した。ビーズリイ氏は公平でありたいと思ったので、彼女の主張を容れ、二人は快適なホテルに組部屋をとった。ある日の午後、細君が競馬へ出かけた留守に、わがビーズリイ氏はホテルのラウンジで一人の小柄なポルトガルの医者と懇意になり、まもなく二人はホアチン鳥（南米産の鳥。ひなには翼に爪がついていて、樹木をよじのぼる）だの、アナコンダ（南米産の世界最大の蛇）だの、アホロートル（メキシコ産のサンショウウオの一種）だののことを活発に話し合った。

「ところで」とポルトガル人は言った。「わたしは最近アマゾンの上流地帯から帰ってきたのですが、あのあたりの沼や湖水は、おそろしいですな。インディアンの話によると、その湖の一つには、科学者のまったく知らない生物が棲息しているそうですよ。ものすごくでかい奴で、ワニに似たところもあればカメに似た点もあり、全身装甲板でおおわれていて、首が長く、剣のような歯をもっているということです」

「それは興味ある生物にちがいない！」とビーズリイ氏は恍惚となりながら叫んだ。

「そうですよ、そうですよ」とポルトガル人はあいづちを打った。「たしかに興味がありますね」

「ああ、もしそこへ行くことができたら！」とビーズリイ氏は再び叫んだ。「もしそれらの先住民族たちと話すことができたら！　もしその生物をひと目でも見ることができたら！……いかがでしょうか、いまお暇はないですか？　ひとつささやかな探検に加わっていただけないでしょうか？」

ポルトガル人はよろこんで承諾し、すぐ話はまとまった。

競馬から戻ってきたビーズリイ夫人は、これからすぐアマゾン旅行に出発し、野蛮なインディアンの集落にある未知の湖水に滞在するのだときかされると、ひどくくやしがった。彼女はそのポルトガル人を侮辱するようなことを言ったが、相手はお辞儀をしただけで何も言わなかった。というのは、彼はビーズリイ氏との話し合いで、有利な財政的条件をとりつけていたからだった。

ビーズリイ夫人は、アマゾン河をさかのぼる間じゅう、良人をののしり、あなたの探しているそんな生物なんかいるものかとか、あなたは詐欺師の口車にのせられたのだとか、しつこく言いつづけた。ふだんから彼女の愚痴には慣れっこになっていたビーズリイ氏も、これには辟易せざるを得なかった。というのは、ポルトガル人の前ですっかり男を下げてしまったからだ。その上、彼女の声はとても調子の高いキンキン声だったので、この有名な大河をさかのぼる数千マイルの船旅の間に、彼が眼にしたのはわずかに、あわてて涯知《はて》れぬジャングルの奥へ身をかくしたバクと、クモザルと、大アリクイのうしろ姿だけだった。

それでもついに、彼らは目的の湖水に着いた。

「これがあの人の話した湖だってことが、どうしてわかるの？」とビーズリイ夫人は良人に言った。「どこの湖だか知れたもんじゃないわ。原住民たちはあの男になんて言ってるの？　あなたにはひと言だってわからないんでしょう。それでなんでも本気にしているのね。怪物なんか絶対に見られやしないわよ。そんなことを信じるのは、大馬鹿者だけだわ」

ビーズリイ氏は何も言わなかった。ポルトガル人は、インディアンたちとの会話から、湖畔に一軒の見棄てられた草小屋があることを知り、かなりの時間をかけて探しまわった末、やっとその小屋を発見した。三人はその小屋へ移った。数日が過ぎた。ビーズリイ氏は毎日望遠鏡を手にしてアシの茂みにうずくまり、からだじゅうを蚊に刺された。だが、何も見えなかった。

ビーズリイ夫人は、相変わらず悪態をつづけながら、内心満足の気持ちを味わうことができた。「あたし、これ以上もう、がまんができないわ」と彼女は良人に向かって言った。「あたし、今まではあなたに引きずりまわされるままになってきたわ。そして、たえずあなたから眼をはなさないようにしてきたわ。こんどだって、原住民といっしょにカヌーに乗って、何千マイルも旅をしてきたわ。でも、あたしにはちゃんとわかっていたのよ、あなたがペテン師の口車にひっかかって、あたしたちのお金を無駄遣いしているってことが。さあ、今日の午前中にもここを引きはらって、パラへ向かいましょう」

「どうしてもそうしたいなら、きみはたってもいいよ」と彼は言った。「きみに二十万ドルの小切手を書いてやろう。たぶん通りすがりの原住民にたのめば、カヌーにのせてつれて行ってくれるだろう。だけど、ぼくはいっしょに行かないよ」

「そのことについてはよく相談しましょう」と彼女は言った。が、彼女には良人を一人おいて行く気は毛頭なかった。というのは、あとにのこった良人が一人でたのしい思いをするのではなかろうかと、それが心配だったからである。そのくせ、良人が小切手を書いてわたすと、彼女は彼をおいて出発すると、おどかすのをやめなかった。彼が降参すれば、こっちの勝利だし、降参しなくても、そうすることによって相手の気持ちを幾分でもかき乱すことができると思ったからだ。

翌朝、たまたま早起きした彼女は、小屋のまわりに鈴なりになっているおいしい果実で面倒な朝食をすませるために、外へ出た。いくらも行かぬうちに、ふと砂のおもてに眼を落とした彼女は、そこに幅一ヤード近くもある、爪のはえた、扁平な、一つの足跡を見つけた。それと対の、もう一つの足跡は、そこから十フィートもはなれたところにあった。

これらのすばらしい足跡を見た瞬間、ビーズリィ夫人の心には畏怖の念も興味も浮かばずに——ただ、良人の勝利と、あのポルトガル人の正しさが証明されたことに対するいまいましさで、いっぱいになった。彼女は驚きの叫び声も立てなければ、眠っている男たちを呼び起こしもせずに、フンと鼻を鳴らしただけだった。それから、この無法な女は、手ごろなシュロの葉を一枚むしりとると、これまでまだ一度も白人の眼にふれたことのないこの極めて興味ある足跡を掃き消してしまった。それがすむと、彼女は無気味な笑いを浮かべ、次の足跡を探して、それも消してしまった。すこし進むと、さらに別の足跡が見え、つづいて、また一つ見つかった。こうしてなおもつづいて足跡を一つ一つ消しながら、とうとう彼女は、生暖かい湖水のふちまで来てしまった。そこには最後の足跡が水際に印されていた。

この最後の足跡を消してしまうと、彼女は腰をのばし、小屋のほうをふり返った。彼女は眠っている良人に話しかけるように言った。「二人でマイアミに住んで、あなたが年とって、もうそれについてなんにもできなくなったら、この話をきかせてあげるわ」

そのとき、不意に彼女のうしろで、湖水の水が渦巻いたかと思うと、彼女のからだは剣の刃そっくりの歯にくわえられた。彼女には、そのほかの点についてはあのポルトガルの医者の言ったことをたしかめる余裕がなかったが、きっと何もかも彼の言ったとおりだったにちがいない。彼女はくわえられた瞬間、ひと声キャーッと悲鳴を上げたが、あいにくこの数週間張り上げつづけてきたたたりですっかり声をからしていたので、たとえきこえたにしてもその叫びは、すでに絶滅したと思われるこの巨獣の雌を呼ぶ声とききまちがえられたかもしれない。事実、この最後の生きのこりの巨獣は、それから二、三分するとジャングルから姿を現わし、四方を見まわしていたが、あきらめたように肩をすくめて、もと来た道を引き返して行った。

それからまもなく、ビーズリイ氏は眼をさまし、細君のいないのに気がついて、ポルトガル人を起こした。「家内を見かけなかったですか?」と彼はたずねた。「知りませんね」と、小柄なポルトガル人は言って、再び眠ってしまった。

ビーズリィ氏は外に出て、しばらくそこらを見まわしていたが、やがてまた友人のそばへもどって来た。「家内は逃げたのかもしれませんよ」彼は言った。「湖水へおりて行った足跡を見つけたんですが、きっと彼女はそこでカヌーに乗った原住民に出会い、下流までつれて行ってくれるように説きふせたにちがいありません。昨日もマイアミで小さな家を手に入れるために、一人で帰るとおどかしていましたからね」

「あそこは悪い町じゃありません」とポルトガル人は言った。「しかし、いろんな点で、ブエノス・アイレスのほうがもっといいでしょうな。ところで、例の怪物にはがっかりしましたね。どうです、ブエノス・アイレスにもどってみませんか。あそこでなら、いろいろな珍しいものをお見せできると思います――もちろんまるでちがった方面のものですが――リプリィ氏なんかが夢想もしなかったようなものをね」

「あなたは旅のお連れとして実に気持ちのいいかただ！」とビーズリィは言った。「都会生活まで魅力あるものに思わせるんだからな」

「いやどうも。それに飽きたら、いつでもまたさきへ進めばいいでしょう」と小柄なポルトガル人は言った。「わたしは、若い娘たちが――唇こそ皿をのせるように出来てはいませんが――あらゆる点で自然の驚異であり、その踊りがまた芸術の驚異でもある、いくつかの熱帯の島を知っていますからね」

# 旧　友

Old Acquaintance

それは第十六区のアパートの五階にある、気取った家具塗料のにおいのする一室だった。この近所のアパートの部屋部屋は、どこもこんなふうなにおいか、あるいはその部屋の住人の全くちがった生活様式を示すある種のにおいでみたされているのだった。

デュプレ夫妻は、その気質からいえば、もっとかぐわしいにおいに包まれた、ほがらかな結婚生活がぴったりしていたにもかかわらず、一緒になってから二十年間、無味乾燥な家具塗料のにおいの中で暮らしてきた。これは、はた眼にはわからなかったけれど、ある激しい嫉妬感のためで、それが早くから二人を禁欲的に傾かせてきたのである。

良人《おっと》のほうは、細君が結婚当時抱いた後悔の念をいまだに棄て去ってはいないと疑っていたために、彼女に嫉妬を燃やしていたし、細君のほうは、使用人に充分な給料を払わずにおいて、そのために使用人の正直さを疑う守銭奴のように、良人に嫉妬を抱いていた。たまに二人でカフェへ行くこともあったが、そんなとき氏はいつも、〈パリジェンヌの生活〉をさがして読みふけり、彼の興味をひくような写真が一枚でものっていると、五分間もじっとそれから眼を離さないのが常だった。

こうした結果が、パリ人的ピューリタニズムともいうべきあの非肉感的な家具となり、さらに体裁をかざるための週一回のニス塗りとなったのである。

ところで、いまこの寝室には、さらにその上に薬のにおいがした。デュプレ夫人が急性肺炎で瀕死の床に横たわっていたからだ。良人は、涙を期待しながらハンカチーフをひろげて、しかし内心ではタバコを一服喫いたいなと思いながら、ベッドのそばに腰かけていた。

「あなた」と、夫人がかすかな声で言った。「何を考えていらっしゃるの？　わたし言ったでしょ、パスカルの店で手袋を買ってきてくださいって。あそこは値段も大して高くはないから、って」

「ねえ、お前」と良人は答えた。「すまないね。ぼくはいま昔のことを考えていたんだよ。ロベールがマルティニクへ行く前、つまりぼくらが結婚する前、われわれ三人はどんなにいつもいっしょに暮らしていたかってことをね。ぼくらはなんていい友達だったのだろう！　最後の一本のタバコまで分け合う仲だったんだからな」

「ロベール、ロベール」とデュプレ夫人はつぶやいた。「あんた、わたしのお葬式には来てくださるでしょ」

これらの言葉をきくと同時に、一条の光が長いことほうっておいたデュプレ氏の心の片隅にさしこんだ。「ああ、やっぱりそうか！」と、彼は膝をたたきながら叫んだ。「ずっと、ロベールだったんだな！」

デュプレ夫人は何も答えなかった。そして、ニコリと微笑しただけで、そのまま息絶えてしまった。どうしていいのかちょっと戸惑った良人は、死者の額に一、二度キスしてから、ベッドのそばにひざまずこうとしたが、すぐ立ち上がって、膝のほこりを払った。

「二十年！」デュプレ氏は鏡をチラッとのぞきこみながら、つぶやいた。「さて、医者に知らせなければならんぞ。それから公証人と、葬儀屋と、ガブリエル伯母と、いとこたちと、ブランシャール一家にも。区役所にも行かなければならんな。区役所では落ちついて一服やるわけにも行かんだろう。……ここでならできるが、やって来る連中ににおいをかがれてもまずいし、死者に対しても礼を欠くことになるな。五分間ばかり、表の戸口まで下りて行っても、かまわんだろう。……結局二十年後の五分ぐらい、なんだっていうんだ?」

そこでデュプレ氏は、アパートの玄関口まで下り、石段の上に立って、夕暮れの柔らかな空気にあたりながら、待ちかねたタバコの煙を胸いっぱい吸いこんだ。最初の一服を喫い終わると、いかにも満足そうな微笑が彼の肥った顔いちめんにひろがった。

「おや、お気の毒なデュプレさん！」突然、地下室から姿を現わした管理人の婆さんが声をかけた。「奥さんはいかがですか？　お苦しみなんでしょう？」

口にしたタバコと顔の微笑を意識したデュプレ氏は、妻がたった一分前に息を引きとったということをとっさに説明しにくい気持ちにおそわれた。

「ありがとう」と彼は言った。「もう苦しんではいません。いま眠っていますよ」

婆さんは楽観説を表明した。「なんといっても、奥さんはアンジェのお生まれですものね。アンジェの女について言われてる諺をご存じですか？」

婆さんは調子にのってなおもべらべらしゃべりつづけたが、デュプレ氏は聞いてはいなかった。「これから上の部屋へ帰り」と彼は考えた。「悲しい発見をしたことにする。そうすれば、もう一度下りてきて、こんどはもっともっともらしい顔つきで、この老いぼれカラスにも顔を合わせられるわけだ。だが、そのあとが大変だぞ。医者、公証人、葬式の手配、伯母、いとこたちの問題がある……。うん、いつのまにか一本喫っちまったが、これじゃ喫ったような気がしやしない。文明国では、女房に先立たれた亭主は、もっとそっとしておいてくれて死者を悔むにまかせるのが当然じゃないか」

管理人の婆さんは引っこんだが、すぐまたもどってくることは必定だった。デュプレ氏はもう一本喫うひまはありそうに思ったが、こんどはその治療的効果が充分に発揮されるようなもっといい条件の下でのみたいと思った。彼の神経状態は、モダンなカフェの席と、ペルノーの一杯と、家具塗料のにおいなどよりもずっといい香りのするカフェの有効な雰囲気を求めた。

「タバコ、ペルノー」とデュプレ氏は思った。「それからうまい食事！　うまい食事のあとでは当然コニャックの一杯が欲しくなる。これは消化に必要だと、医者もすすめているんだ。それに——コニャックの一杯ぐらいなんだ？」

デュプレ氏は帽子をとりに階上へ引きかえした。

デュプレ氏は、モンパルナス広小路《ブールバール》のヴィクトアールへ行くことに決めた。彼と彼女とロベールが、学生のころ、金があるといつも出かけて、浮かれ騒いだ場所だ。

「事実、このほうが」と彼は考えた。「彼女の永遠の眠りを医者だのいとこたちだのでかき乱すよりも、はるかにましな追悼行為だろう。それに、あそこの料理はいつだってすばらしかったからな」

まもなく彼はペルノーの大カップを前にして、ヴィクトアールの椅子に心地よげにすわっていた。ひと啜りひと啜りが、まるで接吻のようだった。そして接吻のようにそれはあとをさそった。デュプレ氏は二杯目を注文すると、〈パリジェンヌの生活〉のページをのぞいてみる気分になった。

「とにかく、これだけはたしかだ」と彼はわれとわが心につぶやいた。「自分のやりたいと思うことをやる——それが人生なのだ」彼はその材料をさがすためにあたりを見まわした。「あそこにいる二人の娘は、ひどく善良らしいが、彼女らもこの写真にのっているようなこまごました品を身につけているのだろうか」

彼の想像力は、われながら突飛と思うような愉快な情景を心に描き出した。彼は思わずくすくす笑い出してしまった。そして誰でもかまわないからぴしゃりとたたきたい衝動におそわれた。「いったいおれは、この二十年間に、何をしてきただろう？」と彼は思った。「なんにもしちゃいない！」

デュプレ氏は自分に興味を起こさせた二人の若い婦人をぬすみ見るつもりで、再び眼を上げた。が、いつのまにか二人がいなくなってしまっているのを見て、彼はがっかりした。

ひょっとすると二人はただ席をかえたのかもしれないと思って、デュプレ氏はあらためてカフェの中を見まわした。だが、とたんに彼はのけぞるほど驚いた、というのは、二、三フィートさきのテーブルに、ペルノーの大カップを前にして、グレイの帽子をかぶり、見るからに健康な顔色をした、まごうかたないデュプレ夫人が、腰をおろしているのが、眼にとまったからだ。

彼女はすぐ彼の注視に気がつき、唇をかみしめて、ソーダ水のように沸騰する忍び笑いを押し殺していた。それから彼女はオウムの眼のようないたずらっぽい眼で、彼のほうをじっと見た。デュプレ氏はグラスをとり上げると、いそいで細君のテーブルにうつった。

「ねえ、お前」と彼は言った。「ぼくは落ちつきをとりもどすために出てきたんだよ」

細君は何も言わずに、半分のこっているペルノーをぐっとひと息に飲み干し、グラスをテーブルの上において、良人が給仕に、「もう一杯ペルノーを——都合二杯もって来てくれ」と言うまで、グラスから眼をはなさなかった。

良心のとがめというのはおかしなもので、デュプレ氏はカフェにいるところを細君に発見されると、彼女が自分の最も秘密にしている意図はもちろん、例の二人の女性に対するひそかな関心までも知っているような気がしてならなかった。彼はいまに非難の一斉射撃をあびせられるものと覚悟した。だが、彼女がグラスのふち越しにいかにも寛大な、物わかりのいい眼つきで、チラッと彼の顔をながめながら、その恰好よくとがらせた唇の中へグラスの中味を魔法のように吸いこむのを見ると、彼はホッと安堵の胸をなでおろした。

「マリー」と、デュプレ氏はちょっと微笑してから言った。「いままで、ぼくらは、どうも窮屈すぎた生活をしてきたようだよ。なんといっても、いまは二十世紀だからね。きみは今日は実にすばらしい姿をしているじゃないか！」

デュプレ夫人は寛大に微笑した。そのとき、ドアがパッと乱暴に押しあけられ、一人の男が入ってきて、あたりを見まわした。デュプレ氏はその男を見た。

「いや、そんなことはあり得ない！」と彼は言った。

「ねえ、マリー、ぼくはいまおもしろいことを考えついたんだよ。びっくりしないでくれ」

だが、デュプレ夫人は、すでにその新来客に気がついていた。彼女はよろこばしげに微笑すると、片手を挙げて合図した。男のほうも微笑しながら、別におどろいた様子も見せずに、いそいで彼らのほうへ近づいてきた。

「ロベール！」とデュプレ夫人が叫んだ。

「こりゃおどろいた！」とデュプレ氏も叫んだ。「やっぱり、ロベールじゃないか」

二十年の歳月の経過によって、いっそう美化された思い出の数々を共有するこれら三人の旧友の興奮は、たとえようもなかった。それに、彼らはすでに半ば酔っていた。というのは、ロベールも、あきらかにアペリチフを一、二杯ひっかけていたからだった。「きみに会えるなんて！」と彼はデュプレ氏に言った。「世の中は狭いもんだな！　実際、うっかりしたことはできんよ」

デュプレ氏も同様めんくらっていた。ロベールの肩をたたく以外に何もできなかった。三人は最後の乾杯をすませると、仕切り壁の向こう側のレストランへ移った。

「あれからずっと何をやっていたんだ？」席に着くとロベールがたずねた。

「別に大したことはやらなかったわ」とデュプレ夫人が答えた。

「ほお！」と、ロベールは顔じゅうをほころばせながら言った。「そうか？　とにかく、今夜はすばらしい晩になりそうだぞ。ひとつ、今夜は、昔飲めなかったような上等なワインを飲むか。マリー、ぼくの言うのがどんなワインか、あんたにはわかるだろう？」

「エルミタージュだろう」すでにメニューに鼻をくっつけるようにしていたデュプレ氏は言った。「それともコルトンか？　なぜいけないんだ？　値段のことなんか心配するな！　こういったワインは人間の頭にいろんなうまい考えを浮かばせるもんだよ。最初にまずシャンペンと行こう。なに、かまうもんか。結婚式みたいにね」

「ブラボー！」とロベールは叫んだ。「きみはうまいことを言ったよ」

「ところで、何を食べるか？」とデュプレ氏は言った。「墓場から出て来たみたいに、顔を見合わせてばかりいないで、きみらもメニューをよく見たらどうだ。何かピリッとしたやつをとる必要があるな。マリー、お前がニンニクを食べるなら、ぼくもニンニクを食べることにするよ、フッフッフッ」

「ニンニクなんかごめんだね」とロベールが言った。

「ニンニクなんかごめんだわ」と、デュプレ夫人も言った。

「どうして？」と良人はきき返した。「きみはとても好きだったじゃないか」

「人間の好みは変わるものよ」と夫人は言った。

「まったくね」と良人は言った。「ロベールがはいって来たとき、ぼくが言おうとしたのもそれだよ。どこか小間物屋の店が開いていればいいがね。マリー、お前にちょっとした贈物をしたいのさ。雑誌で見た何かをね。この世の中にはなんて不義不道徳が充満していることだろう。空気までそれでいっぱいのようだ。マリー、ぼくらはいままで自分たちの時間をむだにしてきたよ。さあ、シャンペンが来た。乾杯しよう。四旬《レン》節《ト》のあとの謝肉祭《カーニバル》だ！」

「四旬節《レント》のあとの謝肉祭《カーニバル》！」と、ほかの二人も、グラスをふれ合わせながら、意気高らかに叫んだ。

「何を恥じることがあるんだ？」心から哄笑しながらデュプレ氏は言った。「マリー、ぼくらは二十年間結婚生活を送ってきた。その間、ロベールはマルチニックへ行っていた。それは暗い二十年間だった。だが、それがなんだっていうんだ？」

「そうよ、それがなんでしょう？」夫人はロベールの鼻をぽんとはじいて、おかしくてたまらないというようにクスクス笑いながら、相づちを打った。

「二人で抱き合えよ！」突然、雷鳴のような声で、デュプレ氏は叫んだ。そして椅子の中で身を起こすと、両腕で二人をかかえた。「さあ、彼女にキスしてやれよ！　彼女はむかしきみに惚れていたんだ。それをきみは知らなかった。だが、ぼくは知ってるんだ。何もかも知ってるんだよ。ぼくはすでに結婚式の夜、彼女は誰かが好きなんだな、と考えたのをおぼえているよ。それから二十年！　おい、マリー、きみが今夜ぐらいきれいに見えたことは、いままで一度もなかったぞ。ところで、三百六十五の二十倍はいくつになる？」そこにあらわれた膨大な数字に圧倒されて、デュプレ氏は思わず泣き出してしまった。

　彼が泣いている間、同じように酔っていた二人は、テーブル越しに身をのり出し、うつろな忍び笑いをもらしながら、ときどき額をぶっつけ合っていた。

　ブランデーが来ると、デュプレ氏は落ちつきをとりもどした。「なすべきことは、だ」と彼は言った。

「失われた時をつぐなうことだ。ぼくに不賛成かね？」

「いや、まったくそのとおりだよ！」ロベールは言って、デュプレ氏の両頬にキスした。

「彼女を見ろよ」とデュプレ氏は言った。「もう四十女だ。ああ、あの小店のどれかが開いててくれたらな。おい、ロベール、耳をかしてくれ」

　ロベールは耳を向けたが、デュプレ氏はその内緒話を聞かせることができなかった。大笑いをして唾をとばしただけで、しゃべることなんかできなかった。おかげでロベールはナプキンをタオル代わりに使わざるを得なかった。

「そんな店なんか悪魔に食われろだ！」とロベールは言った。「ぼくらは何も要らんよ。カフェがあり、バーがあり、酒場《ビストロ》があり、ナイトクラブがあり、キャバレーがあれば、たくさんだよ。さあ、三人で、広小路《ブールバール》へ行こう！」

　そう言うやいなや、彼は立ち上がった。ほかの二人も千鳥足で彼のあとにつづいた。通りではみんなが笑いながら彼らをながめた。デュプレ夫人の立派なグレイの帽子は、鼻の上までずり落ちていた。彼女はポンとそれをはね上げて、こんどは後頭部にあみだにかぶった。三人は腕を組み、こわれ鍋の唄を歌い出した。

彼らはいくつかのバーをおとずれ、一軒ごとに陽気さを加えていった。デュプレ氏とロベールは、コートが地面にひきずるぐらい身をかがめて、学生時代によくやった日本人のまねをして歩いた。夫人はあまりのおかしさに笑いころげ、そのため、ギョーム街とガスコン通りの間にある小路の真夜中の闇にいっとき身をかくさざるを得なかった。

再び二人といっしょになったとき、デュプレ夫人はまだしゃっくりしながら言った。「ねえ、もうそろそろ家へ帰らなければいけないと思うわ」

ロベールは口にこそ出さなかったけれど、この注意に対して無言の軽蔑を示した。「わが友《メ・ザミ》よ！」彼はクルッとふり向き、二人の肩に手をおいて、おどけた、哀願するような顔で二人を見ながら、言った。「わが《メ・》友《ザミ》よ、わが友《メ・ザミ》よ、なぜボルデル（売春宿のような場所）へ行ってはいけないのかね？」そう言うと彼は狂ったような笑いを爆発させたが、それはたちまち二人にも伝染した。「とにかく、いまは二十世紀だからな」とデュプレ氏はクックッ笑いながら言った。「それに、ぼくらはわれらの友ロベールのことを考えてやらなければいかんよ」

そこで、彼らは「三人の《トロア・》美しい《ジョリ・》日本娘《ジャポネ》」という名で知られたある店のほうへふらふら進んでいった。ここの女たちは店内がこんなに暑くなければ、むろんキモノを着ていたのだろうが、暑さのために誰もキモノなど着ている者はなかった。この暑さはデュプレ氏にとっても不運だった。下のサロンにみんなで腰をおろすが早いか、デュプレ氏はテーブルの上のガラス板で顔を冷やす必要を感じた。そしてすぐ眠りこんでしまった。

しばらくして、やさしい手が彼を入口までつれて行き、おそらく軽く彼のからだを押したにちがいない。このひと押しが時計仕掛けのように彼の両脚を動かせたのだろう。とにかく、彼はどうにか家へ帰りついたのである。

翌朝、デュプレ氏は自分のアパートの食堂の狭いソファの上で眼をさまし、再び家具塗料のさわやかなにおいをかいだ。彼は頭と胃の調子が狂い、半分気がおかしくなっているのに気がついた。前夜の乱痴気騒ぎについても漠とした記憶しかなかった。

「でも、彼女にこんなことを知られずにすんでよかった！」彼は寝室の閉ざされたドアを気がとがめるようにながめながら考えた。「彼女が知ったら胆をつぶしたことだろう。だが、待てよ！　おれは気が狂ってるのだろうか？　昨夜《ゆうべ》、たしかにどこかで彼女に会ったような気がするが？　変だぞ！　しかも……いや、そんなことはあり得ないことだ！

おれは医者を呼ばなければならないのだ。それから葬儀屋も。それから公証人、伯母、いとこたち、友人たちにも、知らせなければならないのだ。ああ、なんて情けないおれの頭だ！」そう言いながら、彼は寝室のほうへ進みより、思いきってドアをあけた。だが、彼はそうした厄介な仕事が結局必要でなくなったらしいことに気づくと、頭がくらくらとしてきた。ベッドは空っぽだった。デュプレ夫人はいなくなっていた。

額を押さえながら、デュプレ氏は部屋からよろめき出ると、歩くというよりもころげ落ちるように五つの階段を駆けおりて管理人のところへ行った。「おばさん！」と彼は言った。「家内がいないんだ！」

「昨晩お出かけになるのを見かけましたよ」と女管理人は答えた。「あなたが出かけられたすぐあとで、グレイの帽子をかぶってお出かけになったのを見ましたよ」

「でも、彼女は死んだんだ！」とデュプレ氏は叫んだ。

「そんな馬鹿なことが！」と女管理人は言い返した。「デュプレさん、わたしは何もあなたの気持ちを乱したくありませんけれど、奥さんはアンジェの出でしたね。あの諺をご存じでしょ」

そう言うと、彼女は肩をすくめて、自分の部屋へ引っこんでしまった。

「それじゃ、あれは」とデュプレ氏は叫んだ。「彼女とあのいやらしいロベールとの間で仕組まれた陰謀だったのだな！　これは警察へ届けたほうがよさそうだ」

彼はシャトレまで電車に乗ったが、ちょうどそれが全速力で走っていたとき、デュプレ氏は二人がこの真っ昼間にまだ酔っぱらってクリシー街の角を曲がろうとしているのを眼にしたと思った。電車のとまるのを待って、いそいで駆けもどったときには、すでに二人の姿はどこにも見えなかった。

すっかり打ちのめされた気持ちになって、デュプレ氏は警察へ行くこともあきらめ、家へ帰って少し休むことに決め、少しでも早くもどるためにタクシーを拾った。タクシーは停止信号にぶつかって停車したが、そのときデュプレ氏は、自分の乗っている車の鼻っ先を走りすぎる車の中に、細君とロベールとがだらしなく酔っぱらって、彼の見ていることにはまったく気づかずに腕を組み合っているのを、はっきり認めた。

「あの車を尾《つ》けてくれ！」とデュプレ氏は叫んだ。

運転手は全力をつくして一台の車のあとを追った。そしてポルト・ド・ヌーイリまでずっと尾けて行ったが、結果はどこかの大使らしい年配の紳士が車から降りたのを眼にしただけだった。

デュプレ氏は少なからぬ料金をはらってタクシーをすて、地下鉄で帰ることにした。ちょうど地下鉄を降りたとき、彼はまたも二人がはるか端の車両に乗りこもうとしている姿を見た。二人は狭い入口をはいるのにかなり苦労していた。というのは、互いに腕を腰にまわしていたからだった。彼は二人のほうに向かって駆け出したが、とたんに全部のドアがいっせいに閉まり、電車は駅からすべり出て行った。

デュプレ氏は壁によりかかった。

「おや、デュプレさんじゃありませんか？」ちょうどプラットフォームへおりてきた一人の男が声をかけた。「やっぱりそうだ。あなた、ご気分でもわるいのですか？」

「ええ、とても」と、へたへたになってデュプレ氏は答えた。「家内が家出したのですよ、ラビシュさん。わたしをすてて、ロベール・クリスピニのところへ行ってしまったのです。二人で町じゅうをのし歩いて醜態を演じているのですよ」

「いや、いや、そんなはずはないでしょう」と相手は言った。「気持ちを落ちつけてください。お願いしますよ。われわれ良人というものは、ときどき必要以上に嫉妬ぶかくなるものですからね。クリスピニがあなたの奥さんを奪えるはずがありませんよ。わたしはつい三カ月前に、マルチニック島から帰って入院している彼に会ったばかりですが、それから一週間ほどして彼は死にましたよ。向こうではかなり不節制がひどかったらしいですから、それがたたったのですね」

# マドモアゼル・キキ

Mademoiselle Kiki

マルセイユの西方の、荒涼たる海岸にあるラ・カイヨは、南フランスでも一番小さな漁港である。ここの馬蹄形をした入江は、二十隻たらずの漁船の停泊所になっていて、これらの船の船頭たちは、夜はたいていカフェ・ルースタンですごすことにしている。

このカフェのそばに、一本の街燈と風に吹きさらされたみすぼらしい木の立っている、狭いやせた空地がある。空地は街道に面し、道の向こうは小波のたつ港の海になっている。

店のなかには、七、八脚のテーブルがおいてあるきりで、戸口に近くトタン張りの小さな勘定台があり、このカウンターの一方の端近くに土地の景色を紹介した絵葉書掛けが立っていた。絵葉書はどれも色あせてくすんだセピア色をしており、その一枚には、この店のいまの主人が、子供のころ、片手に輪回しの輪をもち、ぽかんとした表情で立っている姿がうつっていた。この絵葉書掛けのすぐうしろの、カウンターのすそのところが、キキの一日じゅう眠っている場所だった。キキは中年の猫だが、その激情的な気性がたたって、実際よりもかなり老けて見えた。

猫の世界にキンゼー（アメリカの先駆的性科学者、アルフレッド・キンゼー博士のこと）のような人がいたなら、おそらくいろいろなめずらしい話をしてくれるにちがいない。例えば、この種族の雌の生活には、異性との会話に特別興味をもつようになる一定の時期があり、これらの時期はその頻度も期間の長さも極めてまちまちで、ときには年に二回、ときには三回起きるらしく、情熱的な南の国ではこれが四、五回くり返されるという例が知られているからだ。キキは、けっして慎み深い淑女ではなかったけれど、このような放縦は潔《いさぎよ》しとしなかったのだろう。彼女の場合は、年に一回しかこの状態は現われなかった。ただし、閏年《うるうどし》をのぞけば、それが三百六十五日つづいたというだけである。

さて、キキは並はずれて大きく、力も強かったけれど、きれいな猫とは義理にも言えなかった。その角ばったからだは、どこかのごみ捨て場からかき集めてでもきたような、ぼさぼさな、ちぐはぐな、薄よごれた毛でおおわれていたし、その横腹は、毛皮の下に前と同じ場所から拾ってきた古いベッドのスプリングが詰めこまれてでもいるみたいに、でこぼこしていた。猫の色ごとで、最も重要な役割が演じられるのは、声による前戯だが、この点でもキキはその容姿以上に大きな不利をもっていた。というのは、誰だってキキが発するような陰気な、悲しげな、いやななき声を、いままで聞いたことはないだろうからだ。このなき声は、ラ・カイヨじゅうの雄猫どもの熱い血を凍らせるに充分だった。こんなことは、ほかには、死かミストラル（フランスの地中海沿岸地方に襲来する冷たい乾燥した西北風）しかもたらし得ない現象だった。

それにもかかわらず、この気味の悪い、やせた、おそろしい雌猫は、ぜいたく三昧な生活を送り、人間からも同族からも最高の関心を払われていたのである。ラ・カイヨでは、猫は一般に名もない腐肉あさりの動物ぐらいにしか見られていなかったが、看板の時間が来てルースタンの店を出るとき、キキ嬢に向かって「おやすみ《ボン・ソアール》」と声をかけない漁師たちは一人もなかった。もっと適切な例をあげるなら、毎晩漁師たちの誰かはこのカフェへ来る途中、自分の船のところで足をとめ、売るには骨が多すぎるとか風味がなさすぎるとかいった魚を何匹か、網のきれはしだの古缶だのに入れて、持ってくるのが常だった。この貢物《みつぎもの》の中には、しばしば船底で踏みつぶされた、脂ののったイワシだのサバなどもまじっていることがあった。

猫のことを頭から無視しているラ・カイヨのような土地で、なぜキキにたいしてだけ、このような特殊待遇が与えられていたかということについては、少々説明を要する。事実はこうだった。この地方特有の異常に激しい凍るようなミストラルが襲来してくるときには、土地の猫どもは、飢えもその他の欲望もいっさい忘れて、どこだろうと眼についた避難所へあわててもぐりこんでしまうのが常だったが、キキだけは、寂しい真夜中を予見して、その針のように毛のさか立った顎を上げ、烈風そのものとまったく同じように、聞く人々の全身の筋肉をむずむずさせるような、絶望と怒りの叫びを発するのだった。

一九五一年の記録的なミストラルがローヌの渓谷沿いに襲来したときも、まだそれがカルマルグのアシの茂みをなびかせはじめさえしないうちに、キキはいまでも人々の記憶にのこっている、あのやるせない叫びをあげたのだった。その翌朝早く、おおいのしていない船が二隻沖へ吹き流され、そのまま帰って来なかったことも、人々は忘れない。これと同じようなことが一九五三年の大嵐のときにも起こったので、キキは超自然的な力をもっている、とみんなから信じられるようになったのだ。それからは、キキが骨身にしみわたるようななき声を発すると、漁師たちはそれを警告とうけとり、家にとじこもって、風の雄叫《おたけ》びにきき入った。そしてキキには食べられるだけの魚をやる価値があるという点で、みんなの意見は一致したのである。

彼らはそれ以来キキに、事実彼女が食べられる以上の魚を持ってきたが、彼女の利用を満たすほど持ってきたわけではなかった。その事情はこうだ。夜がふけて、最後の客が帰ってしまうと、ルースタンは椅子をみんなテーブルの上に上げ、一つだけのこして明かりを全部消し、それから台所へ行って、毎日漁師たちがキキのために運んでくる寄附の魚を山盛りにした大皿を持って出てくるのだった。彼はそれを外へ持ち出して、木の下の小さな空地におく。むろん、その間キキはルースタンのそばを離れようとしない。そして皿がチャリンと地面におかれると同時に、皿に鼻をつっこむのだった。

律気者のルースタンは、それからふたたび店に入り、ドアをしっかり閉めると、残った明かりを消して、ベッドにはいってしまう。

この最後の明かりが消えてしまうと、あとには街燈の弱い無気味な光と、そこらの低い塀の上とか、ベンチの下とか、空壜の箱の間とか、その他思い思いの場所に陣取ってキキのほうをじっと見ている半ダースばかりの雄猫どもの、丸い、平たい、緑色にかがやく眼の光だけが、のこるのだった。ラ・カイヨの虐げられた猫族の間にもおのずから階級はあって、これらの雄猫どもは、いわば最低の階級を代表した連中だった。つまり、どれも宿なしのルンペンだった。

だが、この飢えたならず者どもも、キキが眼の前で食べはじめたすばらしいご馳走の分け前にあずかろうとして、あえて這い出して行くものは一匹もなかった。食いものがいいために彼らのどれよりも力の強いこのアマゾンは、片時も休まずにそのご馳走を食いつづけた。見物の猫どもは、彼女が鼻づらでかきわけるようにして一匹ずつ魚をくわえ、横歯でその尻尾までかみくだいていくのを、息を呑んでじっとながめていた。これらの猫のうちでも多少頭のある奴だったら、富というものが必ずしも美を保証するものでないことを、認めただろう。なぜなら、この意地の悪い婆々猫の脇腹のでこぼこしたこぶは、栄養豊かな魚の臓物をもってしても消えないばかりか、実をいうと以前よりもいっそう醜く出っぱってきているように見えたからだ。けれども、こうした観察が実際に行なわれたという証拠は何もない。

キキがやっと食事を終えたときには、その大皿の中身は半分ほど空になっていた。それを見ると、空《す》き腹をかかえた見物の猫どもの間から、どうにも辛抱できない焦慮の叫びが上がることもあった。が、キキはそんな無作法には一顧も与えずに、ゆうゆうとお化粧にとりかかるのだった。それはちょうど、自分は金持ちなのだから、下でいくら男妾《ジゴロ》が待ちくたびれていようと平気だといった自信満々たる気持ちでいつまでも化粧台の前から離れない年増女の態度そっくりだった。

　やっと用意ができたと考えると、彼女は皿から一、二歩はなれ、情けないほど調子っぱずれの声で、《わたしに愛をささやいて《パルレ・モア・ダムール》！》の猫版を一、二節口ずさむのだった。すると、彼女の打算的な讃美者どもは、地面に腹をつけてそっと這い出し、すぐ彼女をとりまいて、ぐるぐる回りながら、その恐ろしい姿をまばたきもせずに見つめ、そして正常な本能とはまったく裏腹な、みじんも誠意のない、必死の努力でしぼり出された愛の叫びを発するのだったが、それはまるで地獄の亡霊のわびしいわめき声にも似ていた。ラ・カイヨの猫どもがほかの土地の猫よりもずっとしゃがれ声をしているため、いっそう人々から嫌われ、食べものもろくろく与えられないのは、大部分この忌わしい馬鹿騒ぎのためであるが、これがまた一方では彼らを、この深夜の音楽会《コンサート》においていよいよ激しい競争へと駆り立てることにもなるのだった。キキの讃美者たちのサークルは、あらゆる意味で悪循環《ヴィシアス・サークル》であることがわかるであろう。

　だが、キキだけはこの音楽をたのしみ、鑑賞家気取りでそれに聞き入っていた。そして結局、どれかの声が男性的な響きをつたえる点で彼女を惹きつけると、彼女はその選ばれた情夫《スウェイン》の鼻先へ自分の鼻をもって行き、まだ第二コースの料理がのこっていることを知らせるために彼女の今夜の食事に関するかぐわしい思い出をそいつにささやくのだった。それからひと声高くしゃがれ声で彼に承認を与えると、残りの連中は勝負がすんだことをさとり、彼らの地獄の合唱はたちまち静まるのだった。

　何もかもが関係者にはよく理解されていたので、この夜の取引は、偽りの遠慮や感傷的な前戯はいっさい抜きにして行なわれた。ただこのとき、キンゼー博士がこれまで猫のふるまいに注意を払わなかったことを残念に思わせるような、ある特殊な現象が観察されたはずである。それは、当然キキはすっかり夢中になったけれど、彼女から今夜の騎士に選ばれた相手の傭兵猫までが同じように夢中になったことである。そればかりではない、残りの魚のまだたくさん入った大皿が無防備のままその場に放ったらかされているにもかかわらず、飢えきっている拒否された求愛者どもが一匹として、それらの自由に手にはいる食べものに手を出そうとしなかったことだ。これは決して正直から生まれたためらいによるものではなく、まったくこの種族に特有の妄執的な窃視症によるものであって、その実例は真夜中すぎに大都会の裏街や空地を通り抜ける人のだれもが目撃するところであろう。拒否された求愛者どもの丸い眼は、この不浄な交尾情景にじっとそそがれたまま、またたき一つしなかった。そして時折、一、二匹の痩せ細った、あばら骨の下から低いうめき声が発せられるだけだった。われわれ人間は、たとえ悪行や愚行にふけることがあっても、その惑溺に対して支払う代価を漠然とながら意識するものだが、これらの猫どもは呪縛されたように、また催眠術にかけられたように、その場にじっと釘づけにされていた。

しばらくすると、坐りなおしたキキは、ひげをなで、あたりを見まわし、それからゆっくりと、うっちゃらかしておいた皿へもどって行った。こんどは彼女の恋人も同行を許されたが、彼は別に恥ずかしそうな様子も当惑したようなそぶりも見せずに、彼女のあとに従った。相変わらずその美徳も食欲も衰えていないほかの連中は、それを見るとやっと腰を上げ、中身の点では全然期待できないラ・カイヨのごみ箱あさりへと、しぶしぶ出かけて行くのだった。

見るからに醜いキキが、ミルクをなめて育った毛並みの美しい小猫のように毎日を楽しく暮らしていたのは、こうしたわけからだった。唯一の例外は、氷のようなミストラルの前兆が飢えた雄猫《トム》どもをさえそのねぐらにとじこめておく夜だった。従って、キキが漁師たちに警告を与えるような、あの悲しげな不満のなき声をあげるのもこうした夜だったが、そのために漁師たちは捕えた魚のうちから彼女に報酬を払い、それがまた、この色あせたクレオパトラに彼女のシーザーやアントニウスをつかまえることを可能にさせたのだった。ここにもまた一つの悪循環《ヴィシアス・サークル》があるわけで、おそらくこの世には、一般に知られている以上に多くの悪循環があるのだろう。

こうした状態が数年間つづいた後のある日、血色の生き生きとした一人の夫人が、マルセイユの大きな邸宅を売りはらって、たまたま彼女の生まれ故郷であるこのラ・カイヨに、小さな家を買い求めて、移ってきた。彼女はこの土地で、静かに余生を送るつもりらしかった。夫人はパピヨンという名の飼い猫をつれてきた。それは、小ぎれいな、快活な、ひと目で大事にされていることがわかる、美しい猫で、サテンのような毛並みをもち、新しいピンのように清潔で、エナメル革で作った真っ赤な首輪をしていた。

ところで、どんなものも絶対完全というわけにはいかない。パピヨンもその境遇のためにある小さな損失をうけていた。だが、それはごくつまらない、なにも騒ぎ立てるほどのものではなく、むしろ、そのために彼の全般的な安楽と幸福は大いに増進されたのかもしれないが、とにかく猫というものが家畜とみなされず、従って一度も飼われたことのない、この原始的な村では、こうしたことはまったく未知に属する事柄だった。

そんなわけで、最初の夜、自由にされるとさっそく、パピヨン若旦那は休日の小間物屋よろしく、大いに気取って港の岸へ出かけてきた。それは肥満の生きた見本、優雅と自尊心の化身といった姿だった。ちょうどルースタンが、例の魚を盛った大皿を地面におこうとした瞬間に、カフェの外側に到着した彼は、たくさんの面白い物語やマルセイユでたまたま見聞した珍しい話を持ってきた、自分のような訪問者は、さぞかし歓迎されるにちがいないと考えた。そこで、彼は小鳥のような満足のさえずり声をあげると、尻尾を立てて、その饗応にあずかるためいそいそと進んできた。

キキは、一瞬相手の厚かましさにびっくりしたが、次の瞬間、彼が生まれてこのかた夢にも考えたことのないような、顔への痛烈な一撃をもって挨拶に代えた。

パピヨンは、わけのわからぬことを口走って、一歩とびのいたが、この点でも彼は誤まっていた。彼はいそいで完全な退却をすべきだったのだ。なぜなら、彼が充分敬意を表した速度で退却しないと見ると、キキは電撃的に相手に襲いかかって、二度まで爪をむき出した前肢でなぐりつけたので、とうとうパピヨンはその美しい毛を半分以上も岸壁の上に吹き散らして、ほうほうの体《てい》で女主人の家へ逃げ帰った。

けれども、彼はなんといっても魚のにおいを嗅いでしまったのだ。そのにおいは彼を大いに悩ました。彼が思いきってふたたび冒険に出かけたのは、それから幾日もたたない晩だった。常連《レギュラー》の雄猫どもが、もし注意をはらうだけの余裕があったなら、パピヨンの物欲しそうな顔が木のうしろからのぞいているのに気がついただろう。彼はマルセイユでも、それとかなり似たことを眼にしたことがあるので、いま行なわれていることをすぐ理解した。そして次の晩は、そっとにじり寄って、求愛者の間に割りこんだ。彼らは敵意よりもむしろ驚愕の表情で彼を見つめた。これは、彼の都会風の外観や、その全体的なつやつやしさや、光りかがやいている首輪のためというよりも、もっと微妙なもっと深いあるもののためで、それがこれらのおんぼろ傭兵たちを完全に狼狽させ当惑させたのだった。もし彼らとおなじような侵入者だったなら、たちまち追いはらわれたであろうが、彼らはパピヨンをどこか違っていると、感じたのだ。パピヨンには、彼らが指をふれることのできない——もっとも猫には指がないからでもあるが、たとえあったにしても、ふれることのできない——何ものかがあったのだ。こうして、パピヨンはそのまま残ることを許された。

キキは、彼が雄猫どもの中に混じっているのを見つけて、新たな眼で彼を見た。彼女は彼の首輪から強い印象をうけた。というのは、それがたぶん彼女の頭にある種の社会的観念を植えつけたのかもしれない。どんな自堕落な雌猫でもこれに対して完全に免疫のあるやつはいないからだ。キキはまた、彼がいかに美食に慣れ、まるまると肥っているかということにも気がついたし、彼のライバルの雄猫どもと同じように、彼にはどことなくちがったものがあるということにも漠然とながら気がついた。だが、彼はマルセイユから来たのだ。「いったい、そんなことを誰が知ろう？」とキキは考えた。

そこで、彼女は、その鼻をパピヨンの鼻先に近づけて、例の承認のしゃがれ声をささやいた。軽薄な作り笑いをうかべた、見かけ倒しの都会の雄猫は、甘ったるい調子で、ひと声ふた声求愛のなき声を発したのち、全力をつくして、魚で報いられるはずの行為の模倣にとりかかった。

この光景に魅せられた見物の猫どもは丸い眼を動かして、チラッと視線を交わし、眼鏡を必要とでもするように、前へにじり出た。キキはしばらくの間じっと辛抱していた。というのは、相手が何か洗練された方法を試みているのだろうと信じたからだ。が、一、二回露骨な暗示が無視されると、彼女はすっかり幻滅を感じたようだった。くるりとふり向いたかと思うと、彼女はパッと前肢をあげて、一撃でその不運な去勢猫を溝の中へたたき落とした。そしてあっという間もなく、次の瞬間にはもう彼女はその後継者を選び終え、万事これまでどおり行なわれはじめた。

パピヨンは口惜しさで身をふるわせながら溝から這い上がった。彼は片方の耳から何か臭いものをとり除くと、あたりを見まわし、ことの成り行きを知った。ふと彼の眼は、そこに置きっ放しになっている魚の大皿の上に落ちた。

ところで、パピヨンがまったくの雄でないとすれば、彼には当然、性的なのぞき趣味もなかったにちがいない。事実パピヨンは、ほかの雄猫どものような強迫観念的な妄執には取りつかれていなかったので、彼には眼にしたどんな光景も魚の皿にくらべれば少しも興味がないように思われたのである。

そこで、彼はそのご馳走のほうへと這い進んで行った。はじめは一匹のイワシをさらって逃げるつもりだった。が、すぐ彼は、その場にいるゴロツキども——いままではむしろ羨望を感じてさえいた——に対して自分がもっている絶大な利点をさとった。というのは、瞬間彼らはパピヨンのほうへチラッと煩悶の一瞥を投げ、あるものは低いうなり声をあげ、一、二度ピクピクと痙攣的にからだを動かすのが見えたが、何ものも彼らをしばっている魔力を打ち破ることはできなかったとみえて、じっとその場に釘づけになっていたからである。パピヨンは、一つの世界を作り上げるにはあらゆる種類のものが必要なんだな、と考えながら、ゆうゆうと最後の一匹を平らげると、きれいに皿をなめ、誰からも追跡される心配なしに丘のほうへぶらぶら歩いて行った。

それからまもなく、見物の一団は解散し、キキは期待に燃えている彼女の情夫を従えて、皿のそばへ近づいた。が、とたんに彼らは、なんとも形容のできないうつろな表情で、うろこ一枚のこっていない、同じようにうつろな、空っぽの皿をながめた。

と、つづいて、前代未聞のことが起こったのである。だまされた情夫は、憎々しげな表情をうかべると、いきなりキキの耳に野蛮な一撃をくらわしたのだ。自分の立場に道徳的な弱味を感じたこの不幸な債務者は、それに対して怒るだけの気力もなく、両耳を頭にくっつけたまますくんでいた。怒りに燃えた雄猫は、すぐごみ箱あさりの仲間に加わるためにその場を退散した。

次の晩には、キキの讃美者は六匹の代わりに、五匹しか集まらなかった。前の晩いっぱい食った傭兵は、その鬱憤がおさまらないせいか、あるいはふたたび無報酬に終わるかもしれない恋の冒険にこれ以上骨を折るよりも、まっさきにごみ箱へ行ったほうがましだと思ったためか、とにかく姿を見せなかった。

彼の判断は正しかった。いっさいの手はずがととのうや、パピヨンはゆうゆうと舞台に現われた。彼は動きのとれないキキの絶望的な凝視を無頓着にうけとめ、晩餐に招ばれた客が、流浪のヴァイオリン弾きの奏《かな》でる苦悶の腸線《ガット》から流れ出てくる快いメロディーに耳をかたむけるように、催眠術にかかった雄猫どものうなり声に聞き入った。そして同時に彼は皿の魚を平らげるのに忙しかった。そしてまたも、骨くず一つのこさず、きれいにそれを平らげてしまった。

次の晩は、キキの求愛者の数は四匹に減った。さらにその次の晩は三匹に、そしてその週の終わりには、一匹もいなくなってしまった。

キキは、それから二、三日は、実際見るもあわれなほどひどい衝撃と意気消沈の状態で過ごした。眼を閉じ、口を半分開いたままじっと横たわり、ただ時折、混乱した頭から何かいい考えをかき出そうとでもするように、耳のうしろから鼻のさきまで前肢でかきなでた。そしてついに彼女はそれに成功したらしかった。キキは立ち上がって、伸びをすると、早い午後の日ざしの中にのっそりと姿を現わし、パピヨンをさがしに小さな丘へといそいだ。

パピヨンは、その暖かい家の窓から彼女の姿を認めたが、この一月の外気の中へ散歩に出かける気にはどうもなれなかった。けれども、キキから健康のために少しは散歩をする必要があると熱心にすすめられると、自分がひどい目にあわせたその雌猫の前へふるえながら出てきた。だが、意外にも彼女から丁重に挨拶され、プラトニックではあるが温かい友情のしるしを示されると、彼はホッと安堵の胸をなでおろした。彼の不信はやがて、魚の皿への特別招待によって完全に解消した。彼はいそいそとこの申し出を承諾し、その日の真夜中、彼女と落ち合った。

彼がいい気持ちでその分け前をむさぼり食っているのを見ると、彼女は喉から低いうなり声のほとばしりでるのを、どうにも抑えることができなかった。が、これは骨が喉につかえたためだと、彼女はごまかしたにちがいない。ああ、彼女がぜひとも肉をしゃぶりとってやりたい骨こそは、あわれなパピヨンの骨だったのだ！

しばらくの間、この二匹は離れなかったので、町じゅうの人が不思議に思った。昼間でも、この奇妙な取り合わせの二匹は、港のあちこちを訪れたり、また一度に何時間も鼻をふれ合わんばかりに坐りこんで、はてしない静かな会話にふけったりしているのが見られた。これはきっと、キキのほうはマルセイユに関する珍しい話をきき、パピヨンのほうはラ・カイヨの楽しみについていろいろ教えをうけていたにちがいない。

ある日、ふた筋のおそろしく長い雲が空にひろがり、骨身にしみわたるような寒さが日光の中にまで感じられた。これはミストラルの襲来する明らかな前兆だった。問題はただ、その吹く時間の長さと激しさの点だけだった。

キキはこの嵐の前ぶれの空気を嗅ぎつけると、パピヨンを突堤に連れ出し、そこで、二匹は防波堤の陰で、一時間ばかり過ごした。キキが彼女自身のけっこうなご馳走の皿のことをけなし、若いころ密航者として航海したときのことや、捕りたてのまだ船底でピンピンはねているイワシのにおいのことを熱心に話したのは、この時だった。

食卓の楽しみだけしかもたないパピヨンは、こういう話には一段と感興をそそられた。彼はよだれを口から拭うと、そんなすばらしい機会を与えてくれる船のにおいをぜひ一度嗅ぎたい、と言った。キキは、この港の船の中で一番役に立たない〈レ・フレール・ゴビネ〉号というひどい老朽船を第一に推薦した。すると夢中になった青二才猫は、すぐ眼の前に停泊しているその船に飛び乗って、姿をかくしてしまった。

キキはカフェ・ルースタンに帰ってきた。店には漁師たちが集って、まもなくおとずれるミストラルを前にして沖へのり出すべきかどうかを、さかんに論じ合っていた。

「心配すんな」と、キキの姿を認めた一人が言った。

「キキ姉御《あねご》を見ろよ。落ちつきはらって、鳴りをしずめてるじゃねえか。すっかりのんびりしてるぜ。これや、風は夜中までに凪《な》ぐと見ていいぞ」

「おれはそう思わねえな」とほかの一人が言った。「どうも本物のハリケーンになりそうな気がするな」

「だけど、もしそれが本当なら」と第三の男が言った。「キキは風よりもすごい声でなくはずだぜ。こいつはよく知ってるんだ。一度だってまちがったことはねえよ。おれはもう七年間も、キキでやってきているんだ。キキは気圧計よりもたしかだよ。ラジオよりもたしかだよ。おれは一度だって漁をのがしたくねえからな」

議論はしばらくつづいたが、キキの落ちついた態度は、最も懐疑的な漁師をも結局納得させ、夜中すぎるとすぐみんなはそれぞれ自分の船へもどって行った。

ところが、夜明け前に、これまで記憶されている最も恐ろしいミストラルが、ローヌ県を吹きまくった。漁船の群れはひとたまりもなく沖合いはるかに吹き流され、やっと命からがら港にもどったとき、彼らの口から〈レ・フレール・ゴビネ〉号とその乗組員の行方不明が報告された。

キキは当然みんなから非難された。「この老いぼれあまめ、おれたちをだましやがった」と、漁師たちは言った。「こいつは、あの郵便ポストと同じように、天候のことなんかなんにも知らねえんだよ。こんな奴あ、海の中へ放りこんでやるがいいんだ」

こうした手きびしい言葉にもかかわらず、彼らはいままでそうしてきたというだけの理由で、相変わらず毎晩魚だけは運んできた。キキもまた、以前やったとおり、皿の魚を半分だけしか食べなかった。そして残りの半分は、勤勉な、それに値する雄猫だけが享受する資格があるということが、猫界の下層民どもの間に知られるようになった。かくて、例の非公式な小クラブの古強者どもは、従前どおり真夜中の会合を復活し、キキは嵐の接近がそれを邪魔しそうになるときだけ、不満のなき声を上げた。これは天気予報係としての彼女の名声を回復させたばかりでなく、ひいては貢物の継続をも保証することになった。こうして悪循環はふたたび完成されたのである。

# スプリング熱

Spring Fever

　その作品があんまり写実的で真に迫っているため、現代の趣味にまったく合わない、ユースタスという青年彫刻家がいた。そのため、彼は夕食に引きとめられるのをあてに、しばしば晩の七時ごろ友人たちの家に立ち寄る必要に迫られた。「おれは石を刻みながら」と彼は独語した。「食を乞うて生きている。これは、たとえおれが金持ちになっても、主客が逆になるだけで、大体同じだろう」

　彼はいつも、台所からただよい流れてくる香ばしい焼肉や滋養にとんだシチューのにおいに鼻をぴくぴくさせながらも、自分の汚れない理想を謳歌し、現代の抽象主義者たちをはげしく攻撃した。だが、自然も芸術も、連合してこの不運な彫刻家ユースタスに背を向けた。というのは、それらの刺激的な水蒸気は彼の唾液腺につよい作用をおよぼしたし、彼が最も痛烈に非難した現代作家は、ブランクーシや、リプシッツや、ブゼスカだったからである（三氏とも有名な抽象派、立体派の彫刻家）。

　こんなわけで、ユースタスが来ると、すぐ追っぱらってくれと要求したのは、いつも細君たちだった。このためにいろいろな手が用いられた。そのうちで最も人情的な一つは、彼にどこかのショウの切符をやり、まだショウがはじまる時間でもないのに、いそいで行くように告げ、開幕前にそこへ着かせたことだった。

　こうして、ある晩も、大きな焼肉を食いそこねたユースタスは、思いがけなくチャーリー・マッカーシー（腹話術の巨匠エドガー・バーゲン（一九〇三―七八）の人形チャーリーのこと）を見ることになり、腹のすいた彫刻家のユーモアのない批判的な眼で、それを見物した。

「なんだってあんなに喝采をうけるのか、ぼくにはわかりませんね」と、彼は隣の席の男に言った。「あのジョークだって奴自身のものじゃなくて、みんな腹話術によるものだってことは明らかなのです。それに、芸術品として見ても――いや、実は、ぼくは彫刻家なので、こんなことを言うんですが――あれは最低のものですよ」

「それでも」と、相手の男は答えた。「あの人形は、その所有主に、年に何万ドルか知らないが儲けさせているんですぜ」

「あきれた！」と、ユースタスは叫ぶと、立ち上がって、拳固をふりまわした。「こりゃいったい、どういう種類の文明なのだ！　あんなものは、とうてい彫刻品とはいえない、お粗末な、こっけいなデクじゃないか！　しかも、年に何万かわからないほどの金をかせいでいる。それなのに、現実を寸分たがわず表現した世紀の傑作が――」そこまでどなったとき、案内係の男がやってきて、彼のズボンの尻をつかまえ、観客席から引きずり出して外へ放り出した。

起き上がると、ユースタスは彼のねぐらと仕事場《スタジオ》をかねた古ガレージのあるブルックリンの方角へ、足をひきずりながら歩いて行った。その近くに、古本の台を戸口においた、一軒のみすぼらしい小さな本屋があった。その古本の中に、〈実用腹話術〉という、人目につく題名をもった一冊の本があった。ユースタスの眼が偶然その上に落ちた。彼は立ちどまると、その本をつまみ上げ、冷笑をうかべながらそれをながめた。

「〝芸術と理想〟はおれをこんな袋小路に追いこんでしまった」と彼は声に出して言った。「だがもしあの男の言った数字が正しいなら、〝腹話術とその実用〟はおれをそこから抜け出させてくれるかもしれない」彼は店の奥をのぞいて、誰も見ていないのを知ると、すばやくその本を上着の下にしのばせて、そこをはなれた。「おれもとうとう泥棒になった」と彼はつぶやいた。「どうだね、ユースタス、泥棒になった気持ちは？」彼は自問自答した。「悪い気持ちじゃないな」

家に着くと、彼は、一心にその本を研究しはじめた。

「こりゃ、実に簡単だ」と彼は言った。「声を出すときは、顎を動かさずに、声に丸みをつけて、ボールのようにはずませるようにするか。おれは子供のころ、よくボールをはずませたものだし、またおれの顎は、前から動かない性質をもっている。これは咽喉の写真だな。A、B、C、D――といろいろ解説してある。これがあれば、おれにだって腹話術ぐらいおぼえられるぞ。それに、本当の芸術作品である人形を使えば、たちまちひと財産できるにちがいない」

　彼はさっそく、長い間つっこんでおいた作品を引っぱり出して、チャーリー・マッカーシーの競争相手に仕立てあげるにふさわしいものを見つけにかかった。だが、すでに理想は放棄していたけれど、彼にはまだ古い芸術家気質がのこっていた。「これらはみんなすばらしいものだが」と彼は言った。「しかし、おれにはもっといいものが作れるはずだ。よし、見物人がこりゃ本物だと断言するような、真に迫った奴を作ってやろう。そして、見物人に舞台へ上がってもらって、そいつにネクタイ・ピンを突き刺してやろう」

　彼はこの傑作を製作するための材料をさがしたが、長いことどん底暮らしをつづけてきたため、いまはもう加工すべき一片の石材ものこっていなかった。「まあいいさ」と彼は言った。「粘土で作ってやろう。そのほうが軽いし、冷たくもなくて、かえっていいだろう。それに、ピンの先もはいりやすい。これはテストするために舞台へ上がってくる観客にも快感を与えるにちがいない。そういう連中は、どうしてもサディスト的傾向の持ち主だからな」

　翌朝、彼は仕事場《スタジオ》の裏庭に出て行き、ツルハシとシャベルで赤粘土の層を掘り起こした。それは街の美術材料店で売っているよりもずっと上質の土だった。この土をつかって、彼は縮れ毛の、グレコローマン風の横顔をもった、実に魅力的な男の人形を作り上げた。顔がいくぶん高慢ちきなところがあるので、それを修正するためにいろいろ苦心したが、彼の腕前をもってしても、どうも努力の成果が表われなかった。

だ」

「結局」と彼は言った。「これは天才の作品なのだ。だから少しぐらい高慢な表情をしていたっていいわけだ」

この人形に充分な柔軟性を与えるために、彼はその四肢と首のつぎ目にブルックリンのどこの裏庭の土の中にもある、古いベッドのスプリングをとりつけてみた。この実験はうまく成功したので、彼はさらに、近所の連中が猫にぶつけてこわした眼覚まし時計を二つ三つ集めてきて、それを分解し、そのゼンマイを人形の手足の指と、眉とにとりつけた。また屑置場の中をかきまわして、あらゆる形と大きさのスプリングを見つけ出し、観客の眼にはふれそうもない細かい部分にまでそれをほどこして、スプリングの効果を最大限に利用した。その結果、人形は高慢ちきに見えても当然なだけの出来栄えを示した。

つぎに、古い錆だらけの炉を白熱化するまで熱し、粘土の人形を、軽い、素焼きの、永続性をもったものに焼き上げ、それにいきいきとした感じのいい色を使って彩色をほどこした。最後に、金を少々借りて、一番上等な服を質屋から受け出し、それを人形に着せてみたところ、彼自身が着るよりも、ぴったりとからだにあったので、すっかりうれしくなってしまった。ユースタスは自分の作品の出来栄えに、われながら感心して一、二時間ながめていたが、やがて電話器をとり上げると、サディーを呼び出した。

「サディー、すぐやって来ないか。きみをびっくりさせるものがあるんだよ」

「二人が結婚できるようになるまでは、お訪ねすべきじゃないと思うわ」と彼女は言った。「若い娘が彫刻家の仕事場《スタジオ》へ行くのを人に見られるのはよくないわよ」

「心配しなくていい」と彼は言った。「待つ年月は終わったんだ。ぼくらはもうそんな世間の因襲を軽蔑してもいいんだよ。なぜって、もうすぐ、ぼくには年に何万ドルかわからない大金が儲かることになったんだ」

「そう、それなら」と彼女は言った。「すぐ行くわ」

まもなく彼女がドアをノックした。そこでユースタスはいそいで彼女を中に入れた。

「あたしにはとても信じられないわ」と彼女は言った。「ねえ、ユースタス、ずいぶん長かったわね！」

「もう大丈夫だよ」と彼は言った。「いっさいが終わったんだ。ではきみを、ぼくらの幸運の作者に紹介させてもらおう。こちらはバーティー・マグレガー氏」

「はじめまして」と、彼女は顔を赤らめ、微笑しながら言った。「ユースタスの言うのがほんとうでしたら、あなたはこれからあたしの好きな作家ですわ。ほんとにあなた、すばらしいお方ね」

「すばらしいのは、その言葉だよ」と、ユースタスは言った。「でも、きみ、彼にお世辞を言うにはおよばないよ。なぜって、彼は人形にすぎないんで、おほめの言葉はぼくが頂くべきなんだからね」

「人形ですって？」と彼女は叫んだ。「それなら、あたしずっと人形に話していたのね！　人形にしては、なんてハンサムな男なんでしょう！　でも、あたしが声をかけたとき、この人形、ニッコリ笑ってうなずいたように見えたわよ」

「こいつはハンサムなはずだよ」と、ユースタスは言った。「そう、作るのにずいぶん苦心したんだもの。笑ったりうなずいたりしたのも、本当かもしれない。というのは、大事なところには全部スプリングがとりつけてあるからさ。こいつはあらゆる点で完全なんだ」

「まあ、ほんと？」と彼女は言った。

「ほんとだとも」と、彼は言った。「あらゆる点で完全なんだ。結婚したら、すっかり説明してあげるよ。だがね、正直言って——こいつの表情はすこし高慢ちきじゃないかね？」

「そんなことないわ」と彼女は答えた。「気がきいていて、男性的で、なんとなく……。そのことは結婚してから、説明してあげるわ。でもね、ユースタス、もしこれがほんとの人形だとしたら、どうしてその人形があたしたちの幸運の作者になれるの？　あなたの言うこと、あたしには、なんだかお伽話みたいにきこえるわ」

「保証するよ」と彼は笑いながら言った。「実に簡単な話なのさ」そして、彼は自分の大計画を説明した。

「これがぼくの考案した宣伝ビラだよ。きみの貯金を利用させてもらって、ホールを借りることができれば、さっそくはじめたいと考えてるんだ。ここのところの文句はとても効き目があると思うんだがね。実演がすんだら、お客さまに舞台へ上がってもらって、こいつのからだにピンを突き刺していただく、という個所だよ。見たところ外観も頭の働きも本物の人間にそっくりだけれど、実際は生きてる人間じゃないってことを、お客自身にたしかめてもらおうってわけさ」

「あたしたち、ほんとに、年に何万ドルものお金が手にはいるんでしょうか？」と彼女は言った。「あんなわずかばかりのへそくりを貯めるのにだってどんなに長くかかったか、知ってるでしょう！」

ユースタスは、誇らしげに自分の創造物を指さして、

「どっちのほうが本物らしく見える？」とたずねた。

「ある点ではこれのほうだし、ある点ではあなたのほうね」とサディーは答えた。

「おいおい、ぼくがきいたのは」と、ユースタスは言った。「こいつとチャーリー・マッカーシーのことだよ」

「ああ、それならこれのほうよ」とサディーは言った。

「その点についちゃ疑問の余地なしだわ」

「よおし、それなら、金儲けのほうも疑問の余地なしだよ」とユースタスは言った。「きみのわずかな貯金なんか、初日《オープニング》の晩にすっかりとりもどせるよ」そう言って彼は、その衰弱したからだの状態が許すかぎりの熱烈さで彼女を抱いた。と、突然サディーが悲鳴をあげて、彼を突きのけた。「ユースタス」と彼女は言った。「いくらあたしたちが金持ちになるからって、そんなふうにあたしをつねらないでちょうだい」

「きみをつねったって？」と彼は言った。「そんなこ

と夢にも考えたことないよ」

「夢にも見るなって、言ってるんじゃないのよ」と彼女はとがめるように言った。「あなたは恋をしているんだし、若いのだし、芸術家なんですもの。夢を見たって何も悪いことないわ」

「そう思ってくれるのは、うれしいよ」と彼は言った。

「すると、きみはつねられた夢を見たことあるんだね」

「いいえ、あたしはそんなこと夢に見ないわよ」と彼女は言った。「だって、あたしは健康な、ノーマルな娘ですもの、夢だって、そんなふうな夢は見ないわ。でも、あなたなら、健康でノーマルでも——もちろんあたしはそう思っているけれど——そんなふうな夢を見ても無理ないと思うわ。なぜって、あなたは男ですもの。それとも、あなたはネズミ？」

「ぼくは人間だよ、サディー」とユースタスは言った。

「でも、これまでは、ぼくは芸術家でもあったから、そういった種類のことは創造的衝動の中に吸収されてきたわけだ。だが、いまはちがうよ。すっかり実際的になったのだから、これからは悪魔のような夢だって見るだろうさ。とにかくきみ、喧嘩はよそう。結局のところ、実際にせよ空想にせよ、つねったぐらいなんだい？　ぼくは無意識にやったのかもしれない——そんなこと誰にもわかるもんじゃないからね。さあ、いっしょに銀行へ行って、きみの金を引き出してこよう、そしてさっそくホールを借りることにしよう」

それがすむと、バーティーとユースタスの名を大きな字で表わしたビラが、町じゅうに張りめぐらされた。ついに運命の夜が来た。サディーは客席の最前列に坐り、観客の数をかぞえるために首がちぎれそうになるくらい何度も後ろをふり返った。実を言うと、彼女は自分のへそくり貯金のことが心配でならなかったのである。

だが、彼女の恐怖はすぐ静まった。というのは、ホールはうまいぐあいに満員になり、まもなく幕が上がって、ユースタスがスヴェンガリ（一九三一年製作の米国映画《悪魔スヴェンガリ》）

の主人公で霊能力を持つ音楽家）のように微笑をたたえて、おじぎをしている姿が見られたからだ。バーティーも愛想よく観客の拍手に応えた。「ユースタスはなんてすばらしいスプリングをあの人形にとりつけたんだろう！」と彼女は考えた。「きっとあれにできないことなんか、ほとんどないにちがいないわ。顔もたしかにチャーリー・マッカーシーよりずっとハンサムだわ」

いよいよショウがはじまった。が、まもなくちょっとした手違いがあらわれて、サディーをあわてさせた。ユースタスは人形を膝の上にのせて、あの腹話術の本の後ろのほうのページに書いてある古くさい、田舎じみたギャグをしゃべったが、彼が本の前のほうのページに書いてある基本的なことを充分勉強していなかったことが、すぐに明らかになった。というのは、彼の声は鉛の塊みたいに重ったるく、すこしも弾まなかったからだ。その上、人形の顎のゼンマイが頑強に動きを拒否してしまったので、みんなはだんだん、ユースタスをヘボ腹話術師だと考えるようになった。

観客はやじり出した。だが、自分の欠点に全然気づいていなかったユースタスは、この騒ぎを、お客が演技のうまさに感心したしるしだととった。そこでニコニコ笑いながらフットライトのところまで進み出て、客に舞台へのぼって人形にピンを刺してくれるように言った。

この種の招待をうけると我慢できなくなる人間がかならずいるもので、そういった連中が列をなして舞台にのぼってきた。彼らは一人一人、頭に記念品の飾りのついた特別大型のピンを渡されたが、最初の一本がバーティーのからだに刺されるや否や、「あっ痛い！」という悲鳴が館内にひびきわたったので、誰も、こりゃ本物の人形じゃない、と確信した。

これで観客は、すっかり腹を立ててしまった。みんなは、反対の方向に二度だまされたと感じたからだった。たちまち大騒ぎになり、警官が駆けつけてきて、料金は全部払いもどされることになった。行きには自動車できたユースタスも、帰りは相当重いバーティーを抱え、サディーから間断ない非難を浴びながら、とぼとぼと歩いて家へ帰らなければならなかった。

家にはいると、彼は人形をソファの上におろし、打ちのめされた人間のように頭を垂れて、その場に立っていた。サディーは彼を責めつづけた。なぜなら、彼女は自分の金の損失をたえられなく感じていた上に、もはや、「年に何万ドルかわからない大金」などという言葉を毛筋ほども信じることができなかったからだ。

「あなたは、わざとあんなことをやったのね」と彼女は言った。「わざと何もかもぶちこわしたのね」

「ちがうよ」と彼は言った。「ぼくがそんなことをやるわけがないじゃないか。ぼくの腹話術があまりパッとしなかったことは認めるがね」

「そんな厚かましいこと言わないでよ」と、彼女は言った。「そんな白々しいこと言わないでよ。あの最後の、〈痛いっ〉て言葉はどうしたの？　あれは人形師のやることじゃないの。あなたは自分の力を、一番ぶちこわしのきくところで示してみせたってわけね」

「ちがうよ、ちがうよ」と彼は言った。「あの〈痛い〉は、ぼくが言ったんじゃないよ。ぼくだってあれには、みんなと同じようにびっくりしたんだ」

「あなたが言ったんじゃないのなら、いったい誰が言ったの？」と彼女は問いつめた。

「ぼくにわかるもんか！」と彼は言った。「だけど、ぼくの考えじゃ、おそらくこんな有力な競争相手を放っちゃおけないといきり立って、つけひげでもしてあのショウにまぎれこんでいた、チャーリー・マッカーシーの人形師の奴の仕業かもしれないよ」

「そんな馬鹿げたこと！」と彼女は言った。「あなたが自分で言ったのよ。自分でもわかってるくせに」

「そういうことも、あるかもしれない」と彼は言った。「なんといってもあのピンは、ぼくの天才の生んだ子供に突き刺されたのだし、ぼくは今でこそ実利的な腹話術師だけれど、もともと感受性の強い人間なんだからね。だが、たとえそうだとしても、サディー、あれは無意識にやったことだってことは保証するよ」

「あたしをつねったときと同じように無意識だったってわけね」彼女は冷笑をうかべながら言った。

「あれだって、無意識につねったのだということは、誓ってもいいよ」とユースタスは言った。

「いや、ちがう、あれはそうじゃないよ」それまでこの情けない光景を高慢ちきな微笑をうかべてじっとながめていた人形のパーティーが、突然言った。「サディーの言うことは、正しいよ。彼女をつねったのはぼくさ。そればかりじゃない。ぼくはまったく意識してそれをやったのさ。だから、いまでもちゃんと記憶しているよ」

「でも、あたしたちはまだ結婚していないのよ」とサディーが叫び声をあげた。「婚約さえしていないのよ。そのあたしたちに何ができると思ったの？」彼女はくすくす笑いながら、口に手を当て、大きなとがめるような眼で人形をにらんだ。

「きさまは何者だ？」と、すっかり動転したユースタスはどなった。「しゃべれ！　もっとしゃべってみろ！」

「しゃべりたいときはしゃべるし、しゃべりたくないときは黙ってるよ」と、その塑像は答えた。

「きさまは、地獄から仮出獄を許されて迷い出てきた亡霊だな。ちょっと暖まろうとして、おれの炉の中にとびこみ、そこでおれの傑作を見つけたんだろう？」

人形は高慢ちきに微笑した。

「それとも、ことによると」とユースタスはさけんだ。「うちの裏庭の粘土は、昔アダムが作られたときの粘土かもしれないな？　そうだとすると、これはブルックリンがエデンの園の遺跡だってことになるぞ」

人形はげらげら笑い出した。

「それとも、おれは」とユースタスはつづけた。「すべての科学者がこれまで失敗したことに成功したんだろうか？　生命のない粘土を精気と活力に充ちた有機的コロイド物質に変えたってわけだろうか？　きっとそうにちがいない。だとすると、おれは大変な彫刻家だぞ！」

「勝手なことを言うがいいさ」と人形は言った。「いずれにしても、きみが年に何万ドルか知れない金をかき集めようとした、やくざ腹話術師だってことには、変わりがないんだからね」

「うん、それはそうかもしれない」とユースタスは言った。「だけど、お前がそれだけ上手にしゃべれるからには、二人でやればきっとすごい興行が打てるぞ」

「脇役はごめんだね」とバーティーは言った。「ぼくには見えもあるし、個性もあるんだ。もうきみの膝の上にのるのはごめんだよ。よければぼくの膝にのりたまえ。そうすればぼくがショウをやって、金を儲けてやるよ」

「おれがお前の膝にのる？」とユースタスはさけんだ。

「とんでもない話だ！」

「なに、そんなに悪いもんじゃないよ」と、相手は言った。「さあ、のってみたまえ！　なぜやってみないんだ？　いやなのか？　まあいい。たぶん、そっちのご婦人ならやるだろう」

「ええ、あたしやってみるわ」と、サディーが言った。「年に何万ドルか知れないお金を、馬鹿にはできないもの」そう言うと彼女は人形の膝に腰かけた。

「どうだね、気分は、ハニー？」と人形はたずねた。

「あたしたち婚約すべきじゃないかしら」と彼女は言った。「ほんとうは、結婚すべきだと思うわ」

「そんなことをよくよしなさんな」と、人形は彼女の顎の下をくすぐりながら言った。「舞台の上は、ちがうんだ。われわれ座員は実際的でなければいけないよ」

「じゃ、お前のその実用主義を、おれのスタジオから外へもち出してくれ」とユースタスが言った。「おれは理想に逆もどりするよ。もう腹話術も、粘土も、スプリングもごめんだ！　おれは墓石を作るよ、うんと重いやつを作るぞ！」

「好きなようにするさ」と人形は言った。「サディーとぼくはカップルとして結構うまくやって行くだろう。そしてぼくらの舞台裏の生活は抑圧されたティーンエイジャーたちの気持ちをくすぐるだろうよ」

「彼女はピンをいやがるぞ」とユースタスは言った。

「ぼくはピンなんか絶対にみとめないよ」と、人形は安心させるような一瞥をサディーにあたえながら言った。「もっとも、こんなのは構わんだろうがね」そう言いながら、彼はかつてしたと同じように彼女をキュッとつねったが、とたんにあげた彼女の悲鳴は、前よりもいっそう太い、ひびきわたるような調子をおびていた。

「きみの悲鳴はとても太くて、よくとおる声だな」ユースタスは二人を出て行かせるために、入口のドアを冷然とあけてやりながら、彼女に言った。「ぼくが使ったスプリングの中には、ものすごく古い、錆だらけなやつがまじっていたということを忘れないほうがいいぞ」

　そう言って、彼は二人のうしろ姿に向かってピシャリとドアを閉めた。それから彼は、表明した意図とは反対に、そばにおいてある粘土の塊に近づくと、それをこねてひどく魅力的な、イヴのような像を作りはじめた。けれども、中途まで進むと、急にまた気持ちを変え、結局かわいらしい小さなプードル犬を作り上げた。

# クリスマスに帰る

Back for Christmas

「博士」とシンクレア大佐が言った。「クリスマスにはぜひ、われわれのところへ帰ってきていただきたいですな」

お茶が出され、カーペンター家の居間は、博士夫妻に別れを告げにあつまってきた親しい人たちであふれていた。

「ええ、きっと帰らせますよ」とカーペンター夫人が言った。「わたくしがお約束いたしますわ」

「さあ、そいつはちょっと」と博士が言った。「もちろん、わたしもできればそうしたいと思っているが」

「でも、結局」とヒューイット氏が言った。「あなたの講義の契約は三ヵ月だけなんでしょう?」

「しかし、何が起きるかわからんですからな」とカーペンター博士は答えた。

「たとえ何が起こりましょうとも」と、カーペンター夫人はにこやかな笑顔を一同に向けながら言った。「クリスマスまでにはイギリスへもどってまいります。どうぞわたくしをご信用になってください」

一同は彼女の言葉を信じた。博士自身さえ、それを信じたようだった。この十年間、晩餐会であろうと、園遊会であろうと、委員会であろうと、博士の出席については、いつも彼女が約束した。そしてその約束は必ず守られてきたのである。

いよいよ別れの挨拶がはじまった。旅行の準備や手配に対するハーマイアニ夫人の驚くべき手腕には、誰も讃辞をおしまなかった。博士夫妻は今夜のうちにサザンプトンまで自動車で行き、明日出帆する予定だった。そうすれば、列車に乗ることもいらなければ、駅での混雑に悩まされることもなく、出発間際の気苦労も味わわなくてすむというものだ。まったく、博士ぐらい立派な内助者に恵まれた人は少ないだろう。アメリカでもきっと大成功をおさめるにちがいない。万事に気をくばってくれるハーマイアニ夫人がいっしょなのだから。夫人もまたすばらしい時をすごすことだろう。林立する摩天楼！　すべてがこの片田舎のリトル・ゴッドウェアリングとはちがうのだ。だが、ほかならぬ夫人があぁ言うのだから、クリスマスまでにはまちがいなく博士をつれてもどってくるにちがいない……。

「ええ、わたくしが必ずつれてもどってまいりますわ。どうぞわたくしの言葉をご信用になってください」

「向こうでは、きっと」と人々は言った。「滞在期間の引き延ばしとか、大病院からの招聘とか、いろいろな工作が行なわれるでしょうが、決してそういった口説き落としには乗らないでください！　博士はこの町の病院にとってかけがえのない方なのです。ですから、ぜひともクリスマスまでには帰ってきていただきたいのです」

「はい、承知いたしました」と、夫人は最後に帰って行く客にも言った。「そのことは、わたくしが心得ております。クリスマスまでには必ず帰ってくるようにいたしますわ」

あと片づけの仕事もすらすらとはかどった。メイドたちはすぐお茶の道具を洗い終えると、部屋へはいってきて、別れの挨拶をのべたが、まだディヴァイジス行きの午後のバスには充分間に合った。

メイドたちが帰ってしまうと、あとにはもうちょっとした用事しかのこっていなかった。あちこちのドアに錠をおろすとか、家の中を見まわってすべてがきちんと片づいているかどうかを調べるとか、すればよかった。

「あなたはお二階へ上がって」と、ハーマイアニは良人《おっと》に言った。「茶のツイードの服にお着替えになってください。いまお召しになっている服は、カバンに詰めるまえに、ポケットの中のものをお出しになってくださいよ。ほかのことは全部わたしがいたしますから、あなたはただ、わたしの邪魔をなさらないようにしていただきたいわ」

　博士は二階へ上がって行って、着ている服をぬいだが、茶のツイードの服には着替えずに、衣装戸棚の奥から古い汚れたバスガウンを引っぱり出して着た。それから、二つ三つちょっとした準備をととのえると、階段の手すりからからだを乗り出して、細君を呼んだ。

「ハーマイアニ！　ちょっと、来てくれないか？」

「はい、はい、ちょうど一段落つきましたから」

「じゃ、ちょっと上がって来てくれ。なんだか変なものがあるんだ」

　ハーマイアニ夫人はすぐ上がってきた。が、良人の姿を見ると、「まあ、あなた！」と叫んだ。「なんだってそんな汚いものを着て、うろうろしていらっしゃるの？　ずっと前に、燃やしておしまいなさいと申したでしょう」

「だけど、いったい誰が」と博士は言った。「金鎖なんか浴槽の排水口の中へ落としたんだろう？」

「もちろん、誰も落としはしませんわ」と夫人は言った。「第一、そんなものを身に着けている者は一人もおりませんよ」

「じゃ、どうしてそれがあそこにあるんだろう？」と博士は言った。「この懐中電灯で照らしてごらん。かがんで、のぞいてみれば、光っているのが見えるよ、ずっと下のほうに」

「メイドの誰かが、ウールワースで買った腕輪でも落としたのかもしれませんわ」とハーマイアニは言った。「きっと、そうにちがいないわ」

　そう言いながらも、夫人は懐中電灯を手に、からだをかがめて、排水口の中をのぞきこんだ。と、博士はいきなり短い鉛管の切れはしをふり上げて、力いっぱいその後頭部を二、三度つづけざまに殴りつけた。それして、両膝を使って彼女のからだを浴槽の中へ押しころがした。

　それから、彼はバスガウンをぬぎすてて、裸になると、道具類をくるんだタオルの包みをほどき、それを洗面器の中へあけた。そして、数枚の新聞紙を床の上にひろげておいて、もう一度犠牲者のそばにもどった。

彼女はもちろん死んでいた――浴槽の端のところで、からだを二つに折り曲げ、トンボ返りでもしているような恰好をしていた。彼は何も考えずに、しばらくの間、突っ立って彼女を見おろしていたが、やがておびただしい血が流れ出ているのに気がつくと、彼の心はふたたび活動をはじめた。

まず彼は、死体を押したり引っぱったりして、やっと浴槽の中にまっすぐに寝かせた。それがすむと、こんどは死体の服をぬがせにかかった。狭い浴槽の中で、これは相当骨の折れる仕事だったが、それもどうにかすませると、次に彼は水道の栓をひねった。水は最初勢いよく浴槽の中へ注ぎこまれたが、しばらくすると急にその勢いが弱くなり、やがてピッタリとまってしまったかと思うと、浴槽の底にあった最後の水がゴボゴボと音を立てて排水口に吸いこまれて行った。

「畜生!」と彼はつぶやいた。「女房の奴、元栓を締めてしまったんだな」

することは一つだけしかなかった。博士はいそいでタオルで手をふくと、そのタオルのきれいなほうの端で浴室のドアをあけ、タオルは腰掛け《ストール》の上に投げ返しておいて、はだしで猫のようにすばやく階段を駈け降りた。地下室のドアは、階段の下のホールの隅にあった。元栓のある場所は、彼にはわかっていた。それにはわけがあった。すこし前に彼は――ハーマイアニにはブドウ酒の貯蔵庫を掘るのだと言って――ひとりで地下室へ降り、しばらくそこで時間をすごしたことがあったからだ。彼は地下室のドアを押しあけて、急な階段を駈け降りると、ドアが閉まって地下室がまっ暗になる前に、元栓をさぐりあてて、それをあけた。それから汚れた壁を手さぐりに階段の下まで引き返し、まさにのぼろうとしたときだった。不意に玄関のベルが鳴った。

博士には、ベルの鳴るのが、音のようには思えなかった。まるで鉄の大釘を胃に打ちこまれ、そのさきがゆっくりと胸もとへ突き上げてくるような感じだった。それはついに頭にまで達し、そこで何かが破裂した。彼は床の石炭屑の上にからだを投げ出すと、思わず、「ああ、これでおしまいだ！　何もかも終わりだ！」と言った。

「だが、待てよ、彼らには入って来る権利はないのだ」と、彼はふたたび口に出して言った。彼の耳には自分のハアハアいう喘ぎがはっきりきこえた。「そんな権利は誰にもないんだ！」彼は自分に言いきかせるようにつぶやいた。「誰にもないんだ！」

彼はやっと、すこし元気をとりもどした。立ち上がると、またベルが鳴ったが、こんどはそれに対してほとんど苦痛をおぼえずにすんだ。

「放っとけば、帰ってしまうだろう」と彼はつぶやいた。

そのとき、玄関のドアのあく音がした。

「かまうもんか！」彼は拳闘家が顔を守るときの構えのように、片方の肩を上げた。「どうとでもなれ！」

玄関では誰かが「ハーバート！」「ハーマイアニ！」と大声で呼んでいるのがきこえた。

それは、ウォーリングフォード夫妻だった。いまいましい奴らだ！　彼らはおせっかいを焼きにやって来たのだ。あの連中は何か口出しをしたくってしかたがないのだ。だが、こっちはまっ裸だ！　それに血と石炭屑にまみれていたんでは！　ああ、もうだめだ！　おしまいだ！　どうすることもできやしない！

「ハーバート！」

「ハーマイアニ！」

「いったいどこへ行ったんだろう？」

「車はあそこにおいてあるわ」

「リッデル夫人の家へでも行ったのかもしれんぞ」

「なんとかお会いしたいわね」

「それとも、買物かな。最後の土壇場になって何か思い出してさ」

「ハーマイアニにかぎって、そんなことないわ。ちょっと！　誰かお風呂にはいってるんじゃないかしら？　大声で呼んでみましょうか？　ドアをたたいてみたらどうかしら？」

「シーッ！　やめたまえ。それはあんまり無作法だよ」

「呼んでみるだけなら、かまわないでしょう？」

「いや、一度帰って、出なおすことにしよう。ハーマイアニの話では、七時前には出発しないということだから。なんでも、途中ソールズベリーで食事をするとか言っていたよ」

「そう、それなら大丈夫だわ。ただもう一度ハーバートさんとお別れの杯を交わしたいわね。このままでは、あの人だって気を悪くなさるわよ」

「さあ、行こう。そして六時半ごろにまた来てみよう」

博士は二人の出て行く足音と、つづいて玄関のドアのしずかに閉まる音をきいた。「六時半か、よしそれまでには片づけられるぞ」と思った。

彼は玄関のホールを横ぎって入口のドアに掛金をかけると、二階へ駆け上がり、洗面器の中から道具をとり出して、大いそぎで予定の仕事をすませた。それから、タオルや新聞紙できちんとくるみ、安全ピンでしっかりと留めたそれらの包みを、つぎつぎと地下室へ運び下ろした。そしてそれを、地下室の一隅に掘っておいたせまい深い穴の中に注意ぶかく入れ、シャベルで土をかけ、その上に石炭屑をいちめんに敷き、どこにも手ぬかりのないことを見とどけてから、ふたたび二階に上がった。そこで、浴槽と自分のからだを洗い流し、最後に浴槽をもう一度洗い清めると、服を着け、細君の服とバスガウンは焼却炉へもって行って投げこんだ。

あとちょっとした後片づけの仕事を一つ二つすませると、それで一切は終わった。まだ六時十五分にしかなっていなかった。ウォーリングフォード夫妻はいつも時間には遅れがちだから、このまま車に乗って出かけてしまえばいいわけだ。暗くなるまで待てないのが残念だけれど、大通りを避けて、回り道をすれば大丈夫だろう。たとえ一人で運転しているところを見られても、人々はきっと、ハーマイアニは何かの理由でひと足さきへ行ったのだと思うだろう。そしてそんなことは、すぐに忘れてしまうにちがいない。

それでも、彼は、だれの眼にもふれずに、最後に夕闇の濃くなった広い街道へ車を乗り入れたときには、ホッとした。車の運転には充分注意を払う必要があった。というのは、ふだんと違って距離の判断がまったくつかず、外界の刺激に対する反応力が異常に鈍っていることに気がついたからだった。しかし、それは大したことではなかった。あたりがすっかり暗くなったとき、彼は考えをまとめるため、丘の上で車をとめた。

星が空いちめんにかがやいていた。眼下の平野には遠く闇の中に町の灯が見えた。彼ははじめて大きなよろこびと安心をおぼえた。これからさきはもうまったく簡単だ。マリオンはシカゴで自分を待っている。彼女はすでにおれが寡夫《やもめ》になったと信じているだろう。彼

講義の連中は何とでもごまかすことができる。あとは、アメリカのどこか地方の新興都市で生活の道を立てれば、おれは永久に安全なのだ。もちろん、スーツケースの中にはハーマイアニの衣類がはいっているが、そんなものは船の舷窓から海中へ投げすててしまえばい い。ありがたいことに、彼女はふだんから手紙をタイプで打っている――筆跡のようなささいなことから、いっさいの計画が挫折することだってあるのだ。「だが、その点は心配ない！」と彼はつぶやいた。「彼女は現代的で、あらゆる点において有能だった。なんでもてきぱきとやってのけた！　あんまりやりすぎて自分から死を招いたようなものだ！　何もやきもきすることはない」と彼は自分に言いきかせた。「おれは彼女に代わって何遍か手紙を書こう。そしてしだいにその数を少なくしていく。おれ自身の手紙には――早く帰国したいと思っているが、いろいろな事情でどうしてもはたせない。一年間家の管理をお願いする、と書こう。そして、次の年も、また次の年も。そのうちに、

みんなは慣れっこになって気にしなくなるだろう。場合によっては、一、二年たって、ひとりで帰って、家を適当に処理することだってできるかもしれない。これ以上簡単なことはない。しかし、クリスマスにはもどれない」

彼はエンジンをかけて、そこを離れた。

ニューヨークに着いて、彼ははじめて自由を——真の自由を感じた。もう安全だった。楽しい気持ちで過去をふり返ることができた——少なくとも食後、タバコに火をつけながら、彼はあのときのことを——ベルの鳴る音、ドアのあく音、ウォーリングフォード夫妻のしゃべる声をききながら地下室で過ごしたあのときのことを、一種楽しい気持ちで、思い返すことができた。そして、早くマリオンに会いたいと思った。

ホテルのロビーをぶらぶら歩いていると、クロークがにこにこ笑いながら数通の手紙を差し出した。イギリスから来た最初の便りだった。なあに、こんなこといっこうに問題じゃない！　ハーマイアニそっくりの文体でタイプをたたいてみるのも、面白いではないか。署名だけ彼女の筆跡をまねて、あとは誰にあてても、講義は第一回から大成功でした、主人はアメリカにすっかり夢中になって心をわくわくさせています、でもわたしは必ず主人を連れてクリスマスにはもどります……と書く。疑惑が忍びこむにしても、それはあとになってのことだ。

彼はそれらの手紙の表書きにざっと眼を通した。大部分ハーマイアニあてのもので、シンクレア夫妻、ウォーリングフォード夫妻、牧師からの手紙のほかに、建築及び装飾業ホルト&サンズ商会からの商用の手紙が一通まじっていた。

彼はにぎやかな休憩室の人込みの中に立ったままで、それらの手紙の封を切り、微笑をうかべながら、次々と読んでいった。彼らはみんな、彼がクリスマスにはもどってくるものと信じこんでいる。ハーマイアニをあてにしているのだ。「それこそ、彼らの大ミステイクさ」博士は早くもアメリカ風の言いまわしをまねて、そう言った。建築業者の手紙は最後に開封した。おおかた、請求書か何かだろう。
それには次のように書いてあった。

下記見積りに対する御承諾の書面並びに鍵、拝受致しました。有難く御礼申し上げます。
クリスマス・プレゼントにはまだ充分間もありますこと故、工事の点につきましては何とぞ当方を御信頼のうえ、御任せ下さいます様、重ねて御願い申し上げます。さっそく今週中にも工事人を派遣、工事に着手することに致します。

敬具

ポール・ホルト&サンズ

奥　様

記

御指示のとおり最上の資材を用いて、ブドウ酒貯蔵庫を地下室に建造するための工事費見積り（穴掘り、建造、内張り等、一切の工事を含む）

金十八ポンド也

# ロマンスはすたれない

Romance Lingers, Adventure Lives

風のある、月の明るい三月の真夜中には、いろいろの悪魔のいたずらが行なわれる。

スウィートホーム新住宅開発地の中心にあたるフェアローン街の真上には、いましも小さな裸の月が空高くかかり、新築の家々は、くぼんだ眼というよりも眼窩のようにじっと前方をにらんでいる暗い窓をのぞけば、一様に月光のため白亜のマスクをかぶっている。ふだんは子供が描いたように見える数本のアーモンドの若木があるが、それもいまは風がたえずそのひよわい小枝をヒューヒュー鳴らしているので、まるで月夜の白い骨の上にかかれたシャーマンの走り書きのように見える。

風のために、男はコートの衿にあごを埋め、一片のぼろきれと化したみたいにそのからだを風に向かって折り曲げていた。だが、ブリキ板から切りぬいたような山高帽子をかぶった彼の影法師は、執拗にアスファルトの路上を大鎌が草を刈り開くみたいに進んで行く。それはおそらく実在の人間、本物のウォトキンズ氏よりも立派に見えた。とそのとき、そこからは見えない、街角を曲がって、もう一つの影が近づいてきた。同じように山高帽子をかぶり、同じように鎌なりに身を曲げ、同じように氷のような大気の中を進んでくる。影の影かもしれない。死かもしれない。……だが、それはゴスポート氏にほかならなかった。

彼が深夜の列車から降りたときの車両は、駅の改札口から一番遠い距離にあった。それに、靴の紐も解けた。何ごとにも説明というものはあるもので、この場合もこの二つのことが、なぜゴスポート氏がウォトキンズ氏よりも百ヤードほど後れたかということを説明していた。

立てた衿の裏のネクタイ・ピンのように、チラリと苦笑いをもらしたウォトキンズ氏は、わびしい、絶望的な軽蔑の凝視をもって、フェアローン街の家々の単調さを観察した。だが、これはまったく見当違いもはなはだしかった。というのは、この単調な一律さは、それらの家がどれもその値段で考えうる最上可能な家だという事実に基づいていたからだ。けれども、ウォトキンズ氏はこの土曜日の晩を男の仲間だけで飲めや歌えの乱痴気騒ぎをやってすごしたので、血気と凶暴な気持ちにかられ、用心などしていられなくなり、とても感謝の気持ちなど持てないのだった。彼は月曜日には自分が勤めている銀行から金を盗み出し、南アメリカへ飛んで、そこで後宮《ハーレム》をつくってやろうと決心したのだった。

一方、街角を曲がって、同じように風に逆らってすすみ、同じようにフェアローン街の単調さを眼にしながらも、ゴスポート氏の考えはこれとはまったく違っていた。善良なゴスポート氏は、それらの家の一軒一軒がこの値段では最上可能なものだということを、充分理解していたし、それらの白亜の隆起物がこの国の背骨の中でも脊椎骨を代表するものだということも知っていた。彼は、つまらぬ人間の生活にも昔のスペインの海賊の生活と同じように、ロマンスと冒険は満ちているものだという文章を読んだことがあった。また新聞のコラムニストたちは彼に、フェアローン街のような町は世界の宝石であり、素朴なよろこびと悲しみのネックレスであり、それぞれ似合いの家庭が真珠のように光っているバラ園であるとも告げてくれたのである。だが、ただ一つ困ったことは、彼は宝石にはあまり関心がなく、死にたいと思っていたことだった。「おれは、あらゆる可能な住宅開発地区中の最上のものの中における、あらゆる可能な生活の最上のものを評価するには、どうも不適任らしい」と彼はつぶやいた。「おれは明日、仕事を全部整理し、ミリーには特別親切にしてやろう。そして月曜日にはこんなちっぽけなアーモンドの木よりももっと大きな木のあるところへ行って、その枝で首をくくろう」

　先を行くウォトキンズ氏は、未来の後宮《ハーレム》の設計を夢見ながら、ローラーコースターのように惰性で進んで行った。彼は、ある戸口のドアのうしろにぼんやりとともっている電燈の光を見て、足をとめた。「やっと着いた」と彼は言った。彼は狭い小道をのぼって、ドアをあけると同時に、温かい家庭の空気を感じた。彼は、このフェアローン街ではたいていの家にある、美しい三つ組みの玄関セットに迎えられた。

　すぐ、元気にあふれたウォトキンズ氏は、釘《フック》に帽子とコートをかけ、ホールの電燈を消し、寝るためにそっと階段をのぼって行った。

　このとき、まだ寒い戸外では、依然、感じやすい鼻で北極のような風の流れをかき分けながら、ゴスポート氏が、この暗くなった家の前を通って行った。それからさらに四軒行ったところで、彼の涙にくもった眼が玄関のドアの窓ガラスのうしろにぼんやり光っている電燈の光をみとめた。「やれやれ、やっと着いた」と、彼は溜息といっしょにつぶやいた。

　最初の家の二階では、眠っている妻の眼をさまさぬように足音をしのばせて歩きまわりながら、ウォトキンズ氏は手早く服をぬぎ、深呼吸をし、尻をかき、パジャマを着ると、ベッドにすべりこんだ。細君は彼がはいってくるのを無言の鼻声で認めた。

　ここには、ふかい眠りのおとずれと夢の翼を待ちながら、綿マユの中でじっと動かずにいる二匹の人間幼虫がいた。

　けれども、土曜日の真夜中には、いろいろな悪魔のいたずらが行なわれる。シバの女王を暗黒アフリカから引きよせたように夫人を眠りからさまさせ、ソロモン王をその後宮《ハーレム》の計画のことで改心させたようにその紳士を改心させたのは、いったい何の力だったのだろうか？　それは三年間消滅しかけていたあれだろうか？　それとも、まったく別のものだろうか？　なんとなく二人には、まったく別のもののように感じられた。

　これとほとんど同じようなこと――言い換えれば、まったく違うこと――が、同時にゴスポート氏にも起こっていたのだった。

　二組の夫婦はどっちも日曜日の朝遅くなってから眠りについた。そして眠りからさめたとき、二人の夫人はどっちも新婚時代《ハネムーン》以来したことがなかったことをしたのである。即ち、彼女らはカーテンをおろした部屋の闇の中で微笑みながら起き上がると、朝のコーヒーを沸しにいそいそと下へ降りて行った。

　ウォトキンズ氏は、すっかり眼ざめたとき、下で陶器のふれ合う音がするのを耳にした。彼は微笑し、伸びをし、くしゃみをし、深呼吸をすると、あらためてはにかみ笑いをもらしながら、温かい幸福の波に身をまかせた。これはメキシコ湾流のように、彼の考えを南アメリカから流し去り、フェアローン街のアーモンドの木にいっぱい花を咲かせたのである。

　ウォトキンズ氏は階段を降り、小さな台所へはいって行った。そこではコーヒーが湯気を立てていた。そして新鮮な花模様の部屋着をまとった愛らしい姿が、ストーブの前にかがみこんでいた。彼は浮き浮きした、しかし感謝に満ちた気持ちで彼女をつねり、それから新聞をとり上げた。

「なんて、素敵なんでしょう！」と彼女は思った。

　これと同じころ、ゴスポート氏も似たような気分で、階段を降りて行った。彼にもまた、新しくいれたコーヒーの香りと、ストーブの前にかがんだ愛らしい花模様の部屋着姿が待っていた。彼は、彼女の髪が小さく巻いているえりもとのところに、長い感謝のキスを与え、同じように新聞をとり上げた。

「なんて、素敵なんでしょう！」と、彼女も思った。

「おや、こりゃどうしたんだ？」ウォトキンズ氏は、コーヒーをひと口すすり、逃亡したある銀行員がサザンプトンで逮捕されたという記事を微笑しながらざっと通読してから、言った。「こりゃどうしたことだ？このテレグラムの日曜版には、いつもの探偵小説がのっていないぞ？」

「それはテレグラムじゃないわよ」おどろいてストーブからふり向きながら、夫人が言った。「それに、あなたは――」と彼女は金切り声をあげた。「あなたはうちの主人《ひと》じゃないわ！」

そう言ったかと思うと、彼女は床の上に倒れて、いっとき気を失ってしまった。

「おれは昨夜《ゆうべ》、家をまちがえたのだ」とウォトキンズ氏はつぶやいた。「早くここを出たほうがよさそうだ」

彼はいそいで服装をととのえると、その家を出た。通りを歩いて行く途中で、彼はゴスポート氏とすれちがった。が、二人は知らぬ間柄だった。それに、どっちもひと晩家をあけた言い訳を考え出すのに忙しかったので、互いになんの注意も払い合わなかった。

ウォトキンズ氏はウォトキンズ夫人が、またゴスポート氏はゴスポート夫人が、どちらも良人《おっと》の不可解な外泊にすっかり動転し、彼らがもどって来たのに安堵の胸をなでおろして、そのため二人の似たような言い訳をたいして詮索しようともしないのに気がついた。

彼らは二人とも、日曜日の昼食にはおいしいビーフステーキを食べ、食事を終えると、すぐ昼寝をしたが、その間細君はずっと窓から外を見ていた。彼らの夢は決して不快なものではなかった。そして眼がさめたとき、フェアローン街はもはや犯罪や自殺の計画を正当化するほど退屈なものではなくなっていた。もっとも、あとの補強がなかったら、このたのしい気分がどこまで続いたかわからない。幸いにも、それからまもなくゴスポート夫人が迷子になった小猫をさがしていたときウォトキンズ夫人と知り合いになり、両家族はすっかり仲のいい友達となって、彼らの宵や週末や夏の休みの大部分を共にすごすようになった。

この幸福な関係はフェアローン街から退屈さを駆逐した。そしてそれは、この春ゴスポート氏が彼の芝刈り器をウォトキンズ氏に貸すことを拒絶したため両家の間にいくぶん冷たい関係が生じなかったなら、今日までも続いたことであろう。

# 鋼鉄の猫

The Steel Cat

ホテル・ビクスビーは、シカゴのどのホテルにもおとらず商売熱心なホテルである。欄干にはすべて真鍮の手すりがついており、鉢植えのシュロのかげには、タンツボが鈍い微光を放っている。廊下の空気もとてもしずかで、二、三日前に臭気どめをしたばかりのように清潔だ。宿料も決して高くはない。

ウォルター・デーヴィスの車が、ビクスビーの玄関の外でとまった。髪にはもうかなりの白髪がまじり、顔には、貧乏でありながら希望にあふれた田舎牧師によく見られる、一種疲れたような明るさをうかべた男だった。

ポーターがすぐ彼のスーツケースをつかみ、彼が膝の上にかかえている黒い箱も取ろうとしたが、デーヴィスは神経質に手をふって、言った。「いいんだ。こいつはわたしが持って行くよ」

彼は赤ん坊でも抱えるようにその箱を持ってホテルへはいって行った。それは長さ二フィート、横一フィート、深さ一フィートばかりの細長い箱で、上等な模造革でおおわれていた。箱の上側には提げ手がついていたが、デーヴィスはそれを使ってぶら下げて行く代わりに両腕で抱えて行った。

フロントで手続きをすませて、部屋へ案内されるとすぐ、彼は机の上にその箱をおき、電話器をとり上げて、部屋係を呼び出した。「こちらは五一七号室だが」と彼は言った。「ここには、どんな種類のチーズがあるだろうか？」

「そうでございますね、カマンベールと、スイスと、ティラムークと——」

「じゃ、ティラムークにしよう」と、デーヴィスは言った。「それは上質の、赤味をおびたものかね？」

「はい、おっしゃるとおりで」と相手の男は言った。

「よろしい。では一人前とどけてくれないか」

「パンは何にいたしましょうか？　ロールでしょうか？　白でしょうか？　それとも黒にいたしますか？」

「パンはいらない。チーズだけでいいんだ」

「かしこまりました。すぐおとどけいたします」
一、二分すると、ボーイがくさび形に切ったチーズをのせた皿を持って、はいってきた。ボーイはデーヴィスとほぼ同年配の黒人で、おそろしく丸い顔と丸い頭をしていた。
「これでよろしゅうございますか？　チーズだけご注文のようでしたので」

「それでけっこう」黒い箱の締め金をはずしながらデーヴィスは言った。「そこのテーブルの上においといてくれないか」

伝票にサインするのを待ちながら、ボーイはデーヴィスが箱の前側を折りかえして上の部分もいっしょに開くのを見まもっていた。開かれると、箱は黒いビロードで裏打ちされた内側を見せ、それを背景に、クロ一ム鋼板でつくった、奇妙な恰好の骨組装置が光っていた。「おや、それはなんです！」と、ボーイはひどく興味をそそられたように言った。「あなたの考え出された発明ですか？」

「面白いもんだろう？」とデーヴィスは言った。「ちょっと人目をひくだろう？」

「たしかにひきますよ。発明ぐらい面白いものはありませんね」ボーイは箱の中の奇妙な装置を感心したようにのぞきこんだ。「いったいこれはどういう種類の発明なんですか？」

「これはね」とデーヴィスは得意げに言った。「鋼鉄の猫だよ」

「鋼鉄の猫ですって？」とボーイは叫んだ。「まさか！」

ボーイは、科学の驚異にめんくらった素朴な人間らしく頭をふった。「へえ、そうすると、これは鋼鉄の猫というもんですか！　おどろきましたね」

「いい名前だろう？」とデーヴィスがきいた。

「ええ、とてもすばらしい名前ですよ！」とボーイは答えた。「でも、あたしはいままで一度もきいたことがありませんね。どういうわけなんでしょう？」

「世界にたった一つしかないからさ」とデーヴィスは言った。「いままではね」

「あたしはオハイオから出て来ているんですが」とボーイは言った。「オハイオには知ってる人間がたくさんいるんで、あたしがどうしてこの世界に一つきりしかない鋼鉄の猫を見たかっていきさつを、奴らに知らせてやりますよ」

「これがきみの気に入って、うれしいよ」とデーヴィスは言った。「ちょっと待ちたまえ！　動物は好きかね？　それなら、きみにいいものを見せてやろう」

　そう言いながら、デーヴィスは箱の一方の端にとりつけてある小さな仕切りをあけた。中には衣裳用の薄い織物でつくったまるい巣があった。デーヴィスはこの巣に向かって指を差し出し、「ほら、ジョージ、顔を出してごらん！　顔を！　さあ、ジョージ！」と言った。

　バターボールのように丸っこい、小さな普通の鼠が、ひょいと巣から顔を出し、黒い眼であたりをキョトキョト見まわしていたが、やがて、デーヴィスの指をつたって、袖から衿のところまで駆けのぼり、首をのばして彼の耳たぶに鼻のさきをふれた。

「こりゃおどろいた！」とボーイはよろこんで叫んだ。「よっぽど馴れた鼠でなければ、こうは行きませんね！」

「わたしをよく知ってるんだ」とデーヴィスは言った。「いや、実を言うと、こいつは大抵のことを知ってるんだよ」

「そうでしょうとも！」と、ボーイは確信するように言った。

「こいつは、いわゆる実演用の鼠《マウス》でね、鋼鉄の猫の引き立て役なんだよ。この鉤に餌をかけると、マウス君はこの真ん中の細いところを渡って、餌をとりに行く。その重みでこの横木がはずれて、やっこさんはこの瓶の中へ落っこちてしまう。もちろん、瓶の中へは水をいっぱい張っておくのさ」

「それで、ジョージってのが、こいつの名前なんですね？」ボーイはなおも鼠から眼を離さずにたずねた。

「わたしのつけた名前だよ」とデーヴィスは答えた。

「どうでしょう、それよりも」とボーイは考え深げに言った。「もしその鼠があたしのものだったら、旦那、あたしはそいつをシンプスンと呼びますがね」

「わたしがどうしてこの鼠と出会ったか知ってるかね？」とデーヴィスは言った。「わたしはプーキープシに住んでいるんだが――去年の冬のある晩、風呂の水を出しっぱなしにしたまま、坐りこんで新聞を読んでいるうちに、そのことをすっかり忘れてしまったんだ。そのうちに虫が知らせたのか、なんとなく急に浴室へ行ってみる気になったんだね。行ってみると、忘れていた浴槽に水があふれ、ジョージ坊やがその中にいて、いまにも沈みそうになってるじゃないか」

「おや、おや！　そりゃ大へんだ！」と、ボーイが悲痛な声で叫んだ。

「いや、大丈夫だよ！」とデーヴィスは言った。「救助監視人つきだからね。さっそく奴をつまみ出して、乾かしてから、箱の中に入れてやったよ」

「あたりまえでしょう？」とボーイは叫んだ。「あの、あたしからこいつにチーズをひとかけやってもいいですか？」

「だめだよ、これは実演用のチーズなのさ」とデーヴィスは言った。「大体、鼠って奴は、人間が考えているほどチーズは好きじゃないんだよ。だから、ショウが終わると適当な餌をやることにしているのさ。つり合いのとれた餌をね。ところで、いまも言ったように、二、三日したら奴はすっかりわたしに馴れてしまったのだ」

「なるほど」とボーイは言った。「誰に助けられたか知ってるんですね」

「うん、ところで、知ってのように」とデーヴィスは言った。「こうしたことは、とかく次の考えの出発点となるもんだ。で、わしが考えついたのはなんだと思う？　鋼鉄の猫のことを考えついたんだよ」

「へえ、すると旦那は、その鼠が浴槽の中にいたのを見て、その猫のことを考えついたというんですね？」

ボーイは、この科学的精神の推移の仕方にすっかり圧倒されて、叫んだ。

「そうなんだよ」とデーヴィスは言った。「みんなジョージのおかげなのさ。そこで紙の上に図を引っぱり、金を借り、青写真をつくらせたりした末、やっとこのモデルが出来上がった。で、われわれはこいつをもって、実物宣伝をしながら、クリーヴランド、アクロン、トレドというように――方々の土地をまわって、今日ここへやって来たってわけさ」

「国じゅうを旅行してまわれるなんて」とボーイは言った。「そいつはまったく運の好い鼠だ。たしかにそいつはシンプスンと呼ぶべきですよ」

「だが、実を言うとだな」と、デーヴィスはつづけた。「これには他に先立って範を示すような一つの大きな関心が必要なのだ。さもないと、みんなはしりごみしてついてこないからね。われわれがシカゴに来たのもそのためだよ。今日の午後ここへ誰が来るか知ってるかね？　リー・アンド・ウォルドロンのハートピック氏が来ることになってるんだ。あの会社は製造だけじゃない、販売網も持っている。全国に六百五十も店を持ってるんだ。わたしの言うことがわかるかね、決して仲買人じゃないんだよ。この会社がやり出したら、そりゃもう！」

「そりゃもう！」とボーイも熱狂して叫んだ。

「ハートピック氏はもうすぐここへ来るんだ」とデーヴィスは言った。「三時にね。約束してあるんだよ。そしてジョージが実演してみせることになってるんだ」

「こいつはしくじらないでしょうか？」とボーイはた

ずねた。「溺れるのを怖がりやしませんか？」

「ジョージは決してそんなことないよ」とデーヴィスは言った。「わたしを信用しているからね」

「ほお、そりゃそうでしょうとも！」と、ボーイは言った。「奴はあなたを信用しているにちがいありませんよ」

「もちろん、わたしはジョージのために水をぬるめといてやるよ」とデーヴィスは言った。「しかし、それにしても、毎回そんなふうに水浴びするのは、鼠には勇気の要ることだろうさ。でも心配は無用。これが無事にすんだら、小さな首輪をつくってやろう」

「旦那」とボーイは叫んだ。「この鼠が首輪をはめたところを見たいですね。そのときは、写真を撮ってやらなければいけませんよ。そうすれば、あなたはそれをだれにでもやれますし、もらった連中は、それを国の家族に送ってやれます。そうすれば、旦那、きっと家族の連中は、首輪をしたその鼠の写真を見て、腹を抱えて笑うにちがいありませんよ」

「じゃ、そうするか」デーヴィスは笑いながら言った。

「ぜひそうなさいよ、旦那」とボーイは言った。「ところで、もう行かなければなりません。じゃ、さよなら、ジョージ！」彼は出て行ったが、すぐまたドアをあけた。「ですがね、旦那、もしその鼠があたしのものだったら、あたしはシンプスンという名をつけますがね」

ひとりになると、デーヴィスはその器械を体裁よくおきなおし、顔を洗い、ひげを剃って、タルカムパウダーをつけた。何もすることがなくなると彼は財布を取り出し、その中から一ドル紙幣を六枚引き出して、それが七枚になっていることを期待でもするみたいに、一枚一枚かぞえてテーブルの上にならべた。それから、ポケットをさぐって、一つのポケットから合計三十五セントを、もう一つのポケットからニッケル貨を一枚とり出して、それに加えた。「こんどこそうまくやらなきゃいかんぞ」彼は箱の上からほがらかに自分を見まもっている鼠に言った。「ジョージ、落胆してはいかんよ。目さきの利かない、偏狭な、田舎町のバイヤーどもには、物を見る眼がないが、こんどの奴は当てになる。彼こそはわれわれの最後のチャンスだよ。だから、お前も芸当のほうはうまくやってくれよ。そうすれば、われわれはいっぺんで大出世できるんだからな」

突然、電話のベルが鳴った。デーヴィスはいそいで受話器をとり上げた。「ハートピックさまがご面会でございます」とフロントの受付が言った。

「ハートピック氏をすぐこちらへお通ししてくれ」とデーヴィスは言った。

彼は金を片づけ、ジョージを巣の中に入れて、しめった手のひらをハンカチでふいた。ドアがノックされたとたんに、彼は顔から心配げな表情を消さなければいけないことを思い出し、いそいで愛想のいい微笑をうかべた。

ハートピック氏は、指が普通の人の倍も太く、手のひらに近いその関節に針金のような赤毛の生えている、がっしりした人物だった。

「ハートピックさん」とデーヴィスは言った。「わざわざこんなところへおいで願って、相すみません」

「いや、時間のむだにならないかぎりはね」とハートピック氏は答えた。「さっそく品物を見せてくださいませんか。お手紙で大体の見当はついていますが」

デーヴィスはテーブルの上においてある箱のうしろにまわりながら、説得力のある、誠実な、セールスマンらしい調子を出そうと努めた。「ハートピックさん、ご存じのように、昔から、鼠捕り器は少しでもいいのを選べ、という格言がございます。本日はわざわざわたくしのような者のところまでお運びくださいまして恐縮ですが、実は――」

「考案を示してくれれば、たとえそれがどんなに突飛に思えるものでも」とハートピック氏は言った。「わしはどこへでも出かけて行きますよ」

「……実は、ここにありますのが」とデーヴィスは言った。「その鋼鉄の猫《スチール・キャット》なのです」そう言って彼は箱のふたをあけた。

「売れそうな名前だ！」と、ハートピック氏は言った。「とにかく、その名前は使えるかもしれない」

「ハートピックさん、考案《アイディア》はこれなんです」デーヴィスは要点を指でかぞえながら言った。「在来のもののよりもよけい鼠がとれる。残酷でない。ありきたりの捕鼠器のように鼠を半殺しの状態にしない。やり損なうことがない。バネで指を挟む心配がない。ご婦人の間には、このバネを死ぬほど怖がっていらっしゃる方もありますよ。従って、家族の者も絶対に反対しない。ハートピックさん、いま申し上げたのが、重要な点です。わたしはこの点を心理学的にまでつっこんで調べてみました」

客は、奥歯をほじくるのをちょっとやめて、デーヴィスをじっと見た。「えっ、なんですって？」と彼は言った。

「心理学的にですよ」とデーヴィスは言った。「女性的観点と男性的観点とからです。例えば、奥さんがたは一般に、猫が鼠をなぶるのをいやがります」

「女は鼠を毒殺はできるがね」とハートピック氏が言った。

「それは奥さんがた自身も言ってることです」とデーヴィスは言った。「それが女性的観点ですよ。女の毒殺者は昔から絶えません。ルクレチア・ボルジアのような女はほかにもたくさんいます。しかし、善良な良人《おっと》の多くは、妻に毒薬いじりをされるのをとても嫌います。国民投票をしたら、おそらく大抵の良人は猫のほうを選ぶだろうと思いますね。キリスト教徒をライオンに食わせたのも、男のネロでしたからな。そこで、当然議論になります。それに、休日には、猫を外に出してやったり、食事の世話もしなければなりません」

「すると、われわれの捕える鼠はみんな、細君がトイレの中へ流してしまうわけだな」と、ハートピック氏は、肩をすくめながら言った。

「さあ――もう一度女性的観点にもどりますが」とデーヴィスは言った。「クレオパトラはその奴隷をワニの餌食にしたということです。多くの婦人は、ハートピック夫人のように、鼠捕り器から鼠をとって、そんなふうに始末をつけるだけの分別を持ち合わせておりませんでしょうな」

「ああ、それはわしにはわからん」と、ハートピック氏はすっかり退屈した調子で言った。

「ある意味では、これは従来の鼠捕り器と同じ種類のものです」と、デーヴィスは口早に話しはじめた。「しかし、いままでのものよりはずっと科学的で、労力の節約になります。よろしいですか――いまこのガラスのジャーの中に水を――ぬるま湯を満たします。これは実演用のひな型なのでガラスにしてありますが、一般に販売する品は、手紙で申し上げたように、コストを下げるため錫《すず》で大丈夫だろうと思います。枠もクロームの必要はありますまい。ところで、水がいっぱいになりましたから、適当な場所にこんなふうにおきます。どうぞ、取り扱いの簡単なところをご注目ください。まず普通のチーズの小片を、この鉤にかけます。安くすませようとするなら、ベーコンの脂をぬったパンのかけらでもけっこうです。では、ごらんください！　よくごらんください、ハートピックさん！　鼠がどうするかお目にかけますから。さあ、ジョージ、出て来い！」

「えっ、生きてる鼠ですか？」チラッと好奇の表情を見せて、ハートピック氏が言った。

「Mus domesticus《ムス・ドメスティクス》、つまり、普通のイエネズミです」とデーヴィスは言った。「どこの家にもいる奴です。さて、こいつの動作を、よくごらんになっていてくださいよ！　やっこさん、道を見つけたようです。真ん中のこの細いところをつたって行きます。餌をめがけてまっすぐに――おわかりですね？　すると、奴の重みで、この横木が傾き――」

「あっ、落っこちた！」と、ハートピック氏が、完全に興味をとりもどして叫んだ。

「鼠が水中に落ちると、この仕掛けはすぐ」と、デーヴィスは勝ちほこったように言った。「別の鼠に備えるために、自動的にもとの状態にもどります。あとは、翌朝、鼠どもの死骸をとりのぞいてくださるだけでよろしいのです」

「悪くないな！」とハートピック氏は言った。「おや——こいつ泳ごうとしているぞ！　こりゃ、きみ、何か考え違いをしているのじゃないかな」

「ハートピックさん、古い諺をご存じでしょう」と、デーヴィスは微笑しながら言った。「これは、いままでのよりもいい鼠捕り器ですよ！」

「信じられないね！」とハートピック氏は言った。「気ちがいじみている、正気とは思えん。だが、わしがいつも言ってるように——気ちがいじみた発明には気ちがいじみた買い手があるものだ。人道的観点をうまく利用して——古いご婦人がたをカッとさせれば——」

「ああ、それはすばらしいですよ！」とデーヴィスは言った。「わたしも実はいま——いや、それよりも——ちょっと失礼します！　こいつを出してやりますから——」

「ちょっと待ちなさい！」と、ハートピック氏は言うより早く、その太った手でデーヴィスの手首をつかんだ。

「どうも、やっこさん少し疲れてきたようですから」とデーヴィスは言った。

「まあ、聞きたまえ」とハートピック氏は、なおも鼠から眼を離さずに、言った。「われわれには、この種の思いつきに対する標準契約というものがあるのじゃ。つまり、特許権使用料の標準レートがね。なんだったら、きみの弁護士にきいてごらんなさい。きっとわしと同じことを言うから」

「ええ、それで、もちろん、けっこうです」とデーヴィスは言った。「ですから、ちょっと——」

「待ちたまえ！」とハートピック氏は言った。「われわれはいま仕事の話をしているんだろう？」

「そりゃ、そうです」と、デーヴィスは落ちつきを失って不安げに言った。「でも、あいつは疲れているんですよ。ご存じのように、あれは実演用の鼠なのでー――」

ハートピック氏の手に、いっそう力がこもったように思われた。「それはどういうことなんです？」と彼はききかえした。「実演とか――なんとか言われたようだが？」

「実演――そうですよ」とデーヴィスは言った。

「きみはまだわしをだまそうとしているのかね？」と、ハートピック氏は言った。「その鼠が這い出さないってことが、どうしてわしにわかるわけがあろう？　わしは実を言うときみに、明日午前中にもわしの事務所へ来てくれれば、調印してもいい、と言おうと思っていたのじゃ。もしきみがそのことに興味があれば、の話だがね」

「もちろん、ありますよ」と、デーヴィスは本当にふるえながら言った。「しかし――」

「よろしい、もしきみがそれに興味があるなら」とハートピック氏は言った。「その鼠を放っておきたまえ」

「でも、ああ神様、ジョージは溺れかかっている！」と、デーヴィスは叫びながら、にぎられた手首を離そうとした。が、とたんにハートピック氏がその大きな顔を向けたのを見ると、デーヴィスは手を引くのをやめてしまった。

「ショウはいま進行中なのだ」とハートピック氏は言った。「ほら、見たまえ！　見たまえ！　奴は沈みはじめた！」彼の手はデーヴィスの腕から離れた。「沈んで行く！　沈んで行く！　ああ、沈んでしまった！　可哀そうな奴め！　しかし、これでよし、デーヴィス君、それじゃ午前十時三十分ということにしよう」

そう言うと、ハートピック氏は大股に部屋から出て行った。デーヴィスはちょっとの間、棒のように突っ立ったままでいたが、それから鋼鉄の猫のほうへふらふらと近寄って行った。彼はジャーを持ち上げるために片手を差し出したが、急に顔をそむけて、部屋の中を行ったり来たりしはじめた。しばらくそうしていると、誰かがドアをたたいた。デーヴィスは自分ではおぼえがなかったけれど、「おはいり」と言ったにちがいなかった。というのは、さっきのボーイが、盆の上におおいをした皿をのせて、はいって来たからだ。「ごめんください」と、ボーイは満面に微笑をたたえながら言った。「これは、旦那さま、あたしからの贈り物でして。ジョージ・シンプスン君のためにバタつきトウモロコシを持ってきました」

# カード占い

In the Cards

ヴァスカル法《システム》は、トランプ札を使って将来を占う方法のうちで最も信頼できる、最も現代的な、そして最も科学的な方法だとされている。占い手が自分自身の将来を予見することができないのは事実だが、この欠点はあらゆる方法に共通したもので、ほかの点ではヴァスカル法の成功は驚異的なのだ。

余暇を利用してこのヴァスカル法を習ったある夫人は、朝食のあとで良人《おっと》のためにカードを卓上に並べた。そして、あなたは不運な衝突事故にまきこまれようとしていらっしゃる、すくなくとも万一今日の午後三時から五時までの間に、車で帰っていらっしゃると、ひどい衝突を受けますよ、と予言した。この良人は、いまでは毎日、妻が彼のためにカードをならべてくれることを欲し、彼女が「吉」と告げる時間以前には決して車で帰らないことにしているが、その結果は近所じゅうで、問題の期間内に衝突らしい衝突を受けたことのない、ほとんど唯一の人物となっている。

また、ヴァスカル法のA級免状の所有者である若い女性は、妹に、お前は今晩いままでずっと持ちつづけてきたあるものを、背の高い浅黒い男のために失うかもしれないが、このことはいっときお前をがっかりさせるだろうけれど、結局、永遠の幸福と満足へ導いてくれるだろう、と警告した。果たして、妹はその晩、無分別な恋のデートへいそぐあまり、ドアに鍵をかけ忘れて出かけ、その留守に一人の背の高い浅黒いコソ泥が忍びこんで、彼女の子供じみた小粒真珠のネックレスを盗んで行った。だが、彼女は保険会社の社員をうまく言いくるめて、少なくともその値打ちの三倍にあたる金をせしめ、その金で模造ダイヤの衿どめ《クリップ》を買い求め、このクリップがはじめて、現在彼女の婚約者となっているジェリイ・ホラビン君の注意を引きつけた、というわけだった。

また、ブルウスター氏は、ヴァスカル法を習いはじめてまだやっと半ばにしか達していなかったが、妻のためにカード占いをやって、今晩お前は劇場へ行こうと言い張るけれど、ショウはつまらないからやめたほうがいいよ、と言った。彼女は頑張って自分の主張を通したが、やっぱりショウはひどいものだった。

これらの実例や、その他たくさんの頼まれもしない感謝状の山を見て確信を得たマイラ・ウィルキンズは、自分もひとつ研究生となってその伝授を受けよう、と決心した。彼女の志《こころざし》は大きかった。彼女はその技術をしっかり身につけて、この道で立つつもりだった。そうすれば、早晩自分に相談にくるたくさんの青年の間には、自分が見て近い将来に思いもよらぬ方面から、莫大な財産がころげこんで来ることがわかる男がいるにちがいない、と考えたのだった。

彼女はこの幸福な男に未来の幸運を話して心の安定を乱すつもりはなかった。それよりもむしろ彼をとんでもない不幸に巻きこむかもしれないハートまたはダイヤのクイーンに気をつけろと注意してやるつもりだった。というのは、マイラはブルネットだったからだ。

彼女は最高の成績で卒業し、西四十丁目で知り合いのダンス女教師が開いている教習所の二階の、薄暗い小さな一隅を借りて、看板を出した。彼女は急にダンスのレッスンを受けにくるような青年は、とかく自分の将来がどうなるかを知りたいと思うあこがれを抱いているにちがいないと想像し、それらの連中が顧客の中心となってくれるだろうと考えた。

マイラはほんのわずかしか資金を持たなかったので、ビーズのカーテンや、透視球や、仏像や、その他客に信頼感を抱かせるような雰囲気をつくるのに必要ながらくたを買うと、あとには、一文ものこらなかった。だが、彼女は、できるだけ広い層の客をとるために見料はうんと安くし、彼らの中から将来の億万長者を見つけ出すチャンスを増やすことにした。

彼女は脂じみたカードをひろげて、無数のつまらぬ青年たちのために、その過去とあまり違わない、そしていずれは現実のものとなるはずの、その将来の運命をくわしく予言してやった。が、さし迫った幸運に関する限りは、彼女の仕事は永久に結果の表われない独りゲームのように思われた。なぜなら、彼女の顧客たちの将来の富は、平均してせいぜいダイヤの2ぐらいのところだったからだ。

こうして月移り年変わって、何年かたった。そして埃が透視球と仏像の上にたまった。が、マイラは富の夢のほかは何も考えず、その夢は研ぎすまされた古いナイフのように鋭くなっていった。ついに、日陰の濃くなったあるおそい午後、階段が重い足どりできしみ、図体の大きな一人の男が、彼女のアルコーヴに垂れているビーズのカーテンをいっきに押しあけて、はいってきた。

この新しい客は、見るからに醜悪な恰好をしていたので、もっと繁盛している占い師だったら、たぶんそのまま動物園へ追い返したことだろう。だが、マイラは一ドルでも素通りさせる余裕がなかったので、うんざりしながらカードをひろげた。クラブの2が目立って活発な動きを示した。前後の関係から、これは巡査の夜警棒を意味していた。彼女は、その男が見なれぬ服を着た人間のいっぱいいる大きな建物へ行く危険を多分にもっていることを見てとったが、なにか漠然とした力がこの必然性の延期を指示しているように見えた。

突然、彼女は思わず口からとび出しかかった叫びを抑えなければならなかった。食人種の長《おさ》のような彼の未来がニヤニヤ笑いながら金歯をちらつかせているように思えたからだ。ヴァスカル様がはっきりと、この若い男とごく近い関係にある誰かが死んで彼にすごい財産がころがりこむことを、お告げになったのだ。

「どなたかご親類がおありですか?」と、彼女はたずねた。「わたくしの言うのは、つまり、お金持ちの親類という意味ですが」

「いないね」とその男は言った。「もっとも、世間が知らぬうちに、何もかも飲みつぶしてしまったジョージって伯父はいるがね」

「それにちがいない」と彼女は思った。「よろしいですわ」と彼女は大声で言った。「それは大して問題ではないでしょう。別に伯父さんがあなたに何か残すなどという印は出ていないのですから。このカードは、お金に関するトラブルを意味していますが、同時に、あなたが金髪女性に裏切られることも意味しているようです。どうもあなたはひどい目にあわれるようですね。制服を着たこの二人の男が何をしているのか、わたしにはわかりませんが――」

彼女はカードを切り、なおもそれをならべつづけながら、心は三カ所で同時にショウを見せるスリー・リング・サーカスのように三つに分かれて活動していた。一つの心は、客に語ってきかせる作り話のことで占められていたし、もう一つの心は、そこに表われた真の未来を読みとることに一生けんめいだったし、第三の心は、それに対していったいどういう行動をとったらいいか考えるのにいそがしかった。

彼女はその魅力のない客をもう一度チラッとぬすみ見た。彼女の判断し得るかぎりでは、彼の懐にころげこむ財産は少なくとも百万を超すはずだった。けれども、後はいかにも人間として価値のない男に見えた。マイラはもちろんロマンスを期待してはいなかったが、世の中には若い娘を本能的に躊躇させるものがあるものだ。そしてこの男はまさしくその一人だった。

彼女は思案しながら、なおも機械的にカードをならべていった。と、突然、彼女の眼が輝いた。彼女はあらためてカードを見直した。たしかにまちがっていない！　彼女の心配はとたんに解消した。カードは一点の疑いもなく、この客は金を受け継いでから数カ月以内に突然激しいショックを受けて死ぬことを指し示しているではないか！　このことは、彼を完全に選ばれた適格者とするものだった。

マイラは即座に作戦を開始した。

「あなたはいま」と彼女は言った。「重大なわかれ道に立っていらっしゃるようですわ。一方は、悲惨、貧乏、病気、絶望、監獄に通じている道ですし――」

「じゃ、おれはもう一つの道を行くよ」と若い男は言った。

「あなたは立派な判断力をお示しになりました」とマイラは言った。「でも、はっきり申し上げますが、こちらはそう簡単ではありませんよ。もう一方の道は富と幸福に通じていますが、この道を行くにはどうしても善良な婦人と手を取り合って進むことが必要なのです。どなたか善良な女性をご存じですか？」

「じょ、じょうだんじゃねえよ！」と、男がどぎまぎして言った。

「それはお気の毒ですね！」とマイラは言った。「なぜって、あなたに必要なのは、もしあなたがそういう女性をご存じで、その女性がブルネットで、器量もわるくなく、5号の靴をはいていたら、その方と結婚することだからですわ。そうすれば、あなたは一生お金持ちでいられるのです。とてもお金持ちでね。ごらんなさい――これを。お金、お金、お金、と出ています。それがあなたに近しい関係のどなたかから来るのです。もしその女性と結婚すれば、ですよ。ごらんなさい――このカードはウォルドーフ・ホテルにいるあなたのことを示しているのです。これは、パーム・ビーチにいるあなたですわ。それから、こちらは、サラトガにいるあなたです。あら、すごい！　あなたはすてきな勝ち馬にお賭けになったのね！」

「ちょっと、先生」と客は言った。「失礼だが、あんたのはいてる靴のサイズは、いくつかね？」

「そうね」とマイラはニッコリ微笑した。「4でもはいらないことはないけれど、いつもは――」

「ねえ、きみ」と、彼はいきなりマイラの手をとって言った。「これはきみとおれだよ。こんなふうにさ。わかるだろう」そう言いながら、彼は夫婦生活のしるしに二本の指を重ねたもう一方の手を差し出した。

マイラは、身ぶるいがでるのをこらえた。「でも、この男が死ねば」と彼女は考えた。「わたしは大金持ちになれるのだわ。そのときは、何もかも忘れるために、若い映画スターの一人だって、手に入れられるのだわ！」

それからまもなく、二人は結婚し、ロングアイランドのあまりパッとしない場所に小さな丸太小屋を借りて、移った。リューには、こうした目立たない、隠れ家のようなところで暮らさなければならない深い理由があるらしかった。マイラはここに移ってからも、死が二人を引き離し彼女を金持ちの寡婦としてくれるまでは、絶対に別れまいと決心し、定期乗車券を買って、その脂じみたカードで生活費をかせぐために前よりもいっそうあくせくと働いた。

時がたっても、幸運はなかなか実現しないので、彼女は大男の良人からとても辛く当たられた。彼の発育のとまった精神は、子供のように辛抱することを知らなかったので、だまされて結婚したのではないかと思いはじめたのだった。それに、彼はいくぶんサディスティックでもあった。

「お前も結局、その女じゃないのかもしれないぞ」と言って、彼はマイラのからだをつねり、そこらじゅうに黒あざや青あざをつくった。「おおかた5号の靴なんかはけねえんだろう。6号じゃねえのか。おい、離婚して、おれにほかのブルネットと結婚させろよ。こんなことをしていたらどっからも金は来やしねえよ。第一、お前は青黒（あざだらけの意味）じゃねえか。青黒の女なんかおれは好かねえよ。さあ、おれと別れろ！」

「いやですよ」と彼女は言った。「わたしは、結婚というものは神様の手で結ばれるものと信じているんですからね」

これは議論になるのが常だった。というのは、彼のほうはその反証をにぎっていると主張したからだ。だが、結局議論では、彼の獣のような知恵はかなわなかった。彼は悪口雑言を吐きちらして彼女を床に投げつけると、それから裏庭へ出て行き、いつもおそろしく深い穴を掘るのだが、しばらくそれを見つめていてから、また埋めてしまうのが常だった。

こうした状態が数カ月つづき、マイラ自身も、ひょっとしたらヴァスカル法にいっぱい食わされたのではないかと思うようになってきた。「もしあの男に金がはいらないとすれば！　そのときは――わたしはキング・コングの奥様になって、そのために働いているということになるわ！　これはやっぱり、離婚を承諾したほうがいいかもしれない……」

彼女のこうした敗北的な考えは、ある陰気な冬の夕暮れ、渡し場からとぼとぼと家に向かって歩いて行くとき、最高頂に達した。小屋の暗い裏庭を通りぬけながら、彼女は、愚かな良人の掘った大穴の一つにころげ落ちた。

「これでもうきまった！」と彼女は思った。

彼女がむさくるしい台所へ入って行くと、リューがいつにない微笑をうかべて彼女を迎えた。「やあお帰り、スウィーティ！」と彼は言った。「ぼくの可愛い奥さんの気分は、今夜はどうかね？」

「スウィーティなんて、やめてよ」と彼女はきめつけるように言った。「可愛い奥さんなんて言うのも、やめてちょうだい。大ゴリラのあんたが何を考えてるのか知らないけれど、わたしの心はきまったわよ。やっぱり、あなたのいうように、別れてあげるわ」

「ねえ、ハニー、そんな話はやめようよ」と、彼は言った。「冗談を言っただけなんだ。おれは離婚なんかしねえよ、どんなことがあったって、離婚なんかしねえよ」

「いいえ、わたしのほうで離婚するわ。すぐに」

「そりゃ、離婚の理由はあるかもしれねえが」と、良人は顔をしかめながら言った。

「ありますとも」と彼女は言った。「判事にこのあざを見せれば、すぐ離婚の判決が出るわよ。その点都合がいいわ」

「まあ、きけよ」と良人は言った。「お前のところへ来たこの手紙をちょっとごらん。気が変わるかもしれねえから」

「どうしてあなた、わたしの手紙をあけてみたの？」とマイラは言った。

「中身を見るためさ」と、彼はあっさり答えた。「まあ、読んでみなよ」

「まあ！　エズラ伯父さんが」と、マイラは手紙を一心に見つめながら叫んだ。「百五十万ドルの遺産をのこしたんですって！　全部わたしに！　おどろいたわ、あのおじいさん、よっぽど成功したにちがいないわ！　だけど、そうすると、カードのほうはまちがっていたってことになるわ。あなたのところへ来るとばかり思っていたんだから」

「まあ、いいさ」と、リューは彼女のうなじを突っつきながら言った。「そうじゃねえか、夫婦は一体っていうだろう？」

「もう長いことはないわよ」と、マイラは勝ちほこったように叫んだ。「わたしはお金持ちなんですからね！　自由よ！　少なくともそうするつもりよ」

「じゃ、おれはどうなるんだ？」と良人はきき返した。

「木にでものぼったらいいでしょう」と、マイラは言った。「あんたは、木のぼりは上手なはずなんだから」

「そんなことを言いやがると思ったよ」と、良人は彼女の喉をしっかりとつかみながら言った。「大体、お前はその幸運が目当てでおれから一ドルまき上げやがったんだろう？　そうにちがいねえ。だが、お前がおれのことで見込み違いしたからって、それはカードのせいじゃなさそうだぜ。おれに近しい関係の誰かが死んで――とカードは言ったんだろう？　それなら、結局、カードの言ったことは、本当だったのさ！」

マイラはヴァスカル法の正確さを証明する暇も、またリューを待っている急激なショックについて彼に警告する暇もなく、そのまま息絶えてしまった。

# 雨の土曜日

Wet Saturday

七月だった。すさまじい音を立てて降りしきる豪雨のために、彼らはだだっ広い家の中にとじこめられ、雫の流れおちる四つの高い窓と、色あせた更紗の壁にとりかこまれた、客間にあつまっていた。

この手入れのわるい、陰鬱な感じの家も、自分の妻や娘や大男の息子を心から嫌っているプリンシー氏には、必要欠くべからざるものだった。彼の現在の生活は、ニコリともせずに帽子に軽く手をかけて、村の中を歩きまわることと、唯一のはかないたのしみとして、この家で育った遠い少年時代の思い出を、心にとりもどすことだったからだ。だが、いまはそれも――村人の間における自分の地位への誇りも、家にたいする熱烈な愛着も――おびやかされることになったのだ。これもみんな、ろくでなしの娘のミリセントが、とんでもない馬鹿げたことをしでかしたためだった。

プリンシー氏は、急に娘から顔をそむけて、妻に話しかけた。「警察じゃ、ミリセントをきっと精神病院に送るだろうよ」と彼は言った。「犯罪性精神異常者の収容所にだ。なんとか方法を講じなければならんが、まず不可能かもしれんな」

娘は再びガタガタふるえはじめた。「ああ、あたし、死んでしまいたい！」

「静かにしないか！」とプリンシー氏は言った。「われわれには、そんな馬鹿なことをしている暇はないのだぞ。なんとかこの問題を片づけなければ――」

彼は、立って窓の外を見ている息子に呼びかけた。「おい、ジョージ、お前はいったい、将来の見込みがないと言われて追い出されるまで、どのくらい医学をおぼえたんだ？」

「お父さんが知っているくらいしか知りませんよ」と、ジョージは言った。

「どうだ、有能な医者ならあの傷をなんと考えるか、見当つけられるかね？」

「そうですね——あれはどう見ても殴られた傷ですよ」

「屋根から瓦が落ちて当たったとか、レンガ塀の笠石にぶつかったとか、というような……」

「さあ、それは——」

「可能かね？」

「いや、だめですね」

「なぜ？」

「だって、彼女は何回もあの男を殴っていますもの」

「わたしは、とてもそんなことを黙って聞いちゃいられませんよ」とプリンシー夫人が言った。

「我慢しなければいけないよ、お前」と良人《おっと》は言った。「そんなヒステリカルな声を出さないでくれ。誰が聞いていないとも限らんからね。おれたちはいま、天気の話をしているんだよ。ええと、ではジョージ、もしあの男が井戸に落ちて、何回も頭を打ったとしたら？」

「さあ、僕にはわかりませんね」

「もしそうだとすれば、三、四十フィートの間に、数回横っ腹を打っていなければならないわけだな。どうもそいつはまずい。もう一度、初めからやりなおすことにしよう。ミリセント」

「いやです！　いやです！」

「ミリセント、もう一度やりなおさなければいかんよ。お前、何か忘れていることがあるだろう。ちょっとした些細なことが、おれたちを——とりわけお前を——救いもすれば、破滅させもするんだぞ、ミリセント。お前は精神病院へ入れられたくはないのだろう？　絞首刑にされたくはないのだろう？　やつらはお前を絞首刑にするかもしれないのだぞ、ミリセント。ところで、その身ぶるいだけは、やめてくれ。それからもっと静かな声で話してもらいたいね。おれたちは、天気のことを話しているんだからね。では」

「あたし、できませんわ。あたし……」

「静かにしないか、おい、静かにしろ」彼はその長い、冷たい顔を、娘の顔に近よせた。が、急にたまらない不快感をおぼえて、あとに引いた。ふとった顔に、垂れた顎、いやらしいほど精力的なその身体つきが、彼の胸をむかむかさせた。「さあ、わしのきくことに答えるんだぞ」と彼は言った。「お前、そのとき馬小屋にいたんだね？」

「ええ」

「だが、ちょっと待て。お前があの不運な牧師補に惚れていたのを、誰か知っていたかね？」

「いいえ、誰も。あたし、そんなことを、誰にも言ったことなんか――」

「心配無用」とジョージが言った。「村のやつらは、一人のこらず知ってるよ。この三年間、やつらはそのことを、いいお笑い草にしてきたんだからね」

「どうもそうらしいな」とプリンシー氏も言った。「どうもそうらしい。なんという汚らわしいこった！」彼は手の甲から何かをふきとりでもするような恰好をした。「さあ、では、つづけよう。お前、それで、馬小屋にいたんだね？」

「ええ」

「そのとき、お前はクローケー（芝生の上でやる戸外球戯の一種）のセットを、箱に入れていたのだな？」

「そうですわ」

「そのとき、誰かが中庭を横ぎってくるのを聞いたんだね？」

「ええ。それがウィザーズだったのです」

「そこで、お前はウィザーズに声をかけたのか？」

「ええ」

「大声でかい？　あの男の名を大声で呼んだのかい？　誰かにその声を聞かれやしなかったか？」

「いいえ、お父さん、誰にも聞かれなかったと思いますわ。ほんとうは、あたし、あの人のことを呼んだりしなかったのよ。あたしが戸口に出て行ったとき、あの人があたしの姿を見て、手をふって、近づいてきたんです」

「あたりに誰かいたかどうか、気がつかなかったかね？　あの男の姿を見た人間がいたかどうか？」

「誰もいなかったと思います。お父さん。大丈夫だと思いますわ」

「それで、お前たち二人は、いっしょに馬小屋にはいったんだね？」

「ええ、雨がひどく降っていたんで」

「あの男はどんなことを言ったのだ？」

「あの人、ハロー、ミリーって、言ったわ。そして、裏道をぬけて来たことを弁解して、これからリストンへ行くところだって言ってました」

「そうか」

「それから、こんなことも言ってましたわ。敷地内を通りぬけながら、この家を見て、急にあたしのことを思い出し、話したいことがあったので、ちょっと会って行こうと思ったんですって。そして、自分は今とても幸福なんで、そのよろこびをあたしにも知らせたいって、言ったんです。主教さんから話があって、いよいよ牧師に昇格することにきまったらしいのね。でも、それだけじゃなかったのよ。あの人、そうなれば自分もいよいよ結婚できるって、言い出したんです。そのことをどもりながら話し出したので、あたし、自分のことを言われたんだと考えたんですわ」

「お前が考えたことなど、話す必要はないよ。あの男の言ったことを、正確に伝えればいいんだ。ほかのことは一切しゃべるな」

「でも……ああ、あたし……」

「泣くな。そんなことは、今のお前にはぜいたくだぞ。さあ、話してみろ！」

「あの人、ちがうって言ったんです。あの人の相手は、あたしじゃなくて、エラ・ブラングウィン・デイヴィースだったのです。あの人、気の毒そうにそのことを言ったわ。そしてすぐ、あの人行きかけたのです」

「それで？」

「あたし、カッとなって、あの人が背を向けると同時に……クローケー・セットの標柱をにぎって――」

「叫ぶとか、わめくとかしたかね？　わしが言うのは、お前があの男を殴ったときのことだよ」

「いいえ、そんなことしなかったと思うわ」

「じゃ、あの男は？　さあ、はっきり言ってごらん！」

「いいえ、何も叫ばなかったわ、お父さん」

「それから？」

「あたし、標柱を放りだして、夢中で家にはいってしまいました。それだけですわ。ああ、あたし、死にたい！」

「で、お前は、使用人には誰にも会わなかったのだね。あの馬小屋には、誰もはいる者はないだろう。なあ、ジョージ、ウィザーズはたぶん、村の者にも、リストンに行くと話しただろうから、そうすると、誰もあの男がここへ来たことを知ってる者はないはずだな。みんなはたぶん、彼は森で襲撃されたのかもしれないと思うだろう。だが、われわれはあらゆる細かい点まで考えておかなければいかんぞ……。牧師補が頭を割られて――」

「やめてください、お父さん！」と、ミリセントが叫んだ。

「おい、お前は絞首刑にされたいのか？――牧師補が頭を割られて、森で発見されるとする。と、いったいウィザーズを殺したいと思ってる者は誰か？　ということになる」

そのとき、戸をたたく音がきこえ、すぐドアが開かれた。いつも儀礼抜きでやってくる小男のスモーレット大尉だった。

「ウィザーズを殺したいと思っている者は誰か、ですって？」と彼は言った。「わたしなら、よろこんでやりますね。やあ、プリンシーの奥さん、こんにちは。いきなりとびこんで来まして――」

「まあ、この人、お父さんの言うことを聞いていたんだわ」と、ミリセントがうめくように言った。

「何を言ってるんだ、お前、ときにはおれたちだって、ちょっとした冗談ぐらい言うさ」と父親は言った。

「おどろいたふりなんかするのはよせ。いや、スモーレット君、われわれはいま牧師補殺しのつまらぬ推理をやっていたんですよ。近ごろ、うちじゃミステリばやりでね」

「牧師殺しですか」とスモーレット大尉は言った。

「正当な理由による殺人ですよ。あなたは、エラ・ブラングウィン・デイヴィースのことをお聞きになりましたか？　わたしはいい笑いものにされそうですよ」

「どうして？」とプリンシー氏は言った。「どうして、きみが笑われなければならないのですか？」

「実を言うと、あの方角に第一弾をうちこんだのは、わたしだったのですよ」と、スモーレットは、慎重な冷静さをよそおって言った。「そして、彼女も半分はイエスと言ったのですが。お聞きにならなかったですか？　彼女はたいていの人間に、話してしまったらしいですからね。ところが、横から首輪をはめた白ネズミが現われましてね。おかげでこっちは肘鉄砲をくらった恰好になってしまったのですよ」

「そりゃお気の毒でしたな！」

「武運つたなく、といったわけです」と、小柄な大尉は言った。

「まあ、おかけなさい」とプリンシー氏は言った。

「お母さんとミリセント、お前たち二人で、できるだけ楽しい話でもして、スモーレット大尉をなぐさめておあげ。ジョージとわしは、ちょっと調べものがあるから、出てくる。一、二分でもどってくるよ。さあ、ジョージ、おいで」

プリンシー氏とジョージは、事実、五分とたたぬうちに、もどってきた。

「スモーレット君」とプリンシー氏が言った。「ちょっと、馬小屋まで来てくださらんか？　あなたにお見せしたいものがあるのです」

三人は馬小屋のならんでいる裏庭に出て行った。それらの建物は、いまはどれも不用な物を入れておく物置に使用されていたので、誰も出入りする者はなかった。スモーレット大尉が先にはいり、ジョージがそれにつづき、最後にプリンシー氏がはいった。入口の戸を閉めると、プリンシー氏はドアのうしろに立てかけてあった銃をとり上げた。

「スモーレット君」と彼は言った。「われわれは、さっきジョージが鳴き声を聞いたというあの桶の下のネズミを撃つために、ここへ来たわけですが、いいですか、わしの言うことをよく聞いてくださいよ。でないと、ひょんな拍子で、きみを撃つことにならないとも限りませんから」

スモーレットは彼を見た。「よろしい。言ってください」

「実は、今日の午後、ある非常に悲劇的な事件がここで起きたのです」とプリンシー氏ははじめた。「それが万一明るみに出るようなことがあると、もっと痛ましい悲劇が起こることになるのです」

「ほお！」とスモーレットが言った。

「きみはさっき、わしが、ウィザーズを殺すとしたら、それは誰だろうか、と言ったのを聞きましたね。また、ミリセントが軽率な言葉をはいたのも、聞きましたね」

「さあ？」とスモーレットは言った。「どんなことでしたかな？」

「ちょっとした言葉ですよ。でも、かりにきみがそれを聞かなかったとしても、とにかくウィザーズが今日の午後、非業な最期を遂げた事実には変わりがないです。スモーレット君、きみに聞いてもらいたいとおもっているのは、そのことなんですよ」

「あなたが殺したんですか？」と、スモーレットが叫んだ。

「ミリセントがやったんです」

「そりゃ大変だ！」

「まったくですよ！　こう言えば、きみには察しがつくと思うのだが――」

「まあ、つかないこともありませんね」

「そこで、……きみが問題になるわけです」

「彼女はなぜあの男を殺したのですか？」

「それが実に愛想のつきた話でね——可哀そうでもあるのですよ。ミリセントは、ウィザーズが自分を愛しているものと思いこんでいたんです」

「おお、もちろん、そうでしょう」

「でも、わしとしては、ミリセントを精神錯乱者だの人殺しだのには、なんとしてもさせたくないのです。そんなことになれば、わしは、この村に住んでおられんですよ」

「おられんでしょうな」

「ところが、きみは、そのことを知ってしまった」

「なるほど、それで、わたしに口をつぐんでいられるかって、おっしゃるんですね。でも、わたしがそのことをお約束したら——」

「わしは、どうもまだきみを信じ切れないのですよ」

「もしお約束するとしたら——」とスモーレットが再び言った。

「事が順調にはこべばだが——」とプリンシー氏は言った。「だが、少しでも嫌疑がかかるか、尋問でも行なわれれば、あやしいですね。きみは従犯になるのを恐れるだろうから」

「さあ、わからんですね」

「わしにはわかっている。それで、われわれはどうするか、だ」

「でも、ほかに方法はないと思いますが。まさかあなただって、わたしを殺すような馬鹿なまねはしないでしょう。二つの死骸から逃れることはむずかしいですからな」

「いや、わしは、ほかの危険にくらべれば、そのほうがまだましだと思っているのです。不慮の出来事にすればいいし、あるいは、きみもウィザーズも失踪した、ということにだってできる。これには充分可能性があるのですからね——」

「ちょっと、待ってください」と、スモーレットが言った。「そ、そんなことは——」

「まあ、聞きたまえ。何か解決法があるかもしれない。そうだ、一つだけある。スモーレット君。このことをわしに思いつかせてくれたのは、きみ自身なのだが――」

「へえ、わたしが？」とスモーレットは言った。「いったい、どんなことですか？」

「きみはウィザーズを殺したい、と言いましたね。きみにはそれだけの動機があるわけだ」

「わたしは冗談を言ったんですよ」

「きみはいつも冗談を言っている。だから、みんなは、何かその裏にあるにちがいないと思っている。いいですか、スモーレット君。わしはきみを信頼できないが、きみはわしの言うことを信用しなければいかんですぞ。さもないと、わしはすぐにも君の生命をもらわなければならないですからね。いいですか。きみは死でも生でも、どっちでも選べるわけだ」

「さきを言ってください」

「ここに下水路がある」と、プリンシー氏は早口の、強い調子で言った。「わしは、この中にウィザーズの死体を投げこもうと思っているのです。ところで、ウィザーズが今日の午後ここへ来たことを知っている者は、われわれ以外に一人もないのです。だから、きみがしゃべらないかぎり、ウィザーズを探しにここへやってくる者は、一人もないわけだ。そこで、きみはわしに、ウィザーズを殺したのはきみだという証拠を与えてもらいたいのです」

「なぜです？」とスモーレットが問い返した。

「なぜって、そうすれば、わしもきみがこの問題に関して絶対に他言しないという確信を得られるからですよ」

「証拠って、どんな証拠ですか？」

「おい、ジョージ」とプリンシー氏は息子にむかって命じた。「お前、この先生の顔を力いっぱいなぐりつけろ！」

「こりゃ、けしからん！」とスモーレットが叫んだ。

「もう一ぺん！」とプリンシー氏。「指の関節を傷めるなよ」

「うわあ!」とスモーレットが叫んだ。

「いや、どうもすみません。きみとウィザーズとの間に格闘が行なわれた痕跡をのこしておかなければならんのでね。こうしておけば、きみとしても、うっかり警察へ行くわけにはいかんでしょう」

「なぜ、わたしの言葉を信じようとなさらないのですか?」

「すっかりすんだら、信じることにしましょう」と、プリンシー氏は言った。「おい、ジョージ、あのクローケーの標柱を持ってこい。ハンカチを巻いて持つんだぞ。さあ、スモーレット君、そのクローケーの標柱のさきをしっかりつかんでください。やらなければ、やむを得ない、撃ちますぞ」

「畜生!……よろしい、やりますよ」

「ジョージ、この先生の頭から、毛を二本ばかり引き抜け。そして、忘れずに、おれが言ったとおり処置するんだぞ。では、スモーレット君、きみはその棒を持って、環のついているその大きな板石を起こしてください。そして、ウィザーズがとなりの馬小屋にいるから、あいつを引きずってきて、その中に放りこんでくれたまえ」

「死体にさわるのだけは、絶対におことわりしますよ」

「ジョージ、あとへさがっていろ」と、プリンシー氏は手にした銃を上げながら、言った。

「ま、まってください」とスモーレットが叫んだ。「ちょ、ちょっと、待ってください」そして、結局、彼は言われたとおりにした。

プリンシー氏は額の汗をぬぐった。「これで、何もかもまったく安全になった。いいですか、ウィザーズがここへ来たことは誰も知らないのだということを、忘れないでくださいよ。村の連中はみんな、ウィザーズはリストンへ出かけて行ったものと思っている。だから、捜すとしても、あの五マイルの田舎道で、ここの下水路をのぞきにくるような者は絶対にないにちがいない。これで安全だってことが、きみにもわかったでしょう?」

「安全でしょうな」と、スモーレットは言った。

「さあ、それでは、家にはいろう。例のネズミは、どうせ、われわれには捕れないにきまっているから」

三人は家にはいった。ちょうどメイドがお茶をはこんで来たところだった。

「ねえ、お前」と、プリンシー氏は妻に言った。「おれたちがネズミを撃ちに馬小屋へ行ったところ、そこでスモーレット大尉に出会ったので連れてきたよ。まあ、スモーレット君、腹を立てないでくれたまえ」

「あなたは、裏道からおいでになったのですね」と、プリンシー夫人が言った。

「そうです、そうです、そのとおりです」と、めんくらって、スモーレットは答えた。

「唇をお切りになりましたね」と、ジョージがお茶のカップを渡しながら、スモーレットに言った。

「ええ……ええ……ちょっと、ここをぶっつけたので――」

「ブリジットに、ヨードチンキを持ってこさせましょうか?」と、プリンシー夫人が言った。メイドは、彼のことを見上げながら、待っていた。

「どうぞ、ご心配なさらないでください。なんでもないのですから」とスモーレットは言った。

「では、ブリジット、もう行ってもいいよ」とプリンシー夫人は言った。

「スモーレット君はとても親切な人でね」とプリンシー氏が言った。「われわれの心配をよくわかってくれて、約束してくれたよ」

「まあ、約束してくださったのですの、スモーレットさん」と、プリンシー夫人は叫んだ。「あなたはいいかたね」

「心配することはないよ。誰にも絶対にわかりはしないから」とプリンシー氏は言った。

それからすこしして、スモーレットは暇《いとま》を告げた。プリンシー夫人は彼の手を固くにぎった。彼女の眼には涙があふれていた。三人は、車道をもどって行くスモーレットのうしろ姿を見まもっていた。それから、プリンシー氏は数分間、妻に何ごとか熱心に話していたが、やがて二人は二階に上がって行って、そこにいたミリセントに、いっそう熱心に話しはじめた。

それからまもなく、雨がやんだ。プリンシー氏はちょっとの間、馬小屋のある裏庭をぶらぶら歩きまわった。

もどってくると、彼は電話のところへ行った。

「リストン警察署につないでください」と彼は言った。

「早く……もしもし、警察ですか？　こちらは、アボッツ・ラクストンのプリンシーですが、何か恐ろしい事件がここで起こったらしいですから、すぐ来てくださいませんか」

# 保険のかけ過ぎ

Over Insurance

アリスとアーウィンは、ホーム・コメディに出てくる若夫婦のように単純で幸福だった。いや、事実はそれ以上に幸福でさえあった。というのは、いつも観客が見ているわけではないし、そのよろこびを検閲規則によって制限されることもなかったからだ。従って、仕事から帰ってきたアーウィンを抱擁するためにアリスがとび出して行くときの有頂天ぶりや、アーウィンが彼女の接吻に接吻を返すときの猛烈さは、とても筆紙に尽くせるものではなかった。

　二人が夕食のことを考えつくまでには、少なくとも二時間はかかった。食事の支度にとりかかってからも、食卓の上の食べものを口に入れるまでには、長いことかかった。撫でたり、さすったり、うなじをちょっとかんだり、耳たぶを吸ったり、キスしたり、ふざけたり、料理一皿運ぶにもそのたびに馬鹿げたことが、わんさと行なわれた。

　だから、やっと食事の支度ができたときには、二人はさだめしものすごい食欲で貪るように食べたろうと、諸君は思うかもしれない。ところが、自分の皿の上にどんなご馳走がのっていても、彼は必ずそれを彼女の皿の上にとってやるだけの余裕をもっていたし、彼女のほうもそれに負けずにすばやく、自分の皿から何かおいしいものを一口分つまみあげて、熱心に待っている彼の弾力性にとんだ唇の間にひょいと入れてやるのだった。

　夕食がおわると、二人はまるで籠の中の二羽の無邪気なインコみたいに、一つ椅子に坐り、彼は彼女の魅力を一つ一つならべ立てて彼女をよろこばせるし、彼女は彼女でそのために彼の趣味や判断力に対して最高の評価を下すのが常だった。けれども、こうした楽しみもそう長くつづけるわけにはいかなかった。なぜなら、翌朝ほがらかな新鮮な気分で起きるためには、早めに寝床へはいる必要があることを、二人は知っていたからである。

けだるい重苦しい夜でない限り、彼は必ず夜中に一、二回眼をさまして電燈をつけ、彼女の存在が単なるよろこばしい夢でないことを自分で確かめた。彼女もまた、バラ色の光線で眼をしばたたきながら、こうして起こされるのをうるさがらなかった。それから二人は楽しいちょっとした会話を交わすと、すぐまた幸福な眠りに入るのだった。

夜をこんなふうに楽しく家庭で過ごせる良人《おっと》は、誰だって昼の仕事が終わったのち、サロンやバーでぐずぐずしていることはめったにないだろう。アーウィンも友達にさそわれてその種の場所へ出かけて行くのはごく稀だったが、そんなときでも彼はとつぜん愛妻のことを思い出し、なんてふくよかで、柔らかくて、気持ちよく肥っているんだろうと考えて、急にからだを振り動かしたり、ぴょんと宙にとび上がったりするのが常だった。

「おい、いったい、なんだってそんなまねをするんだい?」と友人はたずねた。「誰かが追っかけてくるとでも思ったのか?」

「いや、なんでもないよ」と彼はいつもはぐらかした。「元気であふれでるような感じがしただけだよ」

そう言って、彼は、馬鹿みたいにニヤニヤ笑いを浮かべ、それからいそいで彼らと別れて、全速力で家へとんで帰り、自分の可愛らしい妻をつくり上げている、あのやさしい、ふっくらとした、限りなく美しい細部が、本当の実在であり、自分の奇跡的な所有物であることを確かめるのだった。

こうした場合のあるとき——例によって彼は両脚が自分を運んでくれる最大限の速さで家路をいそぎつつあったが、街路を横ぎる時うっかり左右を見るのを忘れた。不意に一台のタクシーが角をまがって疾走してきた。幸い運転手がいそいでブレーキをかけたので、事なきを得たが、さもなかったらアーウィンはボウリングのピンのようにころがされ、二度と愛する妻を見ることはできなかっただろう。この考えは彼をぞっとふるえ上がらせ、どうしてもそれを心中から消し去ることができなかった。

　その晩も、二人はいつものように一つ椅子に坐り、彼女はいくぶん血色の悪いあごを撫で、彼は彼女のひらひら動く手に何べんもキスしようとして、ミルク壜に口を近づけようとするサルみたいに唇をとがらせた。その合間には、例によってその日あったいっさいの出来事を話してきかせた。「うん、それで思い出したが」と彼は言った。「通りを横ぎるときにあぶなくタクシーに命をとられるところだったよ。運転手がブレーキをかけなかったら、ぼくはボウリングのピンみたいにひっくり返されていたにちがいない。そうすれば二度とぼくの可愛いアリスさんを見ることもできなかったわけだ」

　この言葉をきくと、彼女の唇はふるえ、眼には涙がいっぱいあふれた。「もしあなたが二度とあたしを見られないとすれば」と彼女は言った。「そのときは、あたしも二度とあなたが見られないわけよ」

「ぼくもそのことを考えていたところだ」とアーウィンは言った。

「あたしたちはいつも同じことを考えているのね」と彼女は言った。

　けれども、これはなんの慰めにもならなかった。その晩の二人の考えは、すっかり悲しみにとざされた。

「明日《あした》はきっと一日」と、アリスは泣きながら言った。「あなたが溝の中にぐったり横たわっている光景を眼の前に浮かべて暮らすことになるわ。そんなこと、たまらないわ。あたしきっと、倒れて死んじまうわ」

「ああ、そんなことを言わないでくれ」とアーウィンが言った。「こんどはぼくのほうが、暖炉の前の敷物の上にからだをまるめて横たわっているきみのことばかりを考えて過ごすことになるよ。ぼくはきっと気が狂って、死んじまうだろう」

「あら、だめよ！」とアリスが叫んだ。「そんなことをおっしゃると、あたし、こう考えてしまうわ――あたしが死んだものと考えて、そのため、あなたは死んだのだ、と。そんなふうに考えたら、あたし生きちゃいられないわ」

「それはますます悪いよ」と、アーウィンは嘆き悲しむように言った。「きみがいま言ったような理由でぼくが死んだと考えて、そのためにきみが死んじまうとしたら……。ああ、もうたくさんだ！　ぼくには耐えられない！」

「あたしだってがまんできないわ！」

こうして二人はしっかりと抱き合い、互いの涙で塩辛くなったキスを交わした。これは、ピーナッツで甘さを出すのとおなじように、人によってはかえって風味を添えるものらしい。だが、アーウィンとアリスは、あまりに圧倒されていたので、この種の美点を理解することができなかった。二人は、万一片方が急死したらどんな気がするかということだけしか考えられなかった。そのため、二人とも一晩じゅう一睡もできず、アーウィンはアリスのことを夢に見るたのしみも、電燈をつけて彼女の実在を確かめるたのしみも味わえなかった。一方、彼女もまた突然バラ色の光をあてられて眼をしばたたきながら、アーウィンが自分の上に身をかがめて眼を見はっているのを見るよろこびを経験できなかった。二人はそれを抱擁の情熱と熱烈さで埋め合わせた。そのため、窓ごしに夜明けの空気が冷たさと灰色と理性的な光をおびはじめたときには、この不幸な夫婦は、彼らが知り合って以来はじめて経験するような、冷やかな、白々とした、理性的な気持ちを互いに感じ合った。

「アリス」と、アーウィンは言った。「ぼくらは勇敢にこのことを考えてみなければいけないと思うんだ。つまり、将来起きるかもしれない出来事をまともに直視し、われわれにできる慰安方法を準備しておくために最善を尽くす必要があるよ」

「あたしのたった一つの慰めは、泣くことだけだわ」と彼女は言った。

「そりゃそうだ。ぼくだって同じだよ」と彼は言った。「だけど、きみは火の気のない屋根裏部屋で泣き、それも長くは泣いていられずに、あわてて立ち上がって、家事をしなければならないほうがいいか、それともミンクのコートを身にまとい、大勢の使用人たちに食事を運ばせて、立派なアパートの部屋で泣くほうがいいか、どっちがいいかね?」

「そりゃ使用人たちに食事をもってきてもらうほうがいいわ」と彼女は言った。「なぜって、そうすればいつまでも泣いていられますもの。それに、ミンクのコートを着ていれば、泣いてる最中に風邪を引いたり、くしゃみをしたりすることはないでしょう」

「ぼくなら、ヨットの上で泣きたいね」と彼は言った。「そこでなら、ぼくの涙は海水のしぶきだと説明することができるし、男らしくないなんて思われずにすむからね。ねえ、ひとつお互いに保険にはいろうじゃないか。万一最悪のことが起きても、じゃまされずに泣けるようにさ」

「そうすると、暮らして行くのにほんのわずかしか残らなくなるわね」と彼女は言った。「でも、そのほうがいいわ。なぜって、そうしておけば、万一のときの慰めがずっと多くなるでしょう」

「ぼくの考えもそのとおりだよ」と彼は言った。「二人はいつも同じことを考えているんだね。さっそく、今日から、その方針を実行しよう」

「ついでに、あたしたちの鳥にも保険をかけておきましょうよ」と彼女は籠の鳥を指さしながら叫んだ。

彼らは、この鳥の情熱的なさえずりが二人の神聖な歓喜に光彩を添えるために、夜の間も決して籠におおいをかけないことにしているのだった。

「そりゃいい」と彼は言った。「ぼくはこいつに十ドルかけよう。万が一ぼくがあとに残されても、こいつのさえずりがぼくには一つなぎの真珠と同じ値打ちをもつことになるからね」

その日、アーウィンは彼の収入の十分の九を投資して保険契約を結んだ。「ぼくらは貧乏になってしまった」と彼は帰ってきて言った。「しかしぼくらにはお互いがある。そしてかりにそのよろこびが奪われるようなことがあっても、ぼくらの手には少なくとも数千ドルの金がはいるのだ」

「そのことを言わないでちょうだい。いやらしいお金！」と彼女は言った。

「よし、わかったよ」と彼は言った。「さあ、食事にしよう。昼食をうんと倹約したんで、今晩はとても腹がへっているんだ」

「すぐ支度ができますよ」と彼女は言った。「あたしも今日はマーケットで節約して、新しい食品を買ってきたわ。おどろくほど安いのよ。それでいて、ひと家族の元気と活動力を一週間保たせるだけの、あらゆる種類のビタミンを含んでいるんですって。包みの上の説明にそう書いてあるわ」

「すてきじゃないか！」と彼は言った。「きみの可愛らしい、やさしい新陳代謝作用と、ぼくの大きな、荒っぽい新陳代謝作用は、きっとそのビタミンのアルファベットで甘い愛の言葉を綴ってくれるだろうよ」

だが、日がたつにつれて、彼らの新陳代謝作用はどんな言葉づくりの競技をやったところで、ろくな成績しか見せられなかったであろうことが明らかになった。それとも、例の食品の製造業者が誰か無責任な科学者の言葉にあざむかれ、そのため包み紙の説明文中に多少まちがったことを書いたのかもしれない。とにかくアーウィンはだんだん衰弱がひどくなってきて、いまではもう彼の愛する、やさしい、まるぽちゃの細君のことを考えても、宙に飛び上がることなどできなくなった。それに、アリスのほうもすっかりやせ細ってしまったので、彼としては、もはや宙に飛び上がる理由も失ってしまったわけだ。

彼女の靴下は、いまやステッキのような脚の上で、気味わるいほどしわがよっていた。

「彼女はもう」とアーウィンは考えた。「以前のように夢中になっておれを迎えにとび出してくるようなことはあるまい。まあそれもいいだろう。それよりもいまのおれにとっては、上等のビーフステーキに迎えられるほうがどんなにうれしいかしれない」

こうした新しい不穏な考えや、おがくずみたいな食事や、その収入の十分の九を保険の掛け金につぎこんでしまったためにこの二人の若い恋人を日増しに悩ましつづける無数の財政的心配などで、アーウィンはしばしば眠られぬ夜を過ごしたが、いまではもう、電燈をつけて愛する妻をながめずにはいられないというような気持ちは起こらなかった。彼がこれをやった最後の時、彼女は彼の顔をオムレツとまちがえて、「なんだ、あなただったの！」とつぶやくと、ぷいと横を向いてしまった。

彼らは自分たちの新しい食べものを鳥にもやったが、鳥はまもなく両脚を上にひっくりかえして、死んでしまった。「少なくとも、こいつのおかげで五十ドル入るぞ」とアーウィンは言った。「しかもこいつは一ぴきの鳥にすぎないんだ！」

「あたし——二人は同じことを考えていなければいいと思うわ」とアリスが言った。

「もちろんそんなことはないさ」と彼は言った。「どうしてそんなことを想像したんだい？」

「なぜだかわからないけれど」と彼女は言った。「で、そのお金はどんなふうに使いましょう？　またカナリヤを買いますの？」

「いや、何かもっと大きなやつを買おうよ」と彼は言った。「大きな、よく肥った、焼いた鶏《ロースト・チキン》を買おうじゃないか」

「ええ、そうしましょう」と彼女は言った。「それからポテトとマッシュルームと、サヤインゲンと、チョコレート・ケーキと、クリームと、コーヒーもね」

「賛成だね」と彼は言った。「コーヒーは、上等な、香りの強い、苦みのきいたやつを買ってもらいたいな。刺激の強いやつをね」

「あたし、できるだけ上等な、香りの強い、苦味のきいたコーヒーを買ってくるわ」と彼女は言った。

その晩、二人は以前のように料理をはこぶのに長い時間をかけなかったし、テーブルにそれがおかれるとたちまちそれを平らげてしまった。

「これはたしかに上等な強いコーヒーだ」とアーウィンは言った。「それに、苦味もきいている」

「あの、あなた、あたしが台所へ行っていた間に」と彼女は言った。「ひょっとして、そのコップを、あたしのと取り替えやしなかったでしょうね？」

「いや」とアーウィンが言った。「ぼくは、きみこそ取り替えたんじゃないかと思っていたところだ。こいつはたしかに何かピリッとした味がするぞ」

「ああ、アーウィン！」とアリスが叫んだ。「二人はやっぱり同じことを考えていたのじゃないかしら？」

「どうもそうらしい」とアーウィンも叫んだ。そして、むかしサロンやバーからものすごいスピードでとんで帰ってきた、あのときの速さよりももっとすばやい動作で戸口へと走った。「おれは医者のところへ行かなければならない！」

「あたしもだわ！」と、彼女もドアの掛け金を手さぐりしながら言った。

だが、彼らの弱りはてたからだには、毒の回りも早かった。さきを争ってつかみ合ったひょうしに、二人とも戸口のマットの上にうつ伏せに倒れてしまった。そして二人のからだは郵便配達人が運んでくる請求書の山でおおわれた。

# ああ，大学

Ah, The University

　ロンドンの郊外に、一人息子を心から愛している、ある年とった父親が住んでいた。そこで、息子が十八歳の若者になったとき、彼は息子を呼んで、角縁の眼鏡をやさしく光らせながら言った。「なあ、ジャック、お前も学校を卒業した。きっと大学へ行きたいと思っているだろうな」

「そりゃ、お父さん、そう思っていますよ」と息子は言った。

「お前がそう考えるのはもっともだ」と父親は言った。「人間の一生のうちで最良の時期は、たしかに大学で過ごす時期だからね。広大な学問の宝庫、教授たちの物しずかな美しい声、古びた灰色の建物、文化と洗練の雰囲気——こういったものを別にしても、まず相当な金を学費としてもらえるよろこびがある」

「そうですよ、お父さん」と息子は言った。

「自分の部屋もあるし」と父親はつづけた。「友達が来ればささやかな夕食をふるまうこともできる。商人たちからはいくらでも信用買いができるので、パイプ、シガー、クラレット、バーガンディ（クラレットもバーガンディもぶどう酒の名）、服にもこと欠かない」

「そうですよ、お父さん」と息子はふたたび言った。

「そこにはまた、さまざまな専門の小クラブもあれば」と老人は言った。「あらゆる種類のスポーツもある。たのしい五月の休暇もあれば、演劇、舞踏会、各種のパーティーもある。悪気のない乱暴、馬鹿騒ぎ、そのほか塀を乗り越えるとか、学生監をごまかすとか、ありとあらゆる面白いことがある」

「そうですよ、そうですよ、お父さん」と、息子は叫んだ。

「たしかに大学生活ぐらいたのしいものは、この世にない」と父親は言った。「人生の春だ！　たのしさのたえまないくり返しだ！　世の中が、それぞれ一つずつの真珠をもった一ダースのカキのように見える。ああ、大学！　けれど、わしはお前を大学へやろうとは思わないよ」

「では、いったい、なぜお父さんは大学のことをそんなに言うんですか？」と、あわれなジャックはたずねた。

「それは、お前にあきらめてくれとたのまなければならないそれらの楽しさを、わしは決して不注意に過小評価しているのではないと、考えてもらいたいからだよ」と父親は言った。「ジャック、お前も知ってのとおり、わしの健康は上々ではない。シャンペンのほかはからだに合わんし、シガーも二級品はまずくてのめん。わしの支出は最近ひどく膨張をきしているので、お前にはほとんど何ものこしてやれそうもない。しかも、わしの心からの望みは、お前にぜひ安楽な生活を送らせたいということだ」

「それがお父さんのお望みなら、ぼくを大学へ入れれば達せられるのではないでしょうか？」と、ジャックは言った。

「われわれは将来のことを考えなくてはいかんよ」と父親は言った。「お前はいずれ自活しなければならんだろうが、いまの世の中では、教養などというものは一番市場価値のない財産だ。校長か牧師補になるのでなければ、お前は大学から大した利益を得ることはできんだろう」

「それじゃ、ぼくに何になれというんですか？」と息子はきき返した。

「ついこのあいだ読んだ言葉だが」と、老人は言った。「お前の将来のことを考えて暗い気分に沈んでいたら、突然、その言葉が稲妻のようにひらめいたのだ。それは〈たいていの賭博師は弱い〉という言葉でな、これはカード・ゲームのうちでもなかなかたのしい、一番普及しているポーカーについて書かれた、ある小冊子の書き出しの文句なんだよ。このゲームは普通、現金の代わりにチップスという賭け札を使ってやるんだが、このチップスの一つ一つが相当の大金を代表しているんだ」

「では、お父さんは、ぼくにイカサマ賭博師になれって言うんですか」と、息子は叫んだ。

「いや、そんなことは何も言っておらんよ」と、父親はいそいで答えた。「わしはお前に強くなってもらいたいんだよ、ジャック。創意と個性を発揮してもらいたいんだよ。ほかの誰もが習っていることを、なぜ習わなければならないんだ？　息子よ、お前は何をおいてもまず、ほかの奴らが語学や、科学や、数学を勉強するのと同じ気持ちで、組織的にポーカーを研究してみてくれ。学生と同じ気持ちでこの問題に取っ組んでくれ。わしはそのために、椅子とテーブルと真新しいカードをそなえた、気持ちのいい小部屋を用意しておいたからな。本棚にはこのゲームに関する一流の著書が幾冊もならんでいるし、マントルピースの上にはマキアヴェリの肖像画がかかっている部屋をな――」

青年は抗議をしたが、むだだった。で、しぶしぶその研究にとりかかった。彼は努力して、それらの書物を読破し、百組近いカードをすりへらした末、二年目の終わりに父親の祝福と、小さな賭けのゲームにならニ、三回加われる現金とを受けとって、世の中へ出て行った。

ジャックが出て行ってしまうと、ひとりになった老人は、シャンペンや上等のシガーや、その他老いと孤独をまぎらわしてくれるささやかな楽しみで、自分をなぐさめることにした。こうしてけっこう気楽にくらしていると、ある日、電話のベルが鳴った。それは老人がほとんど忘れかけていたジャックが国外からかけてきた電話だった。

「もしもし、お父さん！」と、息子はひどく興奮した調子で叫んだ。「ぼくはいまパリにいて、五、六人のアメリカ人とポーカーをやってるところなんです」

「そうか、幸運を祈るぞ」老人は受話器をおく準備をしながら言った。

「きいてください、お父さん！」と息子は叫んだ。

「実はこうなんです——これ一回だけは、ぼく、最後までおりずに、勝負してみようと思うんです」

「神様のおめぐみがお前の上にあるように！」と、老人は敬虔な調子で言った。

「まだ相手は二人のこっているんですが」と息子は言った。「賭け金を五万ドルに上げてきたんです。ですが、ぼくはすでに有り金を全部張っちまったんです」

「ああ、わしは」と老人はうなった。「そんな立場におかれた息子を見るよりも、大学に行っている息子を見るほうがまだましだよ」

「でも、ぼくの手はキング四枚なんですよ！」と青年は大声で言った。

「じゃ、きっと相手はエース四枚か、ストレイト・フラッシュにちがいないぞ」と老人は言った。「かわいそうだが、おりるんだな。そして早く帰って、お前の安宿の同宿人を相手にタバコの吸いがらでも賭けて遊んだほうがいいぞ」

「だけど、お父さん」と息子は叫んだ。「これはスタッド・ラウンドなんですから、決して無茶じゃないんですよ。ぼくはすでにエースが一枚棄てられたのを見たんです。ストレイト・フラッシュのできるわけがありませんよ」

「ほんとうか？」と老人が叫んだ。「よし、わしが自分の息子の後ろだてにならなかったなんて、人に言わせんぞ。やれ、最後までがんばれ！　わしが援助に行ってやる」

息子はカード・テーブルにもどって、相手の二人に、父が来るまで勝負を延ばしてくれ、とたのんだ。二人は自分の手を微笑してながめながら、いいですとも、とよろこんで承諾した。

二時間後に、老人は飛行機でル・ブールジェ空港に到着し、それからまもなくカード・テーブルのかたわらに立って、両手をこすり合わせ、角縁の眼鏡を光らせながら、愛想よく微笑していた。彼は二人のアメリカ人と握手を交わし、彼らの裕福らしい様子に注目した。

「ところで、どういうことになってるんだ？」と彼は、息子の席に代わって坐りこみながら、金をとり出した。

「賭けは」と相手の一人が言った。「五万ドルになっているんです。わたしは見送ったんですが、見送るか上げるか、こんどはあなたの番です」

「それとも、おりるかです」と、もう一人が言った。

「わしは息子の判断を信用しますよ」と老人は言った。

「わしは自分の手を見る前に、あと五万ドル上げよう」そう言うなり、彼は自分の金のうちから十万ドル、卓上においた。

「わたしもその十万ドルで行こう」と、相手の最初の男が言った。

「ぼくもつづこう」ともう一人が言った。

老人は自分の手を見た。とたんに、彼の顔色が次々と幾色にも変わった。彼は低い、ふるえたうめき声をもらすと、内心のあがきを示しながら、しばらくの間ためらっているようだった。が、ついに勇気をふるい起こして、最後の十万ドル（これは彼がのこりの生涯のために必要なシャンペンやシガーや、その他のたのしみを手に入れるのに、とっておかなければならぬ金だったが）を差し出しながら、何度も唇をなめて、言った。「お手は？」

「キング四枚」と、第一の男が、手をおろしながら言った。

「畜生！」と第二の男が言った。「ぼくはクィーン四枚だ」

「わしは」と老人はうなった。「ジャック四枚じゃ」

そう言うと、彼はふり向きざま息子の上衣の衿をつかんで、テリアが鼠をふりまわすようにふりまわした。

「無学な馬鹿者の父親となった日が呪わしいわい！」

「ぼくはほんとに、これがキングだと思ったんです」と息子は叫んだ。

「お前、このVの字がValet（従者、即ちジャックのこと）の頭文字だってことを知らんのか?」と父親が言った。

「しまった!」と息子は言った。「ぼくは、Vの字はフランスの王様に何か関係があるのだと思ったんですよ。たとえば、Charles V(シャルル五世)とか Louis XV(ルイ十五世)とか書くでしょう。ああ、大学へ行かなかったのが残念だ!」

「行け!」と老人は言った。「大学だろうとどこだろうと、お前の好きなところへ行くがいい。もう二度と顔を見せるな、声も聞かせるな!」

そう言うと、父親は、息子やほかの連中がひとことも口をきく暇がないうちに――いまやったゲームはハイ・ロウ・スタッドなのでジャックの四枚ぞろいも賭け金の半分だけ取れるのだ、と説明する暇もないうちに――足音高く部屋を出て行ってしまった。

青年は自分の取り分をポケットに入れながら、無学というものはどんな種類のものにせよ嘆かわしいものだ、とつくづく思った。そして、一同に別れをつげると、即刻パリを去り、まもなく大学に入学した。

# 死の天使

Three Bears Cottage

「今朝は鶏が卵を二つ産んだので、朝食用にゆでておきましたよ」

そう言いながら、スクリヴナー夫人はまっ白なナプキンをひろげ、その「納屋庭の宝」を見せてから、白いほうを良人《おっと》のエッグ・カップ（食卓用のゆで卵立て）にのせ、茶色のほうを自分のカップにのせた。

スクリヴナー夫妻は、森のはずれの若いカバの木立の間にポツンと建っている、けわしい屋根と白い破風をもった一軒家に住んでいた。ひどく小さな家だったが、そのかわり家賃も安かった。二人はこの家を「三熊荘」と呼んでいた。彼らの生活はつましかった。良人のヘンリーが「自然」を研究するために四十歳で職を退いてしまったからだ。毎週、彼らの狭い庭では、新しいレタスの葉がつぎつぎと球をつくったが、それは毎日たんねんに検査され、発育の状態が最高に達したとき、切られて、食卓に供された。

別の日には、彼らはカリフラワーを食べた。

このように、自分たちの丹精したものでささやかに生活を送っている彼らは、同じ産みたての卵でも一つの卵ともう一つの卵のちがいには極めて敏感だった。これはあわただしい生活をしている都会の人間などには、しばしば見落とされることだった。二人は商業主義が育てた迷信とは反対に、鶏の卵は茶色のほうが滋養の点でも、外観の点でも、味の点でもまさっていることをよく知っていた。それで、良人のスクリヴナー氏は、妻が茶色のほうの卵を自分の分としてとったのを見ると、その鳥のように丸い眼をいっそうまるくして、言った。

「エラ、ぼくは気がついてるよ。お前がぼくには白い卵をくれて、茶色のほうは自分のためにのこしたのをね」

「そうよ」と、エラは言った。「それがどうしたんですの？　なぜわたしが茶色の卵を食べてはいけないんですの？　家の中をいつもきれいに整頓しているのは、わたしですよ。あのカナリヤの籠をみがいてるのだって、わたしですよ。そんなことは、もしあなたが世間並みの男の人だったら、わたしの代わりにやってくださってもいいことですわ。あなたのしていることといったら、少しばかり庭をひっかきまわすことと、自然を研究するのだといって森の中をぶらつくことだけじゃありませんか」

「おい、ディッキーのことをそんなふうに〈あのカナリヤ〉なんて呼ばないでくれ」と良人は言った。「ぼくはときどき思うんだが、お前は自分の周囲の生きものに対してなんの愛情も感じていないらしいな。ことにぼくに対してはね。とにかく、毎日鶏に餌をやっているのはぼくだよ。その鶏が茶色の卵を産んだら、あなたどうですか、ぐらいきかれてもいいと思うんだがな――」

「そのお答えなら、わたしにもわかっていますわ」と、細君は、チラッと微笑をもらしながら言った。「ノーですよ、ヘンリー。トマトが熟れたときあなたがなさったことを、わたし忘れませんよ。この家で誰が何を食べているかってことは言わないほうがよさそうですわ」

ヘンリーはとっさにうまい返事を考え出すことができなかった。彼は眼の前の白い卵を憮然として見つめた。かつてこれほど卵が侮辱的に見えたことはなかった。細君は自分の卵の先端を、ガリガリいやな音をさせて割っていた。ヘンリーはもう一度自分の卵を見た。

「畜生！」と彼は心の中でつぶやいた。「こいつは白いだけじゃない！　彼女のより小さいじゃないか！」

これはあんまりひどすぎた。

「エラ――」とヘンリーは言った。「お前は自然の驚異をばかにしているので、リプリイの《信じようと信じまいと》には興味をもたないかもしれないが、リプリイ——は、その本の中で、ゆで卵の内側に気味の悪い虫がとぐろを巻いている写真を紹介していたような気がするよ。その卵はたしか茶色だったぞ」

「この卵には虫なんかいませんよ」と、エラは落ちついてむしゃむしゃ食べながら答えた。「あなたのをのぞいてごらんになったら？　たぶんいるかもしれませんよ」

ヘンリーは下手なブーメランの投げ手みたいに、彼女の卵を自分のほうへまわさせようと思って、言わなくてもいいことを言ってしまった自分のうかつさに、気づかないわけにはいかなかった。彼は、自分の卵をじっとながめ、ひとさじすくって口に入れてみたが、なんの味もしなかった。「畜生、こんなもの！」と彼は思わずつぶやいた。多くのおとなしい男がそうであるように、彼もすぐカッとなり、そうなると言葉を抑制することができないのだった。

細君が顔を上げて静かに彼を見たので、彼は内心恥ずかしさをおぼえたが、それだからといって気持ちは少しも和らげられなかった。「利己主義と貪欲が、世の中をこんなにしてしまったのだ」と彼は思った。エラはいかにもおいしそうに卵をスプーンですくって食べていた。唇をキッと結び、眼をいからせたヘンリーは、食卓から立ち上がると、帽子を手にして、足音荒く家を出た。

エラは、ちょっと眉をしかめながら、彼が食べのこした卵を引きうけたが、食べてみると最初の卵にくらべてそれほど味が劣っているとも思われなかった。そこで、彼女はすっかりご機嫌になり、ほくそ笑むというよりもむしろニコニコしながら、いそいそと家事にとりかかった。

一方、ヘンリーは丈の高い雑草を乱暴に踏みしだきながら、森の中の小道を大股に歩いていった。「人生の幸福は一軒のコテージにあると信じて、あんなに早く職を退いてしまったおれは、何て馬鹿者だったろう！」と彼はつぶやいた。「おれは素朴な生活を童話のように楽しいものだと信じていた。一つはバラの花で、一つはヤグルマギクでかざられた二つのカップ。一つは青い輪を、一つは赤い輪をえがいた二枚の皿。色はどっちも赤いけれど、一方が他方よりもいくぶん大きい二個のリンゴ。そしてその大きいほうこそおれのものであるべきなのだ！　おれは男なのだから、大きいほうを食べるのが当然ではないか。そうだ、エラがこうした物の道理をわきまえてさえいたら、おれたちの簡素な生活も、もっと楽しい、すばらしいものになったのだ。彼女がもう少し欲張りでなく、もっと気立てがやさしく、古い恨みごとにいつまでもこだわるような女でなかったら、そして、もっと愛情があって、髪の毛がもう少し黄色く、もう少しやせていて、年も二十歳ほど若かったら、ああ、おれはどんなに幸福だろう！　だが、あんな女をよくしようなんて、期待するだけ無駄な話だ！」

そこまで考えたとき、彼の眼はふと、異常に美しい一つのキノコ――クラヴァリア種の――の上に落ちた。彼は思わずよろこびの叫びをあげた。彼らの食卓の献立に森や野からひろい集めて来るあらゆる種類の「採集物」――たとえば野イチゴだの山菜だの、中でも味と滋養に富んだ各種のキノコ――で活気を添えることは、「三熊荘」のつましい経済の重要な一部だったからだ。

だから、ヘンリーはそれを採集すると、大事にハンカチでくるんだ。この場合、自然の衝動としては、彼はすぐコテージに引き返し、ニコニコ顔で妻のまえにとんで行くか（あるいはあとでアッといわせるためにこの掘り出し物をうしろにかくして何くわぬ顔ではいって行くか）する、そしてどっちにしても遅かれ早かれそれを妻に見せて、「おい、すてきなクラヴァリア種のキノコをとってきたよ。火をおこして、昼めし用に焼いてくれないか。お前も少しかじり、ぼくも少しかじる、そして半分ずつ食べることにしよう」と言いたいところだった。だが、そんな寛大な気持ちは、エラが気立てもよくなければ、髪も黄色くなく、すんなりもしていないことを考えると、とたんにどこかへ吹きとんでしまった。「そればかりじゃない。あの女はきっと、少しでもいいほうの半分を自分のものにしようとたくらむにちがいない。それに第一、キノコを切るなんて大まちがいだ。滋養のある汁がみんな逃げてしまうからだ」

そこで彼はもう一本見つけようと思って、あたりをさがしまわったが、一本も見あたらなかった。「おれがよく空想にえがくような女が家にいて、迎えてくれるんだったら」と彼は考えた。「おれはどんなに感激してこのキノコを家へ持ち帰ることだろう！　そして滋養のある汁なんかよろこんで犠牲にするだろう。だが、そんなことは夢だ。それよりも、こいつを焚火で焼いて食ったほうがよさそうだ」

彼は焚火をするために小枝をさがしにかかったが、そのときだった。彼の眼はまたも、もう一つのキノコの上に落ちた。それはひどくおもしろい形と、真珠のような青白い色をしたキノコだった。彼はひと目でそれがアマニタ・ファロイデス――一部の科学者から〈死の天使〉と呼ばれているキノコであることを知った。それは極めて印象的な形と恐るべき猛毒性をそなえ、ほんの少量で人間一人を電撃的に倒すといわれている毒ダケだった。ヘンリーはこの忌わしいキノコをおそるおそるながめ、戦慄を抑えることができなかった。

「それにしても」と彼はつぶやいた。「〈死の天使〉とは実にうまい名前をつけたものだ。美しい金髪の妖精の踊り歩く姿が見られるのは、こんな毒キノコのまわりだろう……それにしてもなんというすばらしさだ！　これこそおれが本当に見たいと思っていたものだ！」

彼はその〈死の天使〉に近よると、ふるえる手をのばしてそれをとり、先刻のキノコとふれ合わないように間に布の折り目を注意ぶかくはさんで、ハンカチにくるんだ。

「エラはいつも自然に対して意地わるい皮肉を言っているが」と彼は言った。「こんどは自然にそのしっぺい返しをさせてやろう」

　彼はそのままいそいでコテージに引き返した。家に着くと、エラがニコニコ笑いながら彼を迎えた。「朝めしに卵を二つ食ったら、ニコニコすることだってできるだろうさ」とわが主人公は腹の中で考えた。「この次は、昼食にアマニタ・ファロイデスを食ったあとでお前がいったいどうするか、見たいものだ」この考えは、彼をひどく楽しくさせた。そこで彼はお返しに細君に向かっていかにも本当らしい上手な作り笑いをしてみせたので、彼女はこれで今朝の二人のいさかいはすっかり水に流されたものと考えた。このことに彼女は心から満足をおぼえた。というのは、彼女は単純素朴な女だったから、定量の二倍の朝食にありついたことが彼女の血行にまで影響を与え、いつになく温かい血がのんびりとその血管内を流れていたからである。

「ちょっと見てごらん、ぼくの見つけてきたものを」とヘンリーは言った。「二つのキノコだが、全然種類のちがうものだ。こっちはクラヴァリア種で、お前も知ってるように、なかなか味のいい食用キノコだよ」

「もう一つのは何ですの？」とエラはきいた。「白っぽくて真珠色をしているけれど」

「ああ、これは」と、彼はしらばくれて言った。「これはエヘウ・フンガセスだよ」

「なんてかわいらしい名なんでしょう！」と彼女は言った。「でも、ずいぶんおかしな恰好をしているのね！　もちろん、キノコとしての話だけれど」

「そんなことは気にしないほうがいいよ」と彼は言った。「これはだね、お前にはたぶん想像もつかないほど滋養分のあるキノコで、ビタミンD、E、A、T、Hを豊富に含んでいるんだ。しかもそのうまさといったら、王様向きの香味をそなえている。だからこれはおれが食べるよ。なぜって、お前はどうみても王様ふうにはできていないからな」

「そりゃ、そうね」と彼女は、クスクス笑いながら言った。「たしかにそのとおりだわ。ホ、ホ、ホ！　まったく、そんなふうにはできていないわね」

この答えはヘンリーの気持ちをいっぺんに百リーグも逆もどりさせた。というのは、彼の予想では、ビタミンが豊富に含まれていて味もすばらしいときいたら、エラのことだから、すかさずそのほうを――毒キノコのほうを――自分が食べるとと、頑強に主張するものと思っていたからだ。だが、彼は機転のきく男だったから、即座に作戦を変えて、言った。「だけど、このすばらしいキノコは、やっぱりお前にゆずるよ。なぜって、これを食べる資格をもっているのは、お前のほうだと思うからね」

「まあ、ヘンリー」と彼女は言った。「なんてやさしいことをおっしゃるの！　あなたのやさしい思いやりに、わたしどうして報いたらいいかしら？　女が親切な夫に感謝する気持ちを示すには、どうしたらいいかしら？」

「両方とも細かにきざんでだね」と彼は言った。「味がいっしょくたにならないように、別々に料理しなければいかんよ。そして、どっちもトーストの上にのせて、うんと粉チーズをふりかけるんだな」

「切りきざんでしまうのは、可哀そうだけれど」とエラは言った。「そうしましょう」

彼女はかるく肘で彼を突ついてから、台所へ行き、着替えをして、キノコ料理にとりかかった。ヘンリーは二十歳をまだ出ない、ある可愛らしい女のことを考えながら、居間で待っていた。エラは愛情をこめた眼ざしで戸口からチラッとのぞいて見、彼の鳥のような眼が輝いているのをみとめると、心の中で歌をうたいながら、料理をつづけた。「あの人こそ最上のものをうける値打ちがあるのだわ」彼女は思った。「これはあの人にあげよう。いいほうのキノコはあの人にあげよう。だってあの人は男の中の王様なんだし、それにこれはとても滋養に富んでいるってことだから。わたしは朝食に卵を二つ食べたんだから、それでもう充分だわ、タララ、タララ……」

仕度がすっかりすむと、彼女は言った。「さあ、あなた、いらして。昼食の支度ができましたよ。二枚のお皿のうち、青い輪のついたのはわたしので、赤い輪のついたのがあなたのですわ。さあ、おあがりになってちょうだい、わたしの天使さん。あなたの親切と心づくしに対する報いがどんなものか、すぐおわかりになってよ」

朝食を食べていないので腹の空いていたヘンリーは、将来その金髪美人がこの「三熊荘」へ到着する日にそなえてできるだけからだを丈夫にしておこうと考え、皿の中の一番大きな一片をフォークで突きさすと、口の中へ押しこんだ。と、急に彼は椅子からとび上がったかと思うと、部屋の中をはねたり、よろめいたり、からだをよじったり、くるくるまわったり、のけぞったりしながら、のたうちまわりはじめた。それと同時に、めまい、吐き気、眼の前の黒点、激しい動悸、痙攣、腹部の膨満、その他、口にするのもおそろしいさまざまな徴候が一度に襲ってきた。

「いったい、どうしたっていうんですの、あなた？」と細君が叫んだ。「気分が悪いですか？」

「畜生《サン・オブ・ア・ビッチ》！」と彼はあえいだ。「おれに〈死の天使〉を食わせやがった！　アマニタ・ファロイデスを食わせやがった！」

「まあ、あなた！」と彼女はおどろいて言った。「なんて顔をなさるの！　いったい何を考えていらっしゃるの？」

「おい、貴様！」と彼は叫んだ。「いつまでつべこべ言って、そこに突っ立っている気なんだ？　おれは死にかけてるんだぞ！　毒にあたったんだ！　医者のところへ走って行け！　わかったか？」

「毒にあたったんですって？」と彼女は言った。「あのキノコのですか？　だって、ヘンリー、あれはわたしに食べさせようとしたキノコじゃありませんの？」

「白状するが」と彼は言った。「おれはどうにも不平でならなかったんだ。腹が立ってならなかったんだ。許してくれ。後生だから、医者を呼んできてくれ。さもないとおれの生命はもう五分ともたないんだ」

「わたしを毒殺しようとしたことは許してあげるけれ

ど」とエラは言った。「たったいま、あなたがわたしについた悪態だけは忘れないわよ。いやよ、ヘンリー。雌犬《ビッチ》には医者のところまで走って行けないわよ。わたしの行けるのは、せいぜい、森の窪地でニレの木を切り倒しているあのたくましい若い木樵のところまでだわ。あの人、わたしが通りかかると、いつも、ウグイスが声を張りあげて歌うみたいに、口笛を吹くのよ。わたしあの人に、自分の奥さんにあんな悪態をつく良人をどう思うかって、きいてみるわ。自分の奥さんにあんなものを持って帰ってくる良人をどう思うかって、きいてみるわ。きっとあの人は話してくれるにちがいないわ」

ギャヴィン・オリアリー
Gavin O'Leary

若くて、大胆で、活動的な、とてもハンサムなノミがいた。彼はロージー・オリアリーの神聖なからだを住み家として、アルカディアの羊飼いのように幸福にくらしていた。ロージーはヴァーモントのある医師の家庭に雇われている十八歳のベビーシッターだった。この世界がはじまって以来、おそらくこのノミぐらい、豊饒な環境にめぐまれた奴はいないだろう。彼は自分を、この乳と蜜の流れる土地の地主と考え、その眺めの美しいさまざまな起伏に心からよろこびと幸福を感じていた。

ロージーは、地球上に生まれたあらゆる人間のうちで最も陽気な、最も熱情的な、よく笑い、よく跳ねる、無邪気な娘だった。そのためわが主人公のノミも自然同じような気質と同じようなからだの調子を身につけることになった。ノミが一回の食事でその体重の半分以上に相当する血を吸うことは周知の事実だが、その結果は当然、その養分の供給者たる人間の肉体的健康条件はもちろんのこと、その精神状態、感情、性癖、さてはその道徳的標準さえが、その小さな客に直接伝えられることになるのだった。

そんなわけで、彼の栄養は彼女の健やかな心臓から流れ出る新鮮な真紅の血からたえずとり入れられたので、このギャヴィン・オリアリーぐらい、快活で、無邪気で、よく跳びはねる発育したノミは、ノミの世界広しといえども、一匹もいなかった。ギャヴィンというのは彼のクリスチャンネイムで、姓はロージーからとったのである。ちょうど貴族がその領地から称号をとるように。

あるとき、ギャヴィンはその飲みものの中に、何か少し頭へくるものを感じ、からだじゅうが甘い夢心地でみたされた。木曜日の晩には、この感じがさらに強い、はっきりした有頂天の状態にまで高まった。ロージーが誰かに誘われて映画につれて行かれたのである。

ギャヴィンは映画芸術には大して関心がなかったので、映写時間の前半は、何も見えない隅っこに坐ってじっとしていた。十時になると、彼はそろそろ夜食にとりかかりたくなったが、ロージーが家へ帰って寝そうな気配をなかなか見せないので、とうとうしびれを切らしてその場でお弁当をつかおうと決心し、彼女の心臓の近くにその吻《くちさき》をさしこんだ。本当ならこのとき彼はいち早く、ふだんから飲みなれているその甘露の性質に大きな変化が起こりつつあることに気づくべきだったのだが、もともと宿主のロージーが明朗でのんきな娘だったので、ギャヴィン・オリアリーもその点では同じだった。そんなわけで、彼の甘いさわやかな泡立つ飲みものが、その甘さの下に火がいぶっているような温かい、眠気をさそうようなシロップに変わったときには、さすがの彼も不意をつかれてとまどいし、いつものようにパッととびのく敏捷さを失ってしまった。一瞬ふるえが全身をはしり、眼を半ば閉じたまましばらくじっとしていた。だから、突然不可解にも一本の見なれぬ手がのびてきて彼の隠れ家を侵害したときも、彼は別に驚愕もしなければ、狂気のように跳びはねもせず、弱々しい作り笑いを浮かべてそのほうをふり返りながら、まるで一介のナンキン虫か何かのように、のろのろと外へ這い出した。

ギャヴィンはビロードのシートのすきまに避難すると、血管にみちあふれた陶酔の波にじっと身をまかせた。彼はそれから数時間後に、いくぶん恥ずかしい気持ちで、その酔ったような眠りからさめた。早朝だった。ロージーも彼女の連れもいなかった。映画館は空っぽで、食料になりそうなものは何も見あたらなかった。食欲の旺盛なギャヴィンは、熱心に開館の時間を待ちわびた。時間が来ると、館内は人々でいっぱいになりだした。

ギャヴィンのいたシートには、青白い顔の青年がすわった。青年は映画のはじまるのをじりじりしながら待っていたが、いざはじまると、彼は溜息をついた。ギャヴィンは、一杯グッとひっかける前に唇を拭う酒飲みそっくりの恰好で、その吻《くちさき》を前肢でこすると、チョッキのボタンの間からしのびこみ、食前の祈りなんて気取ったまねは抜きにして、さっそく新鮮なやつをひと飲みするために、新しい宿主の第四肋骨と第五肋骨との間に飲み口をあけた。

恋する者の血は古いブドウ酒のように青ざめ、かつ火のごとく燃えていると書いたのは、たしかダンテだと思うが、いまギャヴィンが吸い上げたひと口もまさにアブサンかウォッカだった。この強力な魔薬をひと飲みするや、たちまち彼は息切れがしだし、うめき声を発し、狂人のように眼の玉をむいた。そのため、彼はいましも観客たちの讃美と憧憬をあつめているものがいったい何なのかひと目見たいと思いながら、なかなか青年のシャツの裏から這い出して、それが見える場所へよじのぼることができなかった。それはほかならぬ有名なミス・ブリンダ・ブライス主演の映画で、その限りなく魅惑的な顔が、このときスクリーンの上いっぱいに映し出されていたのである。

彼女をじっと見つめていたわがギャヴィンは、まるでほれ薬をいっぱい飲んだ人間とまったくおなじ状態におかれていた。彼は宿主の血が自分の体内で沸々とわき立つのを感じた。心は興奮でいら立ち、ヒステリックになった。彼女のサテンのような滑らかな肌を見ていると、ギャヴィンの吻《くちさき》は燃え、ふるえ、うずいた。彼は涙を流して泣き、笑い、しまいには悪魔のように調子をとってそれをくり返しはじめた。これはいまの宿主が詩人だったためで、さもなければ、これほどまで熱烈な讃美者にはなれなかったであろう。結局、昔から今日まで、ブリンダ・ブライス嬢をひと目見た瞬間にギャヴィンがおちいったように、恋情と、あこがれと、渇望に、身をこがしたノミは、ほかには一匹もいなかったにちがいない。

映画はあまりに早く終わってしまい、ギャヴィンは車で青年の部屋へ帰った。ここで彼は青年の上衣の衿にとまり、青年が一心に読みふけっているファン雑誌をその肩ごしにながめながら、その夜をすごした。ときどき彼はその荒れ狂う激情の原因である火のような飲料をチビリとやった。彼よりも小さな一群のノミや、もっといやしい虫どもまでが、この同じ飲料ですっかり元気づき、長夜の饗宴をくりひろげた。すでにへべれけになっていた宿主の青年は、かゆくてたまらなかったが、泥酔しているため、かくことができなかった。彼の血を飲んでおかしくなった小さな酔っぱらい共は、なおも危険を冒してむさぼり飲み、その光景はまさに阿片窟《アヘンくつ》以上だった。ある者は部屋の隅々で泣いたり、うめいたりしているし、ある者はだらしなく、すっかり正気を失って、熱病にかかったように、夢うつつの状態でぶっ倒れていた。そうでない者も、大抵は、欲望に眼がくらんで、壁のおもてやマントルピースの上にかざってあるブリンダ・プライスの写真のどれかに彼らの吻《くちさき》をぶっつけて、そのさきを傷つけたり折ったりした。

ギャヴィンも、その強力な液体がからだのすみずみに行きわたるまで、ちびりちびり飲みつづけたけれど、彼のからだはほかの連中よりも頑丈にできていた。彼がその青春時代を、不屈な移民の血を引いた、実にみごとな花の上ですごしたことは、決して無駄ではなかった。夜明けがおとずれたとき、彼の大胆な計画はきまった。宿主の青年は不安な眠りからさめると、二、三行何かを書きなぐったが、すぐ立ち上がって、軽飲食店《ドラッグストア》へ朝めしを食べに行くため、家を出た。ギャヴィンは大胆にも青年の帽子の縁にとまり、太陽の光線で自分の位置と方角を定めた。

詩人は西に向かって二、三ブロック歩いて行った。ギャヴィンはそれを感謝した。だが、彼がコーヒーとドーナッツを求めて北へ方向を変えるや、すばやく、ギャヴィンは歩道の上にとびおり、太平洋岸《ザ・コースト》まで三千マイルの大旅行の第一歩を猛然とふみ出した。

彼はできるだけヒッチハイクを利用したが、町をはなれると同時に、その機会はずっと少なくなった。埃は彼の息をつまらせ、堅い地面はロージー・オリアリーの絹の肌しか知らない彼のかよわい足を悩ませた。それでも、赤い夕日が遠い山々の裾に向かってのびている長い小道を照らし出したとき、鋭い眼をもった人なら、その荒野の中の小道を片足をひきずりながらも勇ましく跳びはねて行くギャヴィンの点のような姿を、認めたことであろう。

平原、砂漠、山岳と数々の冒険を経て――どんな冒険かは神のみぞ知るだが――旅にやつれ、年をとり、やせ細ったギャヴィンが、やっとハリウッドへたどり着いたのは、それからずっと後のことだった。

彼がやせ細ってしまったのは、単に疲労のためばかりではなく、この空腹をかかえての長い旅路の間じゅう彼が実行した騎士的禁欲主義のためでもあった。腹いっぱい食べることによって多少とも卑しい、そぐわぬ気分にとりつかれることをおそれた彼は、饗応者が自分と同じようにブリンダ・ブライスの熱烈なファンだということがはっきりわかる場合のほかは、常にほんのひとすすりでがまんする訓練をつんでいたのだ。

さて彼は有名なチャイニーズ・シアターをさがしてハリウッド大通りをいそいで行った。そこで、彼はひざまずいて、固いセメントの上にしるされた愛すべき足跡にうやうやしくその長い吻をあてた。そのとき、そばを通りすぎた一人の眼のいいプロデューサーが、この騎士的なしぐさを見て、とたんに彼はシラノ・ド・ベルジュラックの新しい翻案を思いついた。この忠誠的行為を終えると、ギャヴィンは一人の少女スターのえくぼのある肩から一杯のミルクに等しい罪のないひと飲みをやったのち、さてどうしたらわが崇拝する女神に接触できるかと熱心に考えはじめた。

彼は初めは、この都会でのらくら暮らしている怠け者のノミの誰かと知り合いになって、彼女がひいきにしている洗濯屋のことをきき出そう、そうすれば彼女の衣類の何かの中にもぐりこんで彼女のところへ到着できるかもしれない、と考えた。だが、彼の健全な自負心はこの裏道を行くような接近方法を拒否した。彼はまた、誰か熱烈なサイン狂の袖口にとまっていて、彼女がサイン帳にサインするときダグラス・フェアバンクス式に彼女にとびうつるという思いつきに、瞬間身ぶるいの出るような誘惑を感じた。「彼女にいきなりとびつくのだ！」と彼はつぶやいた。「たとえ彼女が泣こうともがこうと、そんなことにはかまわずに、彼女に対しておれの意志を実行するのだ！　彼女の柔らかな皮膚におれの残忍な吻《くちさき》を突き刺すのだ！」だが、ギャヴィン・オリアリーは、決してそんな残忍卑劣なことのできるノミではなかった。彼の性質には、あくまで一個の友人として、対等な者として、相手に会いたいという、まともな男らしいところがあった。もちろん彼も、一介の貧しい無名のノミと、有名な映画スターとの間に横たわる、巨大な社会的溝について は、充分知っていた。それを考えることは辛かったが、だからといって彼はこの種族的障壁から眼をそらすようなことはしなかった。ギャヴィンにとっては、もろもろの障壁はとび越すためにできているものだったからだ。彼はあくまで相手から仲間として認められたい、できれば尊敬されたい、と思った。それにはどうすればいいか？「そうだ！」と、彼は霊感に打たれて叫んだ。「仲間の芸術家として尊敬されることだ！　ノミ芝居のことを知らない者は一人もないだろう？　黒い、ちっぽけな、陽気な、おれの一族を大ぜい引きつれて旅を打ってまわった劇団だってあるんだ！」

そう腹がきまると、野心を抱いた連中がよくいうスタジオに押しかける以外に、道はのこっていなかった。しかし、ギャヴィンは、周旋人《エージェント》の手に身をまかせる気にはどうもなれなかったので、あとは急場の呼びこみをあてにしてブリンダのスタジオの入口のあたりを始終うろついているみすぼらしいエキストラの群れにまじりこむほかなかった。だが、運はいつも勇敢な者に味方する。ここで何週間も待たないうちに、ある日、助監督の一人がとび出してきて、あわただしげに叫ん

　まもなく数人の親方が、ふたたびつかまえた彼らの小芸術家たちをボール紙の丸薬箱《ピルケース》だの壜だのに入れて、はいってきた。自分の競争相手をじろりと見わたしたギャヴィンは、そのいずれもがそろいもそろって、どうやら下っぱの大根役者らしいのに気がついた。彼はニヤリとほくそ笑みのもれるのを抑えることができなかった。

　全員が集ったとき、プロデューサーが言った。「実は適当なノミがいたら、ぜひやらせたい役があるんだ。大役じゃないが、ピリッとした役だよ。いいかね、そのノミはブリンダ・ブライスの相手をつとめるチャンスにめぐまれているわけだよ。ベッドルームのシーンで、大写しが二回。つまり下宿屋の場面で彼女の肩を刺すことになっているんだ。おい、きみ、きみのノミはどこの生まれだ？」

「メキシコですよ、大将」きかれた座頭が答えた。

「メキシコのノミでさ。すごく元気でしてね。ピョンピョン、よく——」

だ。

「おーい！　きみらのうちで誰か芸をやるノミをもってる者はいないか？　それとも、どこへ行ったらそんなノミを雇えるか、知ってる者はいないか？」

　この言葉はたちまちひろまって、歩道にたむろしていたエキストラたちは、いそいで自分のからだをさがしはじめた。

　専門のノミ芝居の親方たちは、大通りを駆け回って、彼らの一座をあわててかき集めにかかった。これらの親方連中は、彼ら一流の非人道的なやり方で、不景気の間は一座のノミたちを追い出して、自分勝手に食糧を徴発させていたのである。そのワアワア、ガアガア、こだまする騒音は、ガウアー街からカルヴァー・シティーのほうまでひびきわたったが、その間にギャヴィンは大胆にもいちはやくスタジオ内にもぐりこみ、プロデューサーの机の上の一番有利な場所に陣どった。

「すくなくとも」と彼は考えた。「一番乗りはおれだぞ！」

「わかった」と、プロデューサーはそっけなく言った。「この映画の舞台は東部なんだよ。おれがシーンを撮る場合も、いちいち本物を撮ることにしているんだ。このごろのお客はだまされんからね。さあ、次は？おれが欲しいのはニュー・イングランドのノミだよ」

そう言いながら、彼は眼の前に契約書をひろげた。ノミ芝居の親方たちの間からは、ガヤガヤいう声が起こった。彼らはてんでに、自分のノミはプリマス・ロックで育ったノミだとか、わたしのはローウェル生まれだとか、わしのはカボット生まれだとか言った。そして彼らがなおもガヤガヤ言い合っている間に、ギャヴィンはすばやくその吻《くちさき》をインク壜の中につっこんだかと思うと、契約書の点線の上に小さな署名をしてしまった。

効果はてきめんだった。「このチビ公！」とプロデューサーは言った。「こいつ、なかなか味なことをやりやがる。きみたちがベラベラしゃべってる間に、このチビ助が割りこんで来て、契約書に署名してしまったぞ。おれは、むかし自分がこの映画産業の中に無理やりに割りこんだ時のことを、思い出させられたよ」彼はニヤニヤ追従笑いをうかべながらうなずいている一人のごますり男に言った。

ギャヴィンはその場からすぐセットにつれて行かれた。セットでは彼の来るのを待っていた。

「ところで、ミス・ブライス、このシーンは代役をお使いになりたいんじゃないのですか？」と、おべっかつかいの助手が忠義顔をして言った。それをきいて、ギャヴィンはがっかりした。

「いいえ、そんなことないわよ」とミス・ブライスは言った。「シャンペンのシーンだって、わたし、本物のシャンペンにしてもらいたいし、ノミに刺される場面だって、本当のノミに刺させたいわ」

「そのことを書きとめておいて、宣伝部にまわせ！」とプロデューサーが、もう一人の部下に言った。それから監督のほうを向いて、「オーケイ、ジャック。きみの撮るところを見せてもらうよ」

「一、二回リハーサルをやったほうがいいでしょう。誰かミス・プライスのためにブランデーのグラスをもって、そばに立っていてくれ」

「気分が悪くなったら、つづけなくっていいんだよ、ブリンダ」とプロデューサーが言った。

「大丈夫よ、ベニー」とブリンダは言った。「仮にそうなったって、芸術のためですもの」

「じゃ、いいですか、ブリンダ」と監督が言った。「これは、きみが、カリューにぞっこん惚れているため、わざと彼をおき去りにして帰ってきたところなのだ。きみは彼がどこまできみについて来るか知りたくてしかたがないのだ。が、内心では彼に恋いこがれているので、下宿のベッドに横になって、一人で泣いている。するとそのとき、きみは、前に彼がキスしたちょうど同じ個所に――そこのシーンはいずれ大道具方がカントリー・クラブのセットをつくり上げたら撮影することにするがね――チクッと何かにかまれたような感じをおぼえる。いいかね、ブリンダ、かまれたように感じるんだよ。一瞬きみは、カリューだと思う――」

「ええ、よろしいわ、ジャック。わかったわ。理解できたと思うわ」

「ところが意外にも、彼であることを期待しながら、頭を上げてみると――」

「――ノミだったってわけね」と彼女はまじめにうなずいた。「ええ、その感じは出せると思うわ。やれてよ」

「もちろん、やれるとも！　オーケイ。ベッドを準備！　メーキャップ係はどこだ？　ミス・プライスの涙の用意はできたか？」

ブリンダは手をふって、そのガラスの薬壜をことわった。彼女は頭をふると、勇敢に監督に向かって微笑みかけた。「にせの涙なんか要らないわよ、ジャック。相手がカリューなら、不必要よ」

この言葉をきくと、なみいる人々の間に瞬間ざわめきが起こった。俳優たちもスタッフたちも、みんなこの勇敢な若い女優に同情と感嘆をおぼえた。あの美男子で冷笑的な主演男優に対する彼女の報いられない恋の情熱は、すでに公然の秘密になっていたからだ。事実、それは宣伝部から流される間断ない情報の題目の一つでもあったのだ。

ハリウッドの心理学的意識をもった青年層から「抑圧のカリュー」という仇名をつけられていたカリューは、どんな形式のものにせよ、およそ恋とか愛とかといったものを軽蔑している男だった。ただ、鏡に向かっている彼を見たことがある人々だけは、彼が自分の高慢な横顔に対しては例外的に愛情をいだいていることを知っていた。ブライスが希望のない思慕と憧憬をよせていた男性というのは、そういう男だったのだ。

次の瞬間、監督は助手にひとこと小声で何か言った。するとその助手は、まるで人間メガフォンみたいに、広い音響ステージいっぱいに響きわたるような声で命令をつたえた。「ミス・ブライスとミスター・ギャヴィン・オリアリーのリハーサルがはじまるから静粛に！」

ギャヴィンの心は躍った。一躍これで成功した映画女優の幸福な恋人の位置をつかめるのだと知ったら、ノミでなくとも興奮させられるだろう。ブリンダは枕に顔を押しつけて、泣いていた。彼女のかぐわしい肩は感動でふるえていた。ギャヴィンは跳躍の構えに移った。彼はきゃしゃなハンカチでも持っていたら、それで吻を拭って、そばにいる雑役の手にそれを投げてやるんだが、ととっさに思った。こうしたジェスチュアを見せれば、自分の好意を示すこともできるのに、惜しいことをしたと思った。

だが、彼のこの後悔は、「ミスター・オリアリー！」という鋭いひと声で中断された。彼はパッと宙に跳び上がったかと思うと、所定の位置に着陸して、吻《くちさき》を深く突き刺した。

「ねえ、いまの跳び方を見ましたか？」と、監督がプロデューサーに叫んだ。「刺してる彼をごらんなさい！　チビ公、全力をつくしてやってますよ」

「彼を長期契約で雇うための覚え書をつくってくれ」とプロデューサーが秘書に言った。

「いったいおれは、この女の肩の上で何をしているんだ?」と、ギャヴィンは急にいらだたしい声でつぶやいた。「おれのすばらしいカリューは、いったいいつ登場してくるんだろうか?」読者よ、彼を許してやっていただきたい。これは酔いが言わせた言葉なのだから。

と、そのとき、太い、豊かな、おどけ声がきこえた。

「ほお、何をやってるんだ? ニュー・タレントかね? こいつ、ぼくのシーンをうまく盗みやがったな!」

一同は敬意を表するように、新しくはいって来た男のほうへ眼を向けた。ブリンダとギャヴィンの眼にはもちろんそれ以上の気持ちがこめられていた。ブリンダはできるだけ相手の心を誘うようにベッドの上で身をもだえた。一方ギャヴィンは、一種恍惚と羞恥の入りまじった気持ちで思わず息をはずませながら、世界記録をしのがぬまでも少なくともそれに近い跳び方で、自分の新しい偶像の胸元へパッと跳び移った。

「このチビ君は、ぼくが好きらしいぞ」と、その男優は上機嫌で言った。「仲よしになろうっていうのか? ねえ、ジャック、こりゃ宣伝部にはいい材料だぜ」

これらの言葉は、あとになって考えてみると、この奇妙なとり合わせの一組の間の深い友情の始まりと、発言者に関する限りその動機を示したものだった。

まもなく、この両者は離れがたい間柄となった。ギャヴィンの経歴はここで、伝記作者のふれたくない一つの段階にはいるわけだが、それについては次のことを述べておくだけで充分だろう。ブリンダの熱烈な恋情にもかかわらず、カリューの自分自身に対する愛情は少しも変わらなかったということ、そしてそれはハリウッドではごくめずらしい激しさと一貫性をもっていたところに特徴があったが、それと同じようにギャヴィンのカリューに対する不浄な熱情も熾烈と一貫性をもっていたということである。

その後まもなく、このノミのスターに関して芳《かんば》しくないうわさが流布されるようになった。人々は、彼の異様な服装——例えばスミレ色のイヴニング・スーツだとか、男とも女ともつかない下着だとか、その他、香水入りのシャワーバスだの、ベル・エアの彼の宝石のような小さな家における奇怪なパーティーだののことを、ささやき合った。

ある業界紙は、名前こそ挙げなかったが、たとえ普通の人間ではなくとも、もし国務省によって公安を害する恐れがあると考えられた場合には、それがアメリカの最も有力な産業に関係しているだけにいっそう危険な存在と言わなければならない、と指摘した。ギャヴィンが公然たる醜聞の中心となるのは、もはや時間の問題のように思われた。そして彼の写真はそれらの道徳の守護者たちによってきびしく監視された。

しかし、時というものはいろいろな仕方で作用するもので、カリューの顔はギャヴィンの人気よりもさらに早く衰えてしまった。まもなく彼は二枚目役者としてはどこでも断わられることになり、結局性格俳優を目指すか、製作者に転向するかほかなかった。だが、性格俳優は彼の柄ではなかったので、それよりもプロデューサーになるほうが自分には向いていると考えた。ところで、プロデューサーというものは、神のごとき創造者でなければならぬことはよく知られているとおりで、彼らに共通した主要な点は、新しいスターを創り出すか、さもなければ観客をもたないか、いずれかをとらなければならないということだ。

カリューはもちろん、ギャヴィンをその切り札として用意していた。さっそく、鋭い機智と辛辣な皮肉にみちたすばらしい役割が、このノミのスターのために書き下ろされた。だが、ギャヴィンの相手役を演じるにふさわしい新しい美女はどこにも見あたらなかった。タレント・スカウトが四方に派遣されて探しまわったが、どのスカウトの推薦の辞も、あまり納得させる力をもたなかった。

けれども、とにかく候補者の簡単なリストがつくられた。カリューはそのリストに眼を通すと、頭をふってそれを化粧テーブルの上に放り投げた。「だめだ、この中には一人だってろくなのはいないじゃないか」と彼はつぶやいた。「これはおれがプロデューサーとして才能がないことを示すものかもしれない」

彼は長い年月を通じて、はじめて自分自身に心からあきたらなさをおぼえて、ベッドにぐったりと身を横たえた。ギャヴィンは、その夜の夕食には、いつになく清潔な健康的な一抹のにがさが含まれているように感じた。彼の神経は、久しぶりで落ちつき、精神まで澄みわたるのをおぼえた。彼には、カリューがいまどんな状態にあるかがわかった。救済の時がいよいよ来たのだ。こういうときには、心は自然と昔のこと、幼かった日のこと、青春の日のこと、無邪気で明るかった日の思い出に帰って行くものである。

ギャヴィン・オリアリーは立ち上がると、最近愛用している薄い頽廃的な夜の衣裳をぬぎすてた。そして急にきざな気取りも柔弱さもなくなった、男らしい跳び方で、パッとテーブルの上にとびおりると、例のリストをさがした。見るとインク壺があいていた。彼にとってこの黒いインクの淵は、まさにヨルダン河だった。この中に七たび身を浸せば、今からでもおれは道徳的悪影響から救われることができるかもしれないのだ。彼は身をふるわせると同時にインクの中にどっぷりからだを浸した。そして辛うじて壺からはい上がると、裸でふるえ、あえぎながらも、リストの上方の一点へとぶために、筋肉をグッと引きしめて、壺の縁に立った。そして彼はとんだ。インクのはねも汚点《しみ》もつけずに、みごとにそこへとんだのだ。それから彼は、フィギュア・スケーターの正確さで（だが糖蜜にまみれて身体の自由を失ったハエのようなのろさで）、スカウト係長のぶきっちょな筆跡をそのまままねて、紙の上に「ロージー」と書きしるした。

彼はもう一度つらい跳躍を試みて、インク壺にとびもどったが、にがいネバネバするインクのために、あぶなく窒息しそうになり、思わず涙を流した。暑い陽気でインクがふだんよりも濃くなっていたからだ。こんどは、「オリアリー」という字を書いた。それからさらに五回同じことをくり返して、彼女の住所も書きそえた。インクの毒に半ばあてられ、諸君の帽子のようにまっ黒になったギャヴィンは、疲労こんぱいして、そのまま吸取紙のうえに倒れてしまった。だが、心は大きなよろこびにつつまれていた。

この計略はみごと成功した。ロージーはまもなくスクリーン・テストをうけるために太平洋岸《ザ・コースト》につれてこられた。彼女がそれに堂々とパスしたことは、言うまでもない。感謝の溜息をついたギャヴィンは、ふたたび彼女の心臓の上にねぐらをさだめ、その清らかな、生命力を与えるブドウ酒を深々と飲んだ。このひと飲みで、彼のいまわしい倒錯症状は、安物の着古した服のように彼の身体からはらい落とされた。過去はほろび去ったのだ。彼は新しいノミとして生まれかわると同時に、世界で最も美しいアイルランド娘の、そして最も小さな女優の恋人たる権利を獲得したのである。

そしてミス・オリアリーもまもなくこれと同じように彼女自身を考えるようになったので、この二人がその後も永く幸福に暮らしたであろうことは、信じてさしつかえないであろう。

# 霧の季節

Season of Mists

T——町に来たとき、わたしはどんなことでも辞さない覚悟ができていた。すでに季節は年の暮れにちかかった。人気《ひとけ》のない散歩道のアスファルトの上には落葉がカニのようにはいまわり、風は大きなホテルの廊下を吹きぬけて、勝手に人の部屋の中にまで闖入してきた。

生来の信じやすい性質からとんでもない食わせ者の甘言にも夢中でとびつく、絶望的な別居妻や若い女が多く発見されるのは、こうした場所であり、こうした季節なのだ。豊富な可能性の幻影は、すでに夏の放埒な馬鹿騒ぎや、荒《すさ》んだ日焼けの仮面とともに消え去ってしまい、いまは貪らんな夢が誰も訪れるもののない別荘の居間の中を歩きまわり、日ごとに高まる波と舞い落ちる木の葉の間をさまよっていることだろう。

わたしの笑顔の中にかくされた微笑と、わたしの言葉の中にかくされた意味は、七月の夜のあわただしいダンスの集まりなどでは、わたしを一種陰険なマキアヴェリ的人物に思わせたかもしれない。いや、おそらく彼らは、わたしを陰気な、利口ぶった男として、不快な危険な人物として、非難したことだろう。だが、一方では、わたしの多少とも複雑な個性は、退屈でいらいらしている人々には「はめ絵あそび《ジグソー・パズル》」のように歓迎されるにちがいないのだ。

わたしはまだいくらか金を持っていたので、求めるものは金儲けではなく、快楽だった。できればわたしは本当の感動に陶酔したかったのだ。だからわたしは、いったいどこの別荘で、どんな馬鹿げた客間で——良人《おっと》や伯母のことをおそれてコソコソ忍び歩きながら——自分の選んだ一杯の飲みものがそそのかす道化役を演じたらいいのか、迷わざるを得なかった。

自分の「擬態」を守ることにはすこぶる神経質だったわたしだが、ホテルに着いた最初の晩から夕食前に「一杯ひっかけること」をはぶくことはできなかった。わたしは気のきいた警句を考えながら、おどけた片眼鏡《モノクル》をはめた旅まわりの田舎役者の眼窩のように、口をひんまげて、気どった恰好でホテルのバーへはいっていった。

だが、この警句は結局発せられなかった。室内に一歩足をふみ入れたわたしは、そこに一匹の金色の魚を見たように思ったからだ。それは恋愛小説の上にかがみこんで一心に読みふけっているバーのウェイトレスのかわいい頭だったのだが、この部屋は二年ほど前に青い大洋の千尋《ちひろ》の海底に沈んだ、ある汽船のカクテル酒場をかたどって作られていたので、わたしにはそれが金色の魚に思えたのだ。しかし、彼女がチラッと顔を上げたとき、わたしはすぐ自分の考えを訂正した。というのは、彼女の顔は、わたしが思わず彼女の頭の上に果樹の大枝をさがしたほど、いきいきとした紅潮と陽の光でまだらに輝いていたからである。

これはわたしをまごつかせ、わたしのポーズを打ちこわすのに効き目があった。偶然にも、わたしには、こうした新鮮な、みずみずしい、食べられそうな顔が、特別の影響力をもっていたのである。「よし、船乗りや牧師館の貧血症には」とわたしはとっさに思った。「ご挨拶する前におさらばだ！　もうそっちはやめたぞ！」

わたしは彼女のうしろにならんでいる、ひどく下等な酒の一つを注文すると、一歩退き、段をおりながら、自分の名をバートと変えることにした。図々しいと同時に内気な一面をもち、そのくせ根はまじめなところがあるらしく、いまは成功して立派に暮らしている若い男のバート——ということにしたのである。次にわたしがどう出るかは、誰にもわからなかったにちがいない。

わたし自身も、彼女がわたしのことなどは全然気にもとめない様子で、ふたたびその空想の花のしげみに引きこもってしまったのを見たときには、どうしたものだろうかと迷った。これが一、二ヵ月前だったら相当うるさいことになったにちがいない。というのは、それからややしばらくの間彼女は眠れる美女のように瞑想にひたっていたからだ。そしてやっとわれに返ると、あくびをしたのだ。

わたしは、常にスコットランド・ヤードに手を貸している冷静な科学者たちの正確さをもって、そのあくびを分析してみた。そしてそれは結局、夢と現実との相違に対する明白な抗議から生まれた嘆息が超飽和状態に達した結果発せられたものだ、ということを発見した。季節はまだ十一月の半ばだったけれど、わたしはこれを十二月のあくびのはしりだと診断した。十二月になれば、それはもっと現実的に安定するようになるのだ。このことはわたしを大胆にさせ、直ちに行動にうつらせた。

わたしはそれが懐中時計ででもあるかのように自分の心臓の音に耳をかたむけながら、息をつめ、唇をかみ、さぐるような眼で、じっと彼女を見つめた。それを見たら誰だって、わたしが冗談なんか言い出そうとしているのでないことは、わかっただろう。

「きみは――」とわたしは熱心な調子で言った。「きみは、一目惚れというものを信じるかい?」

「いいえ」と彼女はそっけなく言った。「そんなことには、なんの興味もないわ、おかげさまで」

彼女がウェイトレスになってからまだ七、八週間しかたっていないことは明らかだった。その職業的なもったいぶった態度のうらから、彼女はまるで母親のおそろしい帽子をかぶった子供のように、その効果を見まもるため顔をのぞかせていた。

「からかっているんじゃないよ」と、わたしはすっかり出ばなを折られた形で、言った。「信じるかどうかは知らないが、実をいうと、ぼくはこれでも心霊研究家のはしくれなんだよ」

わたしたちの言葉の中で最も美しいとはいえないが

最も有効なこの言葉にぶつかって、彼女はおどろいたようにわたしの眼を見上げた。その眼をわたしは、こうした目的のためにいつも持ち歩いている古めかしい誠実さ《シンセリティ》というやつを餌におびきよせた。わたしは声にもちょっとその調子をふくめて、言った。「きみを見た瞬間、ぼくが何を考えたか、わかるかい?」

「どんなことですの?」と彼女は言った。

「はっきり言おう」とわたしは言った。「〈この娘は悲劇的だ〉と思ったのだ。〈この娘はいたずらにすりへらされようとしている。彼女とある種類のうれしい驚きとの間には、一種の越えがたい柵がある。なんとかしてそれをとりのけてやりたいものだが〉とね」

「嘘ばっかり!」

「ほんとだよ」と、わたしは言った。「手を見せてごらん。ぼくは本を読むみたいに手相を読むことができるのだ。きみの好きな作者の本を読むみたいにだよ。何しろぼくは心霊研究家だからね。ここへ入ってきたときも、すぐ一種の予感をおぼえたのさ。ぼくには自分はものすごい恋愛に陥ろうとしていることが、わかったんだよ」

「冗談ばっかり、ちゃんと知ってるわ」と彼女は言ったが、それでも片手を開いてさし出した。それはひどく判読しにくい手だった。

それでも、わたしは確信をもって言った。「きみは今日恋愛のことを考えていたね。知らぬ男のことを夢見ていたろう。この手にちゃんと書いてあるんだから、否定してもだめだよ。しかも、それだけじゃない」

「ほかになんて出ていますの?」

「きみがもしそう呼びたければ、運と言ってもいいし、宿命と言ってもいい。ぼくはどっちも否定しないよ。だが、ここでは、運命と呼ぶことにしよう。きみは運命に逆らうことはできないね。そんなことをすれば、自分をめちゃめちゃにしてしまうことになるからだ。ところで、それはこう言ってる……。当ててみたまえ!」

「わからないわ」と、彼女は言った。「話してちょうだい」

もちろん、わたしにもわからなかった。わたしは黙って彼女のてのひらを念入りに調べた。彼女もカウンターから少しからだをのり出して、わたしの調査にくわわった。二人の額がちょっとふれ合った。わたしはそのことをちゃんと意識していたが、そのショックは知覚と意志との間の連絡をすっかり狂わせてしまった。わたしは神聖な戦慄とともに、次のように答える自分の声を耳にした。「ぼくらは結婚することになっている、とそれは言ってるんだよ」

「まあ！」と彼女は言った。「そんなこと、あたしの知ったこっちゃないわ」

「なんだって？」ひどく感情を傷つけられたわたしは、すべての警戒も忘れて大声で叫んだ。「それが相互理解というものだろうか？　それが、二つの心臓が一つのように打つことだろうか？　ぼくらの間にはじめからそんな割れ目をつくるようなことはやめてもらいたいな」

「そんなつもりで言ったんじゃないのよ」と、彼女は後悔するように言った。

「すてきだ」とわたしは言った。「二人の間の初めてのちっぽけないさかいが、もうおさまったんだからな。これでお互いがいっそう理解し合えることになったじゃないか？　そして、前よりもまた少し親密の度を加えたじゃないか？　もう少し、からだをのり出したまえよ」

運命が明らかに勝利を得たのだ。彼女のキスはサクラソウとクリームのような味がした。わたしは疑いもなく恋におちてしまった自分を感じた。そしていまではもう、自分の行為に対して責任がもてなくなったような気がした。

だが、そのとき、ホテルの奥のほうからドラの鳴りわたる音がつたわってきた。

「行ったほうがいいわよ」と、彼女はすでに女房きどりで言った。「お食事をしていらっしゃい。あとでまたここで待ってるわ」

わたしはバートの夕食を重んじる彼女の言葉に折れないわけにはいかなかった。食事をすましてもどってくると、バーの中には相変わらず客の姿は見えず、彼女だけがぽつねんと坐っていた。わたしはいそいで進みよると、いきなり彼女のからだに腕をまわして、さっき中途でじゃまされたキスのやりなおしをやった。

結局これはクリンザクラよりもスイカズラとクリームの味がするわい、といい気持ちで考えたとたんに、わたしはものすごい平手打ちを顔にうけて、とび上がった。

「何をするんだ?」とわたしはよろめきながら言った。「きみはもうぼくに飽きたのか? それにしても、もう少しおだやかにやってもらいたいな」

「マネジャーを呼ぶわよ!」と彼女は言った。

「呼んだらいいだろう」とわたしは言った。「ついでに靴みがきも、ウェイターも呼んだらどうだ! いっそT——町の主だった連中をみんな呼びあつめるんだな。そして奴らに、きみが食事の前にはぼくと結婚すると約束しておきながら、そのすぐあとで女だてらに、キスされたからといって、ぼくをぶんなぐったことを、聞かせてやろうじゃないか」

「あなたと結婚する約束をしたんですって?」と彼女は叫んだ。「食事前に? わあ! それはベラにちがいないわ。こっけいね! ベラよ!」

「じゃ、きみの名前はなんていうんだ?」とわたしはきいた。

「ネリーよ」と彼女は答えた。

「じゃ、あのときの彼女もネリーだよ。きみだよ」とわたしは言った。「そんな他人の恋路のじゃまをする腹黒いベラなんて女は——」

だが、わたしがしゃべっている間に、彼女は身をひるがえすと、うしろのドアからとび出して行った。

わたしの耳に、甘いキャーキャーいう悲鳴とクスクス笑う声がきこえた。「きっと彼女が、そのけしからんベラとかいう女をつねってでもいるのかしれない。彼女のふりなんかしやがって! そいつが、あの可哀そうな娘をすっかり混乱させてしまったのだ」わたしがそんなことを考えていると、そのとき不意にドアがあいて、二人の娘が手をつないで出てきた。

「あたしがネリーよ」

「あたしがベラよ」

「ちょっとしずかにしてくれ」と、わたしはびっくりして、あわてながら言った。「これは少し考えてみなければならない」

「あら、この人すっかり面くらっているわ」

「この人やさしいんじゃない？」

「そうよ、可愛いところあるわ。ベラ、あなた運がいいわ」

「この次はあなたの番よ」

これは厄介なことになったと思った。義姉妹のことを考えると、わたしの心は暗くなった。人間というものがどんな動物かは諸君もご存じだろう。無数の入り組んだ嫉妬心が眼の前でもつれ合った。この二人の娘はそれほどどこからどこまでそっくりなのだ。いわゆる瓜二つなのだ。そればかりではない、サクラソウとスイカズラの区別が誰にできよう？

こんどは、わたしが何か言わなければならない番だった。

「とにかく」と、わたしは言った。「これはワンダフルだ！　今晩ここにフレッドがいると、なおおもしろいんだがな！」

「フレッドって誰？」

「フレッドかい？　きみたちはきっとフレッドが好きになるよ。ぼくらも双子なんだ」

「嘘！」

「ほんとなんだよ。一卵性双生児ってやつなんだ。きみらが似ている以上に似ているのさ。顔かたちはむろんのこと、趣味も同じなら、考え方も同じなんだ。だから、ぼくにはいつも彼の考えていることがわかるし、向こうだってそうなんだ。ほら！　彼はいまでもぼくに自分の意志を通じさせようとしているらしいよ。ぼくが幸福だってことをちゃんと知ってるんだね。彼にはそれがわかるんだよ。あっ、彼はお祝いの言葉を送っている。電波でね。何かたずねているぞ。なんだい、フレッド？　何か用事かい？　ああ、ぼくのためにも一人いないか、バート？――だって。そんなことを言ってるよ。なんと答えてやろうかね、ネリー？」

「わからないわ、あたしには」

「いつでもいいから、その人をつれて来られないの？」とベラが言った。

「それができないんだよ」とわたしは言った。「ぼくらはある非常に特殊な仕事にたずさわっていてね、毎日交代でそれを受けもっているんで、同時に暇をつくることができないんだよ。けれども、いいことがある。彼を一人で来させよう」

二人もこれに賛成したので、その晩わたしは残りの時間を愉快にすごし、翌朝新しいスポーツ・コートを買って、髪をちがった形に刈り直し、フレッドとしてホテルにもどってきた。

わたしはバーにはいって行きながら指の間から、のぞいて見た。

「きみはいったい、どっちなんだい？」とわたしは叫んだ。「わかるまで待っているなんて、ぼくにはとてもできないよ。ぼくは、ちがったほうに、惚れてしまうかもしれないぞ」

「あたしはネリーよ」

「よし、わかった！　念のため言っておくけれど、ぼくはフレッドだよ」そう言って、わたしは手をおろした。

「ああ、バート！」とわたしは叫んだ。「あいつの趣味は何てすばらしいんだ！　すてきな奴だ！」

「あの人はすてきよ。でも、あなたもすてきだわ」

「ほんとにそう思ってくれるかい？」

ひと言でいえば、わたしたちは幸福だった。まもなくそこへベラがはいってきた。クスクス笑いと、比較と、将来のよろこび以外に、彼らは何も語らなかった。

「あたしたち、ほんとうは二組いっしょに結婚式をあげるべきだと思うわ」と彼女らは主張した。

「残念ながら、それはできないんだよ」とわたしは答えた。「ぼくの言うことが信じられなければ、バートにきいてみたまえ。彼もきっと、それは問題にならないと言うだろう」

次の数日間は電光のように過ぎ去った。すべてが普通の結婚のたのしさにくらべて、ちょうど二倍になった。わたしは仕切り壁で二分された二戸建てのバンガローを借り、同じ店から家具類を買い入れ、一週間はバートとして蜜月旅行《ハネムーン》に出かけ、次の一週間はフレッドとして蜜月旅行に出かけた。

それ以来わたしは、奇妙な満足と規則正しさをもった二重生活に落ちつくことになった。ある晩はネリーとわたしが、ベラを食事に呼んで、バートがどんなすてきな奴かということを語り合ってすごし、次の晩はベラとわたしが、ネリーを招いて、フレッドに関して同じようなうわさをし合った。

まる一ヵ月たったとき、わたしはフレッドとバートの二人のうちでどっちがより幸福だろうか、と自問してみた。だが、答えることはできなかった。この疑問はその後もわたしの脳裡から消えず、わたしを苦しめた。

わたしはいくぶん不機嫌になり、この問題をくり返し考えてみるために、ときどき頭痛を口実にして、隣の部屋に引きこもった。そうしたある日、わたしはオーバーのポケットにいれておいたタバコをとりに玄関へ行った。そのときふと、応接間の薄いドア越しに彼女らの話している声をきいた。「可愛い女たち！」とわたしは思った。「彼女らはまた、めいめいの良人のことを論じ合っているんだな。これはおれの考え悩んでいる問題に何か光を投じてくれるかもしれんぞ。ベラはバートのほうがいい声をしていると思っている。ネリーはフレッドのほうがたくさん歌を知ってると主張している。いったいこれはどういうことなんだ？　実際、ベラ！　おい、おい、ネリー、お前はおれのことをよく言い過ぎるぞ！　ベラ、なんて大げさな言い方をするんだ！　ネリー、それはまったくの嘘じゃないか！」

まもなく、ネリーが家へ帰って行く音がきこえた。

わたしはベラのところへ行った。彼女が心中大いに悩んでいるのは明らかだった。

「バート」と彼女は言った。「あなたとフレッドでは、どっちが泳ぎが上手なの？」

「競争したことはないがね。二人とも同じくらいだと思うよ」

「やってみたら、ほんとうに同じかしら？」ベラはなおも考えこむような様子を見せて言った。

次の晩、隣のバンガローに帰って行くと、ネリーがやはり不安な気持ちでいるのに気がついた。

「ねえ、教えてちょうだい」と彼女は言った。「もちろん、あたし、ベラがあたしの姉妹《きょうだい》で、双子同士だってことは知ってるわ。誰だってあたしほどベラを愛することはできないでしょうよ。でも、言ってちょうだい、フレッド。あなた、彼女のことを絶対正直な女だと思っていて？」

「もちろんさ」とわたしは言った。「その点に対しちゃ命をかけてもいいよ。バートの命もね。彼女は絶対に嘘はつけないたちだよ」

「まあ！」と言って、ネリーは前よりもいっそう深い物思いに沈んでしまった。

わたしは自分の二人の妻の物思いに沈むのが増していくのを、一種皮肉なよろこびでながめていた。

「いい考えが浮かんだぞ」と、わたしは自分に言った。「これならバートとフレッドのどっちがより幸福か、すぐにわかるにちがいない」

はたしてそれからまもなく、ネリーがある晩、重い家具を少し動かしたいのだがバートに手伝ってもらえないだろうか、とききにやってきた。そこでわたしは彼女に手を貸すために出かけて行き、そのあとでしばらく坐りこんで、双子のこと、その相似、ちがい、結婚、習慣、愛情のことから、さらにもしフレッドがわたしよりもさきにベラに会ったとしたら、どうなっていただろうかということや、誰をも傷つけないことがはたして悪いことと言えるかどうか、といったようなことを、話し合った。

お互いが完全に満足するまでこうした問題を論じ合い解決するには長い時間を要したので、その晩はベラといっしょにいる時間を相当奪われた。だが、これは次の日に埋め合わせがついた。というのは、こんどはベラが水の洩る栓をなおすのをフレッドに手伝ってもらえないだろうか、とききに来たからである。そしてわたしたちは前の晩とほとんど同じような討論を行ない、その完全な解決にちょうど同じくらいの時間を要したのである。

わたしはいまや極度の、しかし、複雑な幸福の状態におかれることになった。バートがフレッドを羨む理由は一つもないことも、フレッドの幸福があらゆる点で、バートのそれに等しいことも明らかだった。わたしは二人のチャーミングな妻をもっているだけでなく、わたしの二重の家庭的幸福は、二つの甘美な不義行為によってさらに倍加されたのだった。

だが、ある晩バートとして暖炉の前に坐り、ベラとの幸福をより合法的にたのしみながら、彼女のおしゃべりと彼女の上機嫌ぶりに魅惑《チャーム》されていたとき、突然わたしは雷に撃たれたように、「この女はおれをだましているのだ！」という考えに、打たれたのである。

わたしは口の中で何か言い訳をつぶやきながら立ち上がると、いまは嫌悪にたえなくなったわが家から、外の闇の中へとび出した。そして、その夜はおそくまで、苦い反省の餌食となって、浜辺を歩きまわった。わたしは自分に大部分責任があるのを認めないわけには行かなかったが、認めたところでなんの変わりもないことを知った。彼女にもそんな弁解は成り立たないはずだった。われわれのエデンの園を破壊したのは彼女なのだから。

わたしは真夜中をずっと過ぎてから家にもどり、不安な眠りの中に一夜をすごすと、「だまされた良人」のみじめな人柄を、早く「裏切り者」の無頼な性格に換えてしまいたいと考えて、いそいで家を出た。

しばらくして、こんどはフレッドとして、わたしは朗らかな微笑をうかべながら家にもどった。迎えに出たネリーは、わたしの顔を見ると言った。「バートとお別れになったとき、バートのぐあいはどうでした?」

「バート?」とわたしは言った。「バートだって?」

あとはひと言も言わずに、重い足どりで二階へ上ると、わたしは何気なく鏡で自分の顔を見た。その顔はわたしの気を狂わせそうにした。わたしは自分で自分の喉をしめたい衝動にかられた。わたしは隣のバンガローにかけこんで、この苦しみを自分の愛すべき妻に打ちあけてしまいたかった。だが、わたしの心は知っていた。彼女もまた階下にいる彼女の姉妹と同じように不貞な女なのだ。

わたしは手の指をまげたり伸ばしたりしながら、離婚のことをしきりと考えた。そうしている間に指を二本くじいてしまった。そればかりではない、世評というものも考えなければならなかった。

ついにわたしは決心した。わたしは町行きの最後のバスをつかまえるために家をとび出した。町に着くと、わたしは次のような二通の手紙を書いた。

「ネリーよ。ぼくはお前のしたことを探知してしまったのだ。ぼくはこれからバートを泳ぎにさそおうと思っている。バートは永久に帰って来ないだろう。フレッドより」

「ベラよ。ぼくは何もかも知っているのだよ。これからフレッドを深夜の水浴びにさそおうと思っている。彼はふたたびもどっては来ないだろう。バートより」

二通の手紙を投函したのち、わたしは二着のスポーツ着を浜辺へ持って行って、砂の上にならべておいた。

B——町行きの列車をつかまえるのに、ちょうどいい時刻だった。そしてわたしがミセス・ウィルキンスンに会ったのは、B——町であった。

## 死者の悪口を言うな

De Mortuis

ドクター・ランキンは、大柄だが、やせて骨張った男で、どんな最新型の服も彼が着るとたんに二十年も前の写真の服のように時代おくれに見えた。これはその胴が四角い上に平らなずんどう型で、まるで荷箱作りの職人が組み立てでもしたような恰好をしているからだった。顔も木彫りの面のように無表情でお粗末なつくりだったし、髪の毛もカツラそっくりで櫛なんか通らなかった。その上、おそろしく大きな不恰好な手をしていたが、これは、小さな田舎町の医者には一つの財産でないこともなかった。というのは、こうした地方の町の住民の間には、いまでも田舎特有の逆説的な物の見方がのこっていて、サルに似た手をしていればいるほど、その医者は扁桃腺の切開のようなデリケイトな手術に確かな腕をもっていると、信じられていたからだ。

この考え方は、ランキン医師の場合には完全に当っていた。例えば、めずらしく晴れわたったその日の朝の彼の仕事ぶりがそうだった。仕事はせいぜい地下室の床のかなり広い部分をセメントで塗るだけのことだったが、彼は例の大きな不恰好な手をゆっくりと正確に動かしながら、セメントの内側に小さな空洞をのこしたり、外側に醜い傷跡をつくったりするようなへまはやらずに、きれいに塗っていった。

彼はあらゆる角度から自分の手ぎわを調べてみた。そして、ここに一こて、あそこに一こて、というぐあいに手を加えて、まもなく本職がやったように、なめらかに仕上げた。塗り終えると、彼はそこに残っていた少しばかりの土くれを掃きあつめて、暖房炉の中に投げこんだ。それから、いままで使っていたツルハシやシャベルをしまう前に、ちょっと後片づけの手を休め、もう一度念のためにそこらをこてでなでまわした。それで、新しく塗った表面はこんどこそまわりの床と正確に同一平面をつくることになった。と、このとき――彼の注意が床の表面に集中されていたときに――突然一階のポーチのドアがバターンと軽砲のような音をたてて閉まったので、ランキン医師はまるで自分が撃たれでもしたようにとび上がった。

彼はしかめた顔を上げ、じっと耳をすませた。二組の重い足音が、よく響くポーチの床を横切ってくるのがきこえた。まもなく家のドアが開かれ、訪問客たちが玄関のホール――地下室の短い階段を上ったところにある――にはいってくる足音がきこえた。つづいて口笛を吹きならす音と、バックとバッドが大声でどなる声がきこえた。

「先生！　おおい、先生！　魚がさかんに食ってますよ！」

だがランキンは、今日はもともと釣りに行く気がしないのか、あるいは、柄の大きな鈍重な男によくあるように、突然おどろかされた反動で急にはげしい非社交的気分にとりつかれたのか、それともまた単にやりかけの工事を早くすませて、もっと大事な医者としての仕事にとりかかりたかったのか、とにかく即座に友人たちの誘いの呼び声に答えようとはしなかった。それどころか、彼はなおもじっと耳をすませていたが、その間に玄関口の騒ぎは自然静かになり、やがてそれはいぶかるような、いらだたしげな会話に変わった。

「先生、出かけたらしいな」

「置き手紙をして行こう――クリークにいるから、帰ったら来るようにって」

「アイリーンに言えばいいじゃないか」

「だけど、アイリーンも留守らしいよ。おおかた、そこらをうろついてるんじゃないのか」

「そうらしいな、家の中の様子を見ると」

「そのとおりだよ、バッド。ちょっとこのテーブルを見ろよ。お前の名前も書いておいたほうがいいぜ―

――」

「シーッ！　あれを見ろ！」

どうやら、バッドは地下室のドアが半分開いたままになっていて、地下に灯りがついているのに気がついたらしい。次の瞬間、ドアがパッと押し開かれて、バッドとバックの顔が見おろした。

「おや、先生、そこにいたんですか！」

「おれたちがどなっていたの、きこえなかったのですか？」

医師はいましがた二人がしゃべっていた話をきいてあまり愉快な気持ちはしなかったが、それでも顔をぎごちなくほころばせて、階段をおりてくる二人にほほ笑みかけた。

「誰か声がするとは思ったよ」と彼は言った。

「大声でどなったんですがね」とバックは言った。

「誰もいないのかと思いましたよ。アイリーンはどこですか？」

「訪問に行ったんだ」とランキンは言った。「ちょっと訪問に行ったんだよ」

「おや、これはどうしたんです？」とバッドが言った。

「先生、何をしているんですね？　患者の死体でも埋めてたんですか？」

「ああ、それは床から水がしみ出るんでね」と医師は言った。「おおかた地下水か何かが湧いたのかもしれんよ」

「そんなはずはありませんよ！」と、バッドは不動産周旋人としての道義的立場から、言下に否定した。

「ねえ、先生、この地所をあんたに売ったのはわしだが、地下水の湧き出るおんぼろ地所を、わしがうまいことを言ってあんたにおっつけたなんて、言ってもらいたくないですね」

「でも、ほんとに水が出たんだよ」と医師は言った。

「そうですかね。だけど、先生、例のキワーニス・クラブが編さんした地質図があるから、見てごらんなさい。この町で、ここ以上に下層土のいい場所はないはずですぜ」

「どうやらこの男の口車に乗せられて、先生はとんだ物をつかまされたらしいですね」と、バックがニヤニヤ笑いながら言った。

「そんなことあるもんか！」と、バッドは言った。「おい、先生がここへ来たときには、まだうぶだった。世間知らずだったことは、お前だってみとめるだろう。この人はなんにも知らなかった！」

「そういやあ、先生はテッド・ウェバーのぼろ自動車を買ったことがあったな」

「だからよ、もしおれがそのつもりになりゃ、ジェサップの地所を売りつけることだってできたはずだ」とバッドは言った。「だが、おれは先生に嘘を言う気にはなれなかったのさ」

「なにしろ、パキプシー（ニューヨーク州南東部、ハドソン河畔のボートレースで有名な町）からやって来た、人の好い都会の人間をだましたんじゃ、気の毒だからな」

「ほかの奴なら先生をカモにしたかもしれないよ」とバッドは言った。「現にそんな連中もいたらしいからな。だが、おれはそんなことはしねえ。おれは、この地所をすすめたんだ。それで先生はアイリーンと結婚すると、すぐここへ移って来たんだ。そういうおれが、かりにも先生を、土台の下から水が湧き出るようなインチキ地所に住まわせるはずがねえじゃねえか」

「ああ、そのことはもう忘れてくれ」と医師は相手の実直さに当惑しながら言った。「たぶん大雨が降ったせいだと思うよ」

「やっ、こりゃ！」バックがツルハシのよごれた先に眼を走らせながら、言った。「ずいぶん深く掘ったもんですね。粘土のところまで掘ったんですか、フフン？」

「粘土っていやあ、四フィートはあるぞ」とバッドが言った。

「十八インチだよ」と医師は言った。

「四フィートはありますよ」とバッドは言った。「地質図を見せてあげましょう」

「おいおい、議論はやめろよ」とバックが言った。

「どうですね、先生？　一、二時間、クリークへ行ってみようじゃないですか、え？　魚が食ってる最中ですぜ」

「今日はだめなんだ」と医師は言った。「見舞ってやらなきゃならない患者が二、三人あるんだ」

「ねえ、先生、〈自分も生きよ、他人も生かせ〉ですぜ」とバッドが言った。「患者たちにも快くなる機会を与えてやるんですな。あんたはこの町の人口を根絶やしにするつもりなんですか？」

医師は、相手がこの冗談を持ち出すごとにいつもやるように、眼をふせて、苦笑しながら、口の中でぶつぶつ言った。「残念だけど、今日は行けないんだよ」

「じゃ」と、バッドはがっかりしたように言った。「わしたちは引き揚げたほうがよさそうですな。ところで、アイリーンは元気ですか？」

「アイリーンかね？」と、医師は言った。「相変わらずだよ。今日はよその家を訪問に行ったんだ。オールバニーへね。十一時の列車で」

「十一時ですって？」とバックが言った。「オールバニーへ？」

「いまオールバニーって言ったかね？」と、医師は言った。「ウォータータウンと言うつもりだったのだ」

「ウォータータウンの友達のところですか？」とバッドがたずねた。

「スレイター夫人、つまりスレイター夫妻のところへ行ったんだよ。アイリーンの話によると、彼女は子供のころ、シカモア街で、スレイター家の隣に住んでいたそうだね」

「スレイター？」とバッドが言った。「アイリーンの隣に？」

「そうだよ」と医師は言った。「昨夜《ゆうべ》も彼女はスレイター夫妻のことをさかんに話していたよ。手紙をもらったと言っていた。スレイター夫人には、以前彼女の母親が入院したとき、大分世話になったらしいな」

「そりゃ嘘だ」とバッドが言った。

「しかし、彼女はそう言っていたよ」と医師は言った。

「もちろん、昔の話だがね」

「ねえ、先生」とバックが言った。「バッドもおれもこの町で生まれて、ここで育った人間ですよ。だから、小さい時からアイリーンの家の者とは知り合いの仲で、年じゅうあそこの家には出入りしていたもんですよ。だけど、隣にスレイターなんて名前の人間が住んでいたことは一度もありませんぜ」

「たぶん」と医師は言った。「再婚したんじゃないのかな、その婦人は。おおかた以前はちがう名前だったんだろう」

バッドは頭をふった。

「アイリーンは何時に駅へ行ったんですか?」とバックがきいた。

「そうだな、十五分ばかり前だよ」と医師は言った。

「あんたは車で送ってやらなかったんですね?」とバックが言った。

「うん、歩いて行ったよ」と医師は言った。

「おれたちは本通りを来たけれど」とバックは言った。「会わなかったですがね」

「おおかた、牧場を抜けて行ったんだろう」と医師は言った。

「そいつは大変だ、スーツケースをさげて、あそこを歩くのは」とバックが言った。

「なあに、小さなバッグに少しばかりの物を入れて、持って行っただけなんだ」と医師は答えた。

バッドは相変わらず頭をふりつづけていた。

バックはバッドの顔をチラッとながめ、それから、ツルハシと、まだ湿っている新しいセメントの床を見た。

「ああ、おそろしいことだ!」と彼は言った。

「まったくだよ、先生」とバッドも言った。「あんたみたいな人が、そんな!」

「いったい、きみたちは何を馬鹿なことを考えているんだ?」と医師はたずねた。「何を言おうとしているんだ?」

「地下水か!」とバッドが言った。「すこし考えたら、地下水なんてもんじゃないことは、すぐわかったはずなのに――」

　医師は自分のやったセメント工事と、ツルハシと、二人の友人の心配げな顔を順々にながめた。彼自身の顔は土色に変わっていた。

「ああ、おれは気が狂ったのか？」と彼は言った。

「それとも、きみたちのほうが気が狂ってるのか？どうやらきみたちは、おれが――あのアイリーンを――おれの妻を――ああ、なんて馬鹿なことを言うんだ！　出て行ってくれ！　そうだ、保安官のところへ行って、すぐここへ来て、掘ってみるように、言いたまえ。早く、出て行け！」

　バッドとバックは互いに顔を見合わせ、足を動かしかけたが、すぐまた動かなくなった。

「なんて馬鹿な！」と医師は言った。

「わしにはわからねえ」とバッドが言った。

「先生は挑発されたんじゃねえのかな」とバックが言った。

「神様だけがご存じだよ」とバッドが言った。「神様だけじゃねえ」とバックが言った。「お前も知ってる。おれも知ってる。町の誰だって知ってる。だが、大事なのは陪審員にわからせることったよ」

　医師は頭に手をあてた。「それはなんのことだ？」と彼は言った。「なんのことだ？　いったいきみたちは、何を言ってるんだ？　それはどういう意味なんだ？」

「もしこれが現場を見たんでなかったらな！」とバックが言った。「厄介なことになったもんだ。先生だって、そのことはわかるでしょう。なんとかならねえものかな。おれたちは初めから友達だったんだからな。仲のいい友達だったんだからな」

「だけど、考えなくっちゃいけねえぞ」とバックが言った。「重大なこったからな。挑発されたかされないかは別として、国には法律というものがあって、共犯なんてこともあるんだからな」

「きみたちはいま挑発がどうのこうのと話していた

ね」と医師が言った。

「そのとおりですよ」とバックが言った。「それに、いまも言うとおり、あんたはおれたちの友達だ。だから、もしこれがもっともな行為だと認められれば――」

「おれたちは、なんとかそう持って行かなきゃならねえよ」とバッドが言った。

「もっともな行為だって?」と医師は言った。

「おそかれはやかれ、あんたにはどうしたって知れることだったんだからね」とバックが言った。

「おれたちだって、教えようと思えば教えられたんだ」とバッドが言った。「でも――なにしろ、ことがことだったんでね!」

「ほんとですよ、先生」と、バックが言った。「もう少しで教えようとしたことさえあったんですぜ。五年前、あんたがまだアイリーンと結婚する前のことで。この土地へ移って来られてからまだ六カ月とたっていなかったが、おれたちはなんとなくあんたが好きだったんでね。それとなく知らせて上げようと思って、それについて二人で話し合ったこともあるんですよ。おぼえてるだろう、バッド?」

バッドはうなずいた。

「不思議なことに」と彼は言った。「例のジェサップの地所のことは、あからさまに話しましたね。わしはあんたにあれを買わせたくなかったんでね。でも、結婚のこととなると、話は別で――おれたちは話せたのに、とうとう話さずにしまったんです」

「それを考えると、おれたちにも大いに責任があるな」とバックが言った。

「なるほど、ぼくはもう五十だ」と医師は言った。

「アイリーンの良人《おっと》としては少し年をとりすぎてると は思っているよ」

「いや、たとえあんたが二十一歳で、ジョニー・ワイズミュラーのような男だったって、同じです」とバックが言った。

「そりゃぼくだって、アイリーンを完全な妻じゃないと考えている人がたくさんいることは知ってるよ」と医師は言った。「たぶん彼女はそうだろう。だが、彼女は若くて、生命力にあふれている」

「ああ、そういったとこは、とばしてください！」と、バックはなま乾きのセメントの床を見つめながら叫んだ。「後生ですから、先生」

医師は片手で顔をこすった。「それに、人間は誰も同じものを欲するとはかぎらない」と彼は言った。

「ぼくはだいたい味もそっけもない、無愛想な男だ。人とも容易に打ち解けない。だが、アイリーンは――きみたちもそう思うだろうが、陽気なたちの女だ」

「まったくね」とバックが言った。

「あれは家事の上手な主婦じゃない」と、医師はつづけた。「そのことはぼくも知っている。だけど、それだけが男の望むものじゃないよ。彼女は人生をたのしく過ごすことを知っている女だ」

「そのとおりですよ」とバックが言った。

「ぼくが好きなのはそこなんだ」と医師は言った。

「なぜって、ぼく自身が、そういうたちじゃないからだよ。あれは決して知的な女じゃない。そう、馬鹿だといってもいいかもしれない。だが、そんなことは、ぼくにとって問題じゃないのだ。また、あれは不精で、計画性というものがまるでない。でも、その点もぼくがしっかりしているから、少しもさしつかえないのだ。あれはいつも人生をたのしんでいる。それに、美しい。無邪気だ。子供みたいだよ」

「そうかもしれません。もしそれが全部ならね」とバックが言った。

「すると」と、医師はバックの顔をまともに見つめながら言った。「きみはもっとほかに何か知っているというんだね」

「誰だって知ってますよ」とバックは言った。

「例えばですね。ここみたいなある町に、一人の立派な、真面目な男がやって来て、町で評判のあばずれ娘と結婚したとしますか」と、バッドがにがにがしげに言った。

「ところが、誰もそのことを彼に教えてやろうとしない。みんなただ見ているだけなんですよ」

「そして、笑っているだけなんだ」とバックが言った。

「お前もおれも、その点じゃ、ほかの者と変わりがねえよ、バッド」

「おれたちはあの女に、足許に気をつけるように忠告してやったよ」とバッドが言った。

「だれだって忠告したもんさ」とバックが言った。

「だけど、しまいには、みんなサジを投げちまったんだ。トラックの運転手たちを相手にするようになってからは――」

「おれたちは大丈夫ですぜ、先生、そんなんじゃねえんだから」とバッドは、真剣になって言った。「少なくとも、あんたがここへ来てから後はね」

「町の者はみんなあんたの味方になってくれますよ」とバックが言った。

「だけど、そんなことは大して役に立たんぞ。事件が郡役所所在地で裁判にかけられることになれば」

「ああ!」と、突然医師が叫んだ。「おれはどうすればいいんだ? どうすればいいんだ?」

「おい、バッド、こういうことはお前でなきゃだめだ」とバックが言った。「おれにはどうしていいのかわからねえ」

「先生、気を楽におもちなさい」と、バッドが言った。「落ちつくことですよ。おい、バック、おれたちがここへはいって来たとき、通りには人影がなかったな、どうだい?」

「おれもそう思うがね」とバックは言った。「とにかく、おれたちが地下室へおりたのを見た者は絶対にねえよ」

「じゃ、いいですか、おれたちはここへはおりなかったことにしましょう」バッドは言葉に力をこめて医師に言った。「わかったですね、先生? おれたちは一階でどなって、そこらを一、二分ぶらついてから立ち去った。それで、この地下室へは絶対におりてはこなかった、ということにしてくださいよ」

「ほんとにおりて来てくれなければよかったんだ」と、医師は憂鬱な調子で言った。

「あんたはただ、アイリーンは散歩に出かけて、そのままもどって来なかった、と言えばいいですよ」とバックが言った。「あとはバッドとおれで、アイリーンが男といっしょに――そうだな、ビュイックのセダンに乗って――町から出て行くのを見たって、証言しますからね。そうすりゃ、誰だって信用するにちがいありませんよ。そうだ、そうすることにしよう。が、それはあとの話だ。さあ、おれたちはそろそろ退散したほうがいいぞ」

「じゃ、忘れないでくださいよ、いいですか。どこまでも突っ張ってくださいよ。おれたちは絶対にここへはおりて来なかったし、今日は、あんたに会わなかったんですぜ」とバッドは言った。「それじゃ、また！」

バックとバッドは、馬鹿馬鹿しいほど用心ぶかい身ぶりで、階段をのぼって行った。

「あれは――あれは隠しといたほうがいいですよ」と、バックが途中でふり返って言った。

一人になると、医師は空箱に腰をおろし、両手で頭をかかえた。彼がまだこうしたままでいたとき、ポーチのドアが、ふたたびバタンと音を立てて閉まった。だがこんどは彼は、びっくりしなかった。そしてじっと聞き耳を立てた。玄関のドアがあいて、閉まった。つづいて、「ちょっと、あんた！　あたしよ！」と叫ぶ声がした。

医師はゆっくりと立ち上がった。「ここだよ、アイリーン！」と彼は呼んだ。

地下室のドアが開き、階段の降り口に若い女の姿が現われた。

「あなた、すぐ出かけられない？」と、彼女は言った。「列車をつかまえそこなったのよ」

「ほお！」と医師は言った。「お前、いま原を突っ切って来たのかい？」

「そうよ、馬鹿みたい」と彼女は言った。「通りがかりの車に乗せてもらえば、さきの駅で追いつけたと思うんだけれど、うっかりして、考えつかなかったのよ。あなた、これから車であたしを乗換駅まで送ってくれれば、まだ間に合うわ」

「そうかもしれないね」と医師は言った。「帰る途中で誰かに会ったかい？」

「誰にも会わなかったわ」と彼女は言った。「あなた、まだその仕事終わらないんですの？」

「うん、どうやらもう一度やり直さなければならないらしいんだ」と医師は言った。「ちょっと、ここへおりておいでよ、お前に見てもらいたいから」

# 炎のなかの絵

Pictures in the Fire

金のことを夢見ながら、わたしはマリブの砂浜の上に寝そべっていた。

中空からわびしい鳴き声がきこえてきた。

それは熱い金色の空に燃えながらただよっている白い羽毛の一片《ひとひら》のように見える一羽のカモメにほかならなかったが、その翼の白さと、その鳴き声にこもった深いペシミズムは、わたしに、ひょっとするとあれは自分の守護天使かもしれない、と思わせた。

そのとき、ビーチハウスのしめっぽい奥から、黒い電話器がなだめるような声をあげたので、わたしは立ち上がった。電話はもちろんわたしのエージェントからだった。

「チャールズ、きみのために、会見の約束をしておいたよ。今夜の夕食時だ。相手はマハウンドという男だが、きいたことがあるかい？」

「トルコ人か？」

「トルコ人かもしれない。きいたことがあるかね？」

「ないね」

「正直言うと、ぼくも知らないんだ。だが、信用してくれたまえ、なかなかしっかりした男だよ。金はむろん、新しい考え、すばらしい組織力――その他なんでも持っているよ」

「その男はぼくに何を求めているんだ？」

「なんでもだよ」

「それはどうも手にあまるな」

「まあ、きけよ、チャールズ、その男は映画を作りたがっているんだよ。だが、それには、まず台本が必要だろう。次にそれを演出しなければならない。そこでやっこさんは――」

「彼はぼくの給料のことを心得ているのかね？」

「今そのことを話そうと思っていたんだ、チャールズ。サラリー以上に出すらしいよ。それもかなり多額にだ」

「会見場所はどこだ、そして時間は？」


八時を打つ最初の一つが鳴るのをききながら、わたしはビヴァリー・リッツのロビーへはいって行った。ちょうど最後の一つが鳴り終わったとき、エレベーター・ボーイが、もったいぶった身ぶりで、低い金属音を立てる格子扉をサッと開いて、まるで宝石箱の中のコ・イ・ヌールのダイヤモンドのように、風采の際立って立派な一人の人物をみんなの前に送り出した。一瞬わたしは、ホテルに風致をそえるためにはじめからそこにおいてある飾り人形ではないかと思ったくらいだった。彼は太巻きのシガーの煙をゆっくりと吸いこむと、ロビーの中のむさくるしい連中をサッと見まわした。が、すぐその視線は、わたしの気取らないスタイルの髪の上にとまった。彼はわたしを認め、わたしは彼を認めた。

「リジムさん、これはこれはどうも。マリブからわざわざおいでくださったのでしょう」

「ええ、何ごとも中途半端にしておけないたちなものですから」

「けっこうなご主義ですな、リジムさん。わしもそれと同じことを、いつも旅行につれてあるく料理人頭《シェフ》に言いきかせているのですよ。わしの小さな部屋へおいでくだされば、わしがそのことで成功しているかどうか、見ていただけると思いますが」

われわれが彼の部屋へはいったとき、彼はわたしの驚嘆の叫びを待ってでもいるように、しばらくだまっていた。この叫びを抑えるには、かなり骨が折れた。まもなく彼が声の調子にごくかすかな口惜しさをふくませてこう言ったのを、わたしは恍惚とさせられた気分の中できいた。

「この種の装飾があなたのご趣味に反しなければ幸い

ですが――」

「とんでもない。ぼくはバロック趣味が大好きですし、ティツィアーノの大の讃美者ですよ」

「実をいいますと、わしは自分を慰めてくれるものがほしいので、旅へ出るときには、いつも自分の所蔵品を持って行くのです。わしはまた、少しばかり部屋の模様替えもさせてみました」

「いや、失礼ながら、立派なご趣味ですし、立派なご意見ですよ！」

　彼はわたしが強い印象を受けたのを知ったが、わたしも彼がわたしに印象を与えたがっているのを知った。これはわれわれ二人を対等なものにした。もちろん、彼には金があり、わたしには金がないということを別にすればの話だが。

「その褒め言葉があたっているかどうか試させていただきましょう」と彼は言った。「ひとつわしの趣味をご信頼ねがって、新しいカクテルを飲んでみてくださいませんか？　わし自身の発明したものです」

　この新カクテルは、アブサンのような曇った乳白光と、漠とはしているが、かなり強烈な香味を――思い出と、悔恨と、悔恨を軽蔑する味とを――もっていた。わたしは一杯目を飲みほした。二杯目はカクテルがわたしを飲んだ。わたしは急に気が大きく貪欲になって、饗宴と会話の只中へ突入して行った。

「リジムさん、もう少しワインをいかがですか。いまもお話ししたように、わしは新しいすぐれた映画産業の有力な指導者といったものになりたいのですよ」

「そのためにあなたが必要とされるものは、金と、それからもちろんタレントですね」

「では、わしといっしょにやってくださいますか？」

「エージェントが許せばですがね。でも、貪欲な男ですよ、ご警告しておきますが」

「あの人は今夜、おくれてこの席に加わることになっているのです。わしは、彼に理解してもらえる言葉で話すつもりですよ。ところで、ブランデーをもう少しいかがです、リジムさん。大いに飲んで、長く幸福なおつき合いをしましょう」

次の日、わたしは朝早くジョーの事務所を訪ねた。われわれの眉は、二匹のぶつかったアリの触角のように、ピクピク動いた。

「ところで、ジョー、昨夜ぼくは何か署名したかい?」

「したかもないもんだ、その回数を考えてみたまえ」と彼は言った。

「早く言ってくれ! ぼくは一晩じゅう考えてみたんだ」

「それを五倍してみるんだな」と、笑いながら彼が言った。

「不可能だね! ぼくは、アインシュタインじゃないから」

「これが契約書だ。チャールズ、自分でしらべてみたまえ」

「おそろしく枚数があるんだな! 長々と選択権《オプション》のことが書いてあるじゃないか!」

「うん、昨夜きみが〈その額で、永久に〉と言ったとおりにだよ」

「ジョー、きみといっしょにこの契約書を一語一語読み返してみたいんだがね」

「残念だが」とジョーは言った。「もう一人依頼者を待たせてあるんだ。彼女に気がついたかい?」

「うん、そう言えば、きみんとこの待合室で一条の太陽の光のようなものを、見たよ」

「あれがイギリス生まれの、ミス・ベリンダ・ウィンドハヴァーという女だよ。帰るときに、もう一度見てみるといい」

「その前に、ジョー、あのマハウンドという男のことをもう少し話してくれないか」

「そうだな」とジョーはあいまいな調子で言った。

「きみ自身はあの男をどう思ったね?」

「世界じゅういたるところに行ったことがあるらしいな」

「たしかにそうだね」

「誰のことでも知っている」

「まったくだ」

「それに、おどろくべき眼をしている」

「そうだよ、チャールズ、まったく異様な眼をしている」

「だが、とにかく」とわたしは言った。「だいぶ金の壺を持っているらしいな」

「そうだよ。金持ち……それもクリーサス（世界最初の貨幣鋳造国として知られる古代リディアのクロイソス王のこと）みたいな大金持ちだよ」ジョーは急にふだんの陽気さをとりもどして、叫んだ。

「見かけよりも年をとってることはたしかだな、ジョー。彼はボア戦争中のある事件のことを話したもの」

「ほんとか？　ハッハッハッ！　ぼくはきみが十字軍とでも言い出すんじゃないかと思ったよ」

「なぜ？　彼は十字軍のことなんか、話しはしなかったぞ」

「でも、ぼくには話したんだよ。もちろん、誰でもエージェントにはなんでも言うからね」

「ジョー、あのマハウンドという男は、きみに誰かのことを思い出させやしなかったかい？　とにかく、彼の名前はよく知られているんじゃないのか？」

「ぼくには人の顔と名前をくっつけ合わせることなんかできないよ、チャールズ。とにかく、誓って言うが、ぼくはいままで一度も彼に会ったことはないよ」

「じゃ、率直に言うがね、ジョー」とわたしは不安になって言った。「きみはいったい、彼を何者だと考えるね？」

「おい、おい、相手が何者だか考えるのは、ぼくの仕事じゃないよ。そんなことよりも、ぼくの仕事は依頼者を売りこむことなんだからね」

「すると、きみはぼくを売りこんだんだね、ジョー。畜生、とんでもない話だ。とんでもない話だよ！」

「まあ、きみ、そう神経質になるには及ばんだろう。結局、それは映画なのだ。過去においてぼくがきみを売りこんだ連中のことを考えてみたまえ」

「それはわかってる、ジョー。しかし、このいまいましい選択権はなんだ。きみはまさか彼に、ぼくに対する永久の選択権を与えたんじゃなかろうね？」

「なに、それは単なる形式的な文句だよ」

「形式的文句だって？　おい、きみ！」

「要するに、彼はすばらしいオルガナイザーなんだ。きっと彼はびっくりするような成果をあげるよ。彼のところでうまく働いたら、きみの将来は輝かしいものになると思うんだ」

「ジョー、この契約は破棄すべきだと思うよ。ぼくはやめることにする」

「気の毒だが、きみ、いまさらそんな自由は許されないのだよ。それに、金のことを考えてみたまえ。それから、ぼくのことも考えてくれ。エージェントには歩合が必要なんだぜ、チャールズ。とにかく、彼はきみが想像しているような人間じゃないよ。きみは作家で、夢想家だ。だが、いまは二十世紀だってことも忘れちゃいかんよ。あるいは、あの男は十字軍かどこかで、サルの肝を発見した男かもしれない」

「じゃ、あの耳は？」

「ことによったら、その当時の金貸しだったかもしれんよ。それで、耳をちょっと切られたのかもしれないな」

「じゃ、あの爪は？」

「おい、リジム、そう皮肉になることはないだろう。ぼくはプロデューサーがどんなものか知っている。きみと同様、ぼくは趣味の男だ。だが、きみも知ってるように、これはビジネスだ。ぼくはこうした連中といろいろ取引をやっている。だから、単に笑い物にするために彼らをくさしたくはないよ」

「ジョー、ぼくは少し通りを歩きまわってくるよ」

「それはいいだろう。きみがそう言うだろうとは思っていた。だが、いいかい！　ぼくは、絶対に取り消さないよ。チャールズ！」

わたしはミス・ベリンダ・ウィンドハヴァーのそばを通りぬけて外へ出た。彼女は天使のように見えた。

だが、それがわたしに何の関係があろう？

その晩、わたしはふたたびビヴァリー・リッツを訪ねた。こんどは直接マハウンド氏の部屋へ案内された。彼はとほうもない大きなドレッシング・ジャケットを着ていた。

「マハウンドさん、あなたは何かの機会で〈十字軍〉にいらしたことがあるのですか？」

「リジムさん、それはまたおもしろいご質問ですな」

「それで、だいぶ年をとられているのじゃないのですか？」

「さあ、年というものは自分の感じでどうにでもなるものですよ。わしはですね、リジムさん、今日はとても若々しく感じているのです。なにしろ、アメリカの映画産業を再建するために、タレントさがしに、ビヴァリー・リッツに来ているくらいですからね！」

「ウーン！　消え失せろ！」

「あなた、いまは二十世紀ですよ」

「だから言ってるのだ、とっとと退散しろ！」

「シガーを一ついかがですか」

「畜生、こう見えてもぼくは手ごわい客ですぞ」

「わしもですよ。それで思い出したのだが、われわれは二人でジキルとハイドの現代版を演じることができるかもしれない。わしが主役を演じましょう。見ていらっしゃい！」

「ウーン」

「おかしなことに、誰もそんなわしを見てるのをとてもいやがるのです。わしはかつてある聖者に会ったことがあるが、その聖者などは、そんなわしを一秒でも見てるよりは一生を灼熱の針の上で過ごしたほうがましだ、と言いましたよ。だが心配無用。リジムさん、あなたとわしでどしどしやってゆきましょう」

「よろしい！　こうなったら、ぼくもあとへ引けないことがわかった。あなたの好きなことをなんでもやりましょう」

「それこそ、わしが希望していることとです。ところで、映画をつくるには、われわれは何から始めたらいいでしょう?」

「その前に、ぼくは友人として忠告したいんですがね。あなたは何も映画をつくるには及ばないでしょう。得るところは苦労だけですよ。それに、大勢の俳優たちとうるさい交渉をもたなければならないし――」

「でも、わしがいままで気づいたところでは、俳優というものは気心が知れて、つき合いいい連中ですがね」

「あなたはどうやら、最近の事情にはうといらしいですね。われわれのスターを、まだ見たことがないのでしょう」

「リジムさん、失礼だが、わしはみんなとうまくやっていける自信をもっていますよ。苦労なんて――へっちゃらです! わしはこれでも、現に存在する最も大きな組織体の一つの最高幹部をつとめてきたので知っていますが、苦労といったところで、せいぜい愚痴や不平ぐらいのものですよ! 引退したので、これからは気楽にやってゆこうと思っているのです」

「じゃ、なぜ引っこんでないのですか?」とわたしは言った。「引っこんで、のんきにやっていたほうがいいじゃないですか?」

「わしの王座を考えてくれなければこまりますよ! いや、それよりも、わしは映画製作を始めたくてうずうずしているんです。きみはストーリーを見つけるのに全力を集中してください。わしはここにいて、新聞記者たちに会見することにしますから。ところで、まもなくわしに会いにここへやってくる人間が一人いるんだが――あなたの優秀なエージェントがわしのために見つけてくれた女性でね。生粋のイギリス娘。まだ新鮮で無垢な娘ですよ!」

「それなら、ぼくだって知ってますよ」

「いや、そんなことはないでしょう、リジムさん。彼女はまだ子供なんです。わしは彼女を育ててスターにするつもりでいるんです。もう、そろそろ来ているんじゃないかな」彼はベルを鳴らした。「ミス・ウィンドハヴァーは来ておられるかね?」

「はい、お待ちになっておられます」

「ここへ案内してくれ」

まもなくミス・ウィンドハヴァーが、はなやかな電燈の輝きにも負けず、またも一条の太陽の光線のようにはいってきた。

「あの、マハウンドさん、あたし——あたし——あたし——」

マハウンドは安心させるように彼女の手を軽くたたいた。「さあ、さあ、神経質にならないで！　いつも、あなたには立派な才能があるということを、金で買えないものがあるということを、お忘れにならんようにな。それを忘れさえしなければ、落ちつくことができますよ。ミス・マレーネ・ディートリッヒは落ちついている。あなたにも落ちついていてもらいたいですね」

「どんなことがあったか、わかっていただけるといいんですけれど、マハウンドさん。つまらないことでやきもきしてしまったんですわ。お父《ダディー》さんは不機嫌になるし、お母《マミー》さんは泣くし。どうして家《うち》の人っていつもあんなに俗物《スノッブ》なんでしょう？　もちろん、みんな善い人なんだけれど、昔かたぎなんだわ。どうしてあの人たち、いつもあんなに古くさいんでしょう？」

「まあ、まあ、お嬢さん！　もうみんなすんだことです。大きな光明のことをお考えなさい。富！　名声！　ビヴァリー・ヒルズにおけるパーティーのことをね！」

「それから、あたしの芸術のことでしょう！」

「そう、そう、あなたの芸術のこと」

「それが第一よ、それからむろん犬のことも」

「たしかにそうでしたね。リジム君、ミス・ウィンドハヴァーは犬が大好きなんだよ。なんとか一つ——」

あまり気はすすまなかったが、わたしは電話器をとって、ルーム・サービスを呼び出した。

「犬を二、三匹。ミス・ベリンダ・ウィンドハヴァーのために、たのむ」

「お気の毒さまですが、この時間ではペットショップはどこも店を閉めておりますので」

「それでサービスといえるのか、きみ？　ホテルに一匹もいないのか？」

「マイラ・ド・ファラのだけがおりますが」

「彼女は失脚して姿をかくしちまっている。すぐそれをとどけてくれたまえ」

ボーイがまもなく、二匹のボルゾイ種と、四匹のスコッチ・テリアと、一匹のパグをつれてやってきた。

ベリンダ・ウィンドハヴァーはすっかりよろこんだ。

「まあ、かわいいワンちゃんたち！」

「リジム君、ごらんなさい、彼女が犬どもにキスしているところを！　きみだって彼女はスターになると思うでしょう？」

「マハウンドさん、ぼくには、あなたがいまにあの娘をスポイルしてしまうとしか思えませんね」

「そんな馬鹿な！　わしは自慢じゃないが、人の扱い方は心得ていますよ。きみ、ひとつあの娘を外へつれ出して、彼女の心理を研究し、彼女のために大役を書いてくれませんか」

「役の研究は彼女自身にやらせたらどうです。彼女の心理なんて、おかしくって！」

「まあ、そう言わずにやってください、リジム君！」

「いやですよ、そんなこと」とわたしは言った。

「よろしい！　では、ちょっとこの寄木張りの床をごらんなさい。ブロックの一つがゆるんでいるでしょう」

わたしが見ていると、彼は足の先でその一枚のブロックをずらした。と、異常な光景がそこに現われた。わたしは一瞬、無限の深さの底に、炎色に燃え立つセットを背景にさかんに動きまわっている無数の人影を見たような気がした。マハウンド氏がブロックを元どおりはめると、その光景も消え失せた。

「ウーン！」

「何か言ったですか、リジム君！」

「〈わかった〉と言ったんですよ」

「すると、今夜、ミス・ウィンドハヴァーといっしょに過ごしてくれますね？」

「ええ」

「そして、彼女の心理を研究してくれますね？」

「ええ」

「ああ、新聞記者たちが来たようだ！　さあ、諸君、おはいりください！　わたしは諸君に、ミス・ベリンダ・ウィンドハヴァーと会っていただきたいのです。ウィンドハヴァー嬢は、彼女の芸術のために、立派な家庭を捨てたのですよ。そのことを書いてくださいよ」

「オーケイ、われわれはみんな知ってますよ。旧弊な両親のことも」

「じゃ、写真を撮ってください。これが彼女です。マハウンド映画会社のスターとして目下宣伝中のね。それから、これは彼女の愛犬です」

「オーケイ。この犬どもは知ってますよ。おい、マーザ！　おい、ボッブルズ！　ナンシー・ノースがこの犬どもを飼っていたのをおぼえているだろう？」

「彼女は没落しちまったよ」

「それからルシル・レイシー。彼女もこのパグをいつもつれていたぞ」

「彼女も消えちまったな」

「すると、こいつらは家庭的に仕込まれてないかもしれんな。まあ、いい、でっち上げろ。この人は？」

「ぼくは作家ですよ」

「よろしい！　では、ぼくの三脚の脚をおさえていてください。オーケイ、撮った！　ミス・ベリンダ・ウィンドハヴァー。それからミスター・マハウンドはあなたですね？」

「わたしは諸君に、アメリカ映画産業の復興に関してわたしの意図するところをお話ししたいのだが」

「こりゃおどろいた！　それよりも、その大きな白犬をつれたベリンダをもう一枚撮ろうや。そいつはなかなか優秀な犬だぞ。ところで、ミス・ウィンドハヴァー、あんたの黒貂《セーブル》の毛皮はどこにあるんです？」

「リジム君、ミス・ウィンドハヴァーにセーブルの毛皮を——」

「ええ」うんざりしたが、わたしは仕方なくまた電話器をとり上げた。

「セーブルの毛皮をもって来てくれ」

「お気の毒さまですが、この時間ではセーブルを買うことはできません」

「ここはなんてとこだ！　ホテルには一つもないのか？」

「たくさんございます。ミス・ポーリン・ポーエルのが――」

「ああ、彼女は失脚して逃亡中だ。それを持ってきてくれ」

　まもなく写真の撮影が全部すみ、記者たちは引き揚げて行った。

「さあ、若い人たちは、お互いに友達になってもらうため、外へ行っていただこう」

「あら、マハウンドさん、あなたはいっしょにおいでにならないんですか？」と、ベリンダが口をとがらして叫んだ。

「ニコラスと呼んでください、お嬢さん。今夜は残念ながら、おつき合いできないのです。しなければならないことが山ほどもあるんでね」

「でも」と彼女は言った。「あたしが作家の方といっしょにいるところを人に見られてもいいのですか？」

「リジム君は立派な作家です。それに、彼はわしの腹心の人物ですよ」

「そうですよ、ぼくはあなたの心理を探究することになっているんです」

　これはちょっとばかり、未来のスターをよろこばせた。

「あたし、自分の心理をすっかり知りたいわ」エレベーターでおりながら、彼女は言った。「あたし平凡な女優になりたくないんですもの、リジムさん。知性をもちたいのよ。でも、一番好きなのはお料理だわ。あたし、すこし有名になったら、クラーク・ゲーブルやキャサリン・ヘプバーンや、それからゲイリー・クーパーにもおききして、自分でつくったクッキーを差し上げるつもりよ」

「けっこう！　その考えをいつまでも棄てないようにするんだな。ぼくも賛成だよ」

「それから、あなたに、あたしの心理のことを何もかも話していただきたいわ」

「いいとも」とわたしは言った。「二人でいっしょに研究しよう。さあ、来たまえ」

翌日、わたしはかなり長い時間をマハウンド氏と共にすごした。彼の部屋はランの花と海外電報でいっぱいだった。

「世間はだいぶ沸き立っているようだ」と、彼は両手をこすり合わせながら言った。「われわれはなにしろ大事業をやろうとしているのだからね」

「そうですよ」

「ところで、ベリンダはどうだった？　彼女の心理にぴったりするような役柄は見つかるかね？」

「その点は大丈夫です」

「彼女は昨夜――わしのことをなんとか言っていたろうか？」

「言ってましたよ。彼女は、あなたのことを〈キャッツ・ピジャマ〉（すばらしい人物）だって考えているようですよ」

「キャッツ・ピジャマだって？　そうか。リジム君、いよいよ大事業に着手だ。大事業に！　いそいでくれたまえ！」

わたしはベリンダに会うことにしていたレストランへかけつけた。彼女はひと晩ですっかり落ちつきを身につけたように見えた。

「リジムさん、こんにちは！」

「ああ、きみ、映画スタジオってところは、世界で最大の民主主義《デモクラシー》が存在するところなんだ。これからは、ぼくのことをチャーリーと呼んでもらいたいな」

「ええ、そうするわ。あたし、何しろ単純なんだから。それできっと、お料理が好きなのね。マハウンドさんはどうしていらして？」

「ベリンダ、マハウンド氏はきみのことで夢中だよ」

「ねえ、教えてちょうだい。あの人、ほんとうに大プロデューサーなの？」

「最大のプロデューサーだよ。世界じゅうの金をにぎってるんだからね」

「そう。でも、チャーリー、お金で買えないものが一つあると思うわ――少なくともイギリスでは買えないものが。それとも、これ、あたしだけの考えかしら？」

「才能のことだろう。ぼくには、きみの考えてることがちゃんとわかるよ、ベリンダ」

「そんなことを言わないで。うちの人たちはみんな考え方が古風なのよ。それで、あたし、ジュリエットをやりたいと思うのだけれど」

「それはたびたび演じられたものじゃないか」

「あたしがやりたいと思うのは、そんなのじゃないわ。ねえ、あたしのために特別に、新しい台本を書いてくださらない？」

「オーケイ。うんと現代化したやつで行こう。キャピュレット家の部屋をニューヨークの高層ビルにあることにするんだ。ロミオはハーヴァード出の若い連邦捜査官だが、ギャングどもの眼をくらますためにエール大学出身者に変装させる。そして、ラストは両家の和解というハッピー・エンドに仕組むのだ。ところで、例のバルコニーのシーンを作り上げるためには、ロミオを熱心な登山家としなければならない。なにしろ、場所が摩天楼の上だからね。それから、名前もロミオとしないで、ドンとする」

「それじゃ、ロミオとまるでちがったものになってしまわないこと？」

「うん、だけど、シェークスピアだってこう言ったのを知ってるだろう。〈なぜあなたはロミオなの？〉

“Wherefore art thou Romeo?”って」

「あら、それを言ったのは、ジュリエットよ」

「まあ、いずれにしても、それはいろいろ疑問があったことを示していると思うね」

「そうよ。あたしもいまそのことを考えていたところだわ。チャーリー、あなた、シェークスピアに関する本を書いて、その中にあたしの考えを発表しなさいよ。あたしもそれに署名するわ。あたし、平凡な女優になりたくないんですもの」

「大丈夫、なりゃしないよ。じゃ、マハウンド氏のところへ行こう。彼はきみに夢中なんで、待ちくたびれているにちがいないよ」

「あの方、ほんとうに、大プロデューサーなのね？」

「そうだよ。でも、ひと言だけ耳へ入れておきたいことがある。（ああ！　その耳のなんと貝に似ていることよ！　まるで美しい、バラ色の貝ではないか！）それはだね、きみには才能があるということを、決して忘れてはいけないよ。昨夜は、まだきみは一つの発見にすぎなかった。だが今日は——すでに昨日のきみではなくなっている。きみは急速に進歩している。だから、考えを大きくもつんだ。そして、誰にもきみの行き方を拘束させないようにするんだ。マハウンド氏にもね」

「させないわ。あたしの芸術のためですもの。芸術は神聖よ」

「すてきだ！」

二人がマハウンド氏の部屋へはいっていくと、彼はベリンダの両手をにぎりしめて、言った。「あなたのように実に美しい婦人《レディー》が、一介の貧しい老映画人を訪ねて、ビヴァリー・リッツの小さな隠れ家に来てくださるなんて、なんてすばらしいことでしょう！」

「ニッキー。チャーリーはあたしにうってつけの役を考えてくれましたわ。いままでにないジュリエットの役ですの」

「それはすばらしい。誰かロミオ役者の心当たりがあるのかね、リジム君？」

「ええありますよ」

「その人は摩天楼の壁をよじのぼらなければならないのよ、ニッキー。あたしのために、バラの花を持って、バルコニーのシーンをやるために」

「ハリウッドの主だった男優でそれをやってのけられる者が、いるだろうかね、リジム君？　みんなそれほど若くはないだろう」

「大丈夫。彼らはどこへでものぼりますよ。それでですね、その役を生かすにはジャンヌ・ダルク的な味をもたせなければいけないと思うのです。彼女がニューヨークを救うということにするんですよ」

「何から？」

「ギャングの一味からですよ。そこで、いいですか、ここが大事な点ですが」

「なんだね、いったい？」

「実弾を使うのです」

「ああ、リジム君！　ちょっと、待ちたまえ！　どんなゲームにだって、ルールというものがあるのだ。わしでさえ――」

「しまいまで聞いてください」とわたしは叫んだ。「この役にはどうしてもそれが必要なのです。ねえ、そうだろう、ベリンダ？　もしこのことで彼女を失望させるようなことがあったら、彼女だって本気でこの役を演じる気にはなれないでしょう」

「ニッキー、あたしも、実弾を使うべきだと思うわ」

「もちろん」とわたしは主張した。「あなただってセダ・バラが本物の真珠を使わずにクレオパトラの役を演じられたとは思わないでしょう？」

「だけど、コブラは本物じゃなかったろう」とマハウンド氏は、溺れる者がワラをつかむような調子で言った。

　それをひったくるようにわたしは言った。「いいえ、本物のコブラですよ。ただ年寄りで、歯が抜けていただけです。だから、あなたも古い弾丸をお使いになればいい。そして、年寄りのギャングを使うのです。死んだところで、心臓麻痺で死んだことにすればいいですよ」

「きみの言ってることは、どうもあんまり突然で、とても信じられないようにきこえるがね、リジム君」

「信じられぬですって？　待っていてください、立派にセットを作り上げてみせますから」

「たぶんそのセットは寄木張りの床をもつことになる

かもしれんよ」

「へえ、たぶんそうなりますかね」わたしはとたんに元気を失って言った。「こうなっては、たぶん、われわれも空包で間に合わせなければならないかもしれんな。じゃ、ぼくは外へ行って、本物の真珠を買ってくることにしましょう。なぜって、ぼくは、彼女がカーペットにくるまって現われるところを、クレオパトラのタッチで書くつもりですから」

「ああ、そうしてくれたまえ。ベリンダ、どうです、われわれは才能ある作家をもっているでしょう」

「チャーリーは正しいのに、負けて譲歩したのだわ。ねえ、ニッキー、あたしはやっぱり本物の弾丸がほしいわ」

「ちょっと」とわたしは二人に言った。「ぼくはいま言った真珠を買いに行ってきますから、その間に二人でよく話し合ってみてください」

真珠を買って帰ってきたわたしが、ホテルの廊下を歩いてくると、エレベーターがブーンとうなりながら降りてきた。マハウンド氏が、それに乗っていた。彼の唇は「彼女は実にすばらしい！」とつぶやいているように見えた。そしてそのまま降りていってしまった。

しばらくして、彼の部屋へ上がって行くと、ベリンダが一人でランの花をむしっていた。

「これ、まるで金米糖《コンペイトー》みたいね」と彼女は言った。「あたし気がついたんだけれど、あの人にはなんとなく、こう……人を魅するようなところがあるわね。あなたのマハウンドさんのことよ」

わたしは彼女の言葉に中部ヨーロッパ的ななまりのあるのに気がついた。「で、きみの実弾はどうしたね？」

「チャーリー、あたしたちこうすることにきめたのよ——あたしがこの国の都会を〈赤い海軍〉から救うってことに。本物の砲弾を使うのよ」

「そりゃすてきだ、ベリンダ！　ニックはやっぱり大物だよ。彼は白人だし、大きな背景をもっている。ぼくだって、もし自分が女だったら、彼に惹かれるだろう。しかし、このことだけは忘れてはいけないよ。きみは才能のある人間だってことをね。そして誰にもきみのスタイルを束縛させないことだ。きみには大きな将来があるんだからな、ベリンダ。きみはいま富と金につつまれていると考えるかもしれない。が、きみがそのスタイルを誰にも拘束されなければ、そんなものはきみの将来にくらべてヒヨコの餌みたいなものなんだからね」

「まったくね、チャーリー。それこそあたしの芸術なんだわ。神聖なものなんだわ」

その晩、わたしはマハウンド氏が一人でいるところをたずねた。

「彼女はすてきだね、チャーリー！　だが――しかし――」

「なんですか？」

「彼女は砲弾のことできみに何か言ってたかね？」

「言ってましたよ。あなたが砲弾のことを彼女に話したって」

「たぶん、わしは話したかもしれん。感動のあまりにね。しかし、チャーリー、それは無茶だよ、チャールズ、本物の砲弾なんて！　きっと、面倒なことが起きるぞ。わしは法廷に引っぱり出されるのはいやだよ」

「何がそんなに心配なのですか？」

「映画産業に対するわしの野心のことを考えて、心配しているんだ。それからだね、チャールズ、正直言って、わしはきみの台本も気に入らないのだ。ゆるしてくれたまえ。立派な台本だとは思うのだが、気に入らないのだよ。問題は金がかかりすぎるということだ」

彼は、わたしと視線を合わせるのをさけた。わたしには、彼がその金力の無限でないことを恥じているらしいのが、ありありとわかった。この種の虚栄心《みえ》が契約者の一方に見出される場合には、他方としてはやりやすいことを思い出した。そこでわたしは彼を扇動した。「わたしはあなたが世界じゅうの金をにぎっているものと考えていましたよ。その点であなただけは確実だと思っていましたね。ご存じでしょう、俗に世間では、〈悪魔のように金持ち〉というくらいですからね」だが、彼は自分が一匹の悪魔にすぎないと率直に言うことには耐えられなかったらしい。彼は、予算は予算なんだから、といったようなことを口の中でつぶやいた。

「では、西部劇を書いてもいいですよ」とわたしは皮肉に言った。「本物の馬は買っていただけますね？」

「ああ、いいとも。本物の馬はすでに買ってあるよ、リジム君」

「おそらくそうでしょうな。よろしい、さっそくとりかかることにしましょう」

翌日、わたしは、朝早くベリンダを電話口に呼び出した。

「きみ、われわれの台本は、こっぴどくやっつけられたよ。それで、ぼくはいま、きみのために小さな田舎町を背景とした時代物を書いているところさ。こんどのきみは、顔のかくれる例の大きなボンネットをかぶるのだ」

「チャーリー、そんなことを言わないでちょうだい！あたし、大きな真珠をつけて、カーペットにくるまって出てきたいわ」

「真珠はやめることにしたんだよ。財政が傾斜してきたんだ。きみの実弾だってもちろん中止さ。そこで、きみと馬ということになったわけだ」

「チャーリー、書いちゃだめよ。あたしがニックに会うまで待ってちょうだい」

昼食後、わたしは電話でマハウンド氏のところへ呼ばれた。ベリンダがいたが、頬を上気させ、顔じゅうを輝かせていた。

「本物の砲弾よ、チャーリー！」

「それから鐘ということにね、チャールズ。ベリンダとわしは結婚することになったのだ。ねえ、ベリンダ、そうだろう？」

「そうよ。そしてあたし本物の砲弾を手に入れるのよ」

「ついでに、本物の軍艦もだよ」と、わたしは言った。

「アイディアとしてどうかね？　ぜひぼくの台本にそいつを書きこまさせてもらいたいな。戦艦群がドカンドカンと発砲しながらハドソン河をさかのぼってくる、なんてすばらしい場面じゃないか！　花嫁へのぼくのプレゼントだよ」

「ニック、この人の言うこと聞こえて？　ねえ、チャーリー、それ書いてちょうだい！　本物の戦艦よ！」

「おい、きみ、チャールズは冗談を言ってるんだよ。彼は発砲のことでは冗談が好きだからね。そんなことよりも、きみとわしは――結婚式のことでも話そうじゃないか」

「オーライ、ニッキー。あたしたちはニューヨークへ飛んで、そしてすぐ〈街角を曲がった小さな教会《リトル・チャーチ・アラウンド・ザ・コーナー》〉（マンハッタンの五番街と二十九丁目の角を曲がった所にある教会）へ行きましょうよ」

「なに、町角を曲がったところにある小さな判事事務所《リトル・ジャッジ》と言ったのかい？」

「あら、いやだ、リトル・チャーチと言ったのよ」

「そりゃ、われわれには向かないね。われわれには、やっぱり判事の前で静かに結婚式をあげるほうが向いているよ」

「なんですって？　あなた、あたしをなんだと思っていらっしゃるの？　あなたの家財道具とでも――あなたの奴隷とでも、思っていらっしゃるの？　あたし映画スターなのよ、それともそうじゃないの？」

「そりゃスターだけれど、立派な奥さんでもあるのだ。そうだろう、きみ。自分が単純な女だってことを忘れちゃいけないよ。小犬と――クッキーの好きなきみ！　ねえ、チャールズ、彼女のファンは、彼女に理想的な可愛らしい奥さんになってもらうことをのぞんでいるのじゃないかね？」

「それはわかってるわ、ニッキー。でも、あたし、まだ奥さん役に対して署名《サイン》していないのよ。署名しないうちは、あたしどんな役も演じないつもりよ。うちのお母さん《マミー》は、娘というものは奥さんになる前から奥さんのような心がけをもたなければいけないって言ってたけれど、マミーは昔かたぎだから、そんなことを言ったのだわ。うちの人たち、どうしてあんなに旧式なんだろう？」

「わしも旧式だよ、ベリンダ」とニックは言った。「だから、〈リトル・チャーチ〉へなんか行かないよ。そんなことをすれば、わしは床板をぬいて沈んでしまわなければならんよ。ねえ、ベリンダ、だからわしたちの結婚は、判事のところにしてくれ。そうすれば、わしも予算をいくぶん浮かせることができるだろうから、きみに軍艦の一隻や二隻手に入れてやれるかもしれんよ」

「それならいいわ。約束したことを忘れないでちょうだいね」

「やれやれ助かった！　なんて仕合わせなことだ！」と彼は叫んだ。「これこそ本物の幸福というものだ！　さあ、すぐ出発しよう」

わたしは彼が航空会社に電話をかけている間に、小声でベリンダにささやいた。「リンダ、きみの威信を忘れちゃいけないよ。そして、充分長い蜜月をすごしてきたまえ。少なくとも二カ月ぐらいはね。さもないと、世間はきみの魅力に何か欠陥でもあったように考えるかもしれないからね」

「まったくね、チャーリー、そうするわ」

そこで、二人はユマに発って行った。数週間後に、わたしは次のような電報をうけとった。

『金曜日に帰る。ニックとリンダ』

すると、すぐつづいて、もう一通とどいた。

『機密。ぜひ、代わりの台本の筋書きをたのむ。西部もの、南洋もの、または、素朴な自然を背景としたもの、いずれにてもさしつかえなし。機密厳守のこと。ニック』

あれこれと考えたのち、わたしはかつてメーベル・ノーマンドを有名にしたような種類の相当ユーモラスな田園物語を書き上げた。これはおそらくベリンダに は気に入るまいと思ったが、わたしはまだ契約中なの だ。命令は命令だった。

わたしは二人を迎えに空港へ行った。ベリンダがさきに飛行機から降り、すぐ記者たちに包囲された。良《おっ》人《と》、小犬、クッキーといった言葉が、きこえた。

「チャールズ」とマハウンドがささやいた。「ちょっと耳をかしてもらいたい。例の筋書きはできたろうか？　電報でたのんだ台本の下書きだよ」

「できてますよ。だけど、どうしたんです？　本物の戦艦はうまく逃れたんですか？」

「チャールズ、彼女は本物のニューヨークを欲しがっているんだよ」

「それは！　それは！　でもご安心なさい。ぼくは農場物語を書いておきましたから。彼女には本物の縞の靴下をはいてもらいましょう」

「彼女の考えは大きいんだよ。本物のニューヨークのあとで、それじゃ、がっかりするかもしれんな」

「ご心配なく。すぐホテルへいらしてください。万事用意をととのえておきましたから。ぼくは夕食後うかがいます」

その晩、わたしは二人に会いに行った。部屋にはいると同時に、このロマンティックな世帯にふさわしくない空気をなんとなく感じた。マハウンドは眉をしかめて請求書の山をにらんでいた。

「きみはずいぶんめずらしいランをたくさん買いこんだものだね。チャールズ」と、彼はいかにも心配そうな調子で言った。

「あなたとリンダのためには、どんなによくしても、よすぎるということはないですからね」と、わたしは笑いながら言った。「あなた方二人は、映画におけるぼくの最大の親友なのだから」

「そうかもしれんが、この支出高では、それも割引きされてしまうよ」

「そら、またはじまったわ、あなた」とリンダが叫んだ。「この人、すっかりけちで、しみったれになってしまったのよ。チャーリー。ニューヨークをあたしに買ってくれるだけの余裕がないって言うの。爆撃シーンのためによ。あたしがそれを救う場面を撮るためによ。ボール紙の山の前じゃ、あたしお芝居ができないわ。そのことをこの人によく話してくださらない、チャーリー」

「ベリンダの言うことにもたしかに一理ありますよ、ニック」とわたしは言った。「しかしね、リンダ、ぼくはきみのために、新しい台本を書いたんだよ。こんどのは愛らしい役でね。舞台は農場。鳥が歌っている。もちろん本物の鳥だ。鶏も本物だよ。きみが穀粒をまきながら現われる。喜劇的な靴下をはいてね。これも本物の靴下だ。本当の喜劇だよ」

「ニック、これはどういうことですの？　あたしの帰りを迎えるための、悪い冗談なの？」

「まあ、お聞き、リンダ」とニックは言った。「作家には、チャンスを与えるもんだよ。彼はこの物語には心血を注いでいるのだ。さあ、さきをつづけてくれたまえ、チャールズ」

「それは本当だよ、リンダ。この劇には笑いもあれば、涙もある」

「笑いですって？」

「きみが、カスタード・パイで猫をなぐりつける場面だよ。それも本物の――」

「ちょっと、その次にはいったいどんな役をあたしに振るつもりなの？　道化役？　ごめんだわ。あたしやめるわよ」

「農園におけるジャンヌ・ダルクだよ」

「ジャンヌ・ダルクはカスタード・パイなんか食べやしなかったわ」

「ジャンヌ・ダルクは、お前、もっと悪いものを食べて、牛の乳しぼりをやったもんだよ」と、ニックが言った。「わしはそこにいたんで、よく知っているが……」

「あなたがいたってのは、どういうことなの？」とベリンダが叫んだ。「もうあたしに向かって嘘をつきはじめたのね。あたしすぐリノへ飛ぶわ。でも、やっぱりやめておこう（リノはネバダ州にある離婚裁判所で有名な観光都市）。あなた、ユマでわたしとどんな契約をしたか忘れてないでしょうね。どんな台本でも、あたしがオーケイしなければ、なんにもならないのよ」

「わかったよ、お前。チャールズはお前がきっと好きになるような台本を書いてくれるよ。例えば、お前が、舞台に立ちたくって夢中になっている若い娘に扮するというようなものをね。そして、お前はあるパーティーで、ジュリエットの科白《せりふ》をやってみせる。たまたまそこに一人の大プロデューサーが来ている、といった筋だ」

「でも、彼は書いてくれないわ」

「いや、書くよ」

「いいえ、書かないわよ。断言してもいいわ」

「いや、書くよ」とマハウンドは言った。「すてきな台本をね。全世界を熱狂させるような役をね。本物の世界をだよ。ねえ、やってくれるだろう、チャーリー？」

「さあ、実際問題として、ぼくは」とわたしは言った。「書かないでしょうね」

「なんだって？」

「時計をごらんなさい。十二時を打ってるのがきこえませんか？」

「それがどうしたというんだ？」

「ねえ、ニック」とわたしは言った。「ちょうど二カ月ですよ、今日で——いや、いまはもう昨日になるわけだが——最初のオプションの更新期限は切れたんですよ。うっかりしておられたんだろうと思うが、とにかくぼくはもう自由なんですからね！」

「畜生！　わしは床の下に沈んでしまうぞ」

「ニッキー、あなたは、あたしにニューヨークの芝居を書いてくれるような作家と契約すべきだと思うわ。あたしの小犬たちのためにも役をふってくれるような」

「きみの犬どもは死んでしまったよ」とわたしは彼女

に告げた。「きみのクッキーを食べてね」

「ああ、チャーリー！　可哀そうなあたしの小犬たち！」

「わしは床の下へ沈んでしまいたい！」とニックはつぶやいた。「オプションのことでしくじるなんて！」

「まったくだ」とわたしは言った。「あなたはしくじったのだ。さっさと沈んでしまうがいい！」

「うん、沈むとも」と、彼は床を踏みならしながら叫んだ。

　そしていきなりベリンダをつかまえたかと思うと、ドーンと異様な音がして、二人は床の穴から真下へ消えて行った。

　わたしは小さなランの花を一つつまんで、胸のボタン穴にさし、それからナイトクラブへ出かけた。

　翌日、わたしはマリブへ帰った。

# 少　女

The Tender Age

レンヴィルさん、あんたのように世界を旅してまわられたら、どんなに楽しいでしょうな！　ここに半年、かしこに一年——というぐあいに、たえず移動して行く！　われわれなどは犬小屋につながれた番犬みたいに、「永遠の徘徊者」を近づけまいとして、週に一回、力の限りほえ立てながら、自分の教区にしばりつけられているのですからな。

でも、ドッドさん、わたしはこんな土地ならしばりつけられても構いませんね。いや、しばりつけられたいですよ。誰だって放浪には疲れるものです。わたしはこの土地に永久にとどまることができたら、と思っているのですよ。

これ、パトリシア、自分の椅子におもどりなさい。レンヴィルさんは小さい女の子の相手をなさるためにうちへ来られたのではないのですよ。お前のお父さんやお母さんとお茶をのんでお話をなさるためにいらしたのですよ。

だって、お母ちゃん《マミー》、あたしレンヴィルさんといっしょに坐りたいわ。いいでしょう？

パティキンズ、お母さんの言葉がきこえたね。さあ、お前の席に坐って、お前がどんなにお行儀のいい子か見せておくれ。

ああ、でも、ドッドさん、わたしのために小さなお子さんをこまらせないでください。

いや、家内はなんでも子供に言うことをきかせたいらしいのですよ。その点では、わたしのほうは少し手ぬるいらしいです。ところで、われわれは何を話していたのでしたかな。ああ、そうか。あなたは本当に、ここに永住したいと思われるのですか？　そうなれば、われわれもありがたいですね。というのは、ここは、この地方でも特別さびしい場所でしてね。われわれのような人間は、ほんの少数しか住んでいないのです。いや、農民や小屋住まいの連中さえ、かぞえるほどしか住んでいないのですよ。

ドッドさん、わたしも、この土地にとどまることができれば、とても仕合わせなのですがね。わたしはずっと前から、どこかで家庭をもちたいとのぞんでいたのですが、いつも何かが突然起こって――それを突発的衝動とお呼びくださってもけっこうですが――一瞬の間にわたしの計画は変わり、そこを立ち去らなければならないことになってしまうのです。

移動！　絶えざる移動ですか！　だが、そのために、あなたは世界じゅうを見て来られたのでしょう。あらゆる種類の土地、あらゆる種類の人間をね！　熱帯地方では、きっと野蛮な原住民にも会われたにちがいない。わたしはふだんからあいつらには興味をもっていましてね。あなたはたぶん食人種にも――？

ええ、もちろん、会いました。もっともああいうやつらは熱帯だけではなく、どこにだっていますよ、熱帯だけではないのです。また食人種や食人の風習も――でも、そういった問題については、わたしは権威者ぶるつもりもなければ、その資格もありません。それよりも正直言って、わたしはもう、熱帯も、諸外国も、たくさんなのです。イギリスの田舎はまったくこたえられないですね。そのうちでも、ここの丘や森はなんてすばらしいのでしょう！　わたしが考えている天国とは、このような園です。これこそ、わたしが住みたいと思っている土地ですよ。

パッティー、さっきお話ししたでしょう、レンヴィルさんのお膝の上にのってはいけないって。レンヴィルさんはお膝にはい上がられたり背中によじのぼられたりするために、ここへ来られたのではないんですよ。レンヴィルさんが小さい女の子をお好きだなんて、お前にわかるわけがないでしょう？　誰でも子供が好きとはかぎらないんですよ。ことにお行儀の悪い子のときはね。

ああ、でも、わたしは好きですよ、奥さん！　わたしほど小さな女の子が好きな人間はいないだろうと、思っているくらいです。幼い女の子というものは、まったく可愛らしいですな。

マリー、お前は少し騒ぎすぎると思うよ。お客さまが別にかまわないと言われるのだから、まあ、その言葉を信じさせていただこうじゃないか。レンヴィルさん、パッティーはあなたがとても気に入ったらしいのです、この子がこんなに人の膝にのりたがるなんてことは、めったにないんですよ。

ジョージ、あなたは、そんなことを言って、レンヴィルさんを、俗に言う動きのとれない立場に追いこんでいるんですよ。レンヴィルさんが、この子はうるさくてかなわないなんて、面とむかっておっしゃれるとでも、思ってるんですか？　レンヴィルさんは礼儀正しい方だから、そんなことはおっしゃらないのですよ。

奥さん、言う必要のあるときは、わたしだって言うかもしれません。でも、この場合はちがいます。わたしはほんとに、幼い女の子は――ことに六、七歳の子は、可愛らしいな、と思うのです。

レンヴィルさん、わたくしたちはご承知のようにこんな田舎者でして、一部の人にいわせますと、無作法なほどあけすけな人間でございます。ですから、あからさまに申し上げますが、この前あなたがおいでになったとき――それとも、あなたが主人と道でお会いになったあと初めておいでになったときでしたか――わたくしは気づいたのでした。いま考えてみますと、それはやっぱり、最初のときだったと思います。というのは、この前の火曜日には、たしかパッティーは家におりませんでしたから。まあ、それはどっちにしましても、この子はあなたにお会いする早々、からみつきはじめましたが、そのときあなたはなんとかしてこの子を遠ざけようと苦心していられるように、わたくしには見えました。この子があなたの膝によじのぼろうとしたり、抱きついたり、からだをすりつけたりすると、あなたはあわててそれを避けようとしておられるのが、わたくしの眼にはっきりわかりました。あなたはとても狼狽していらっしゃるようでしたわ。

ねえお前、ぼくは本当のことを言うが、お前はいろんなことを想像して、せっかくのお客さまを困らせているると思うよ。もしレンヴィル君が、何かそれに似た気持ちを少しでももっているとしたら、きっと率直に言ってくれるだろうし、そうすれば、パッティーだってあきらめて、おもちゃ遊びでもするにちがいないよ。

それはわかってますが、でも、たくさんの人のなかには、子供はきらいだと言うのを、ためらう方だってあるもんですわ。それは、邪《よこしま》な心のしるしだとよく言われるんで――

レンヴィル君は決してそんな偏見にとらわれた人じゃないし、われわれのこともそんな人間じゃないと信じておられるにちがいないから、そんな臆測をするのはやめたほうがいいよ。なるほど、小説家や映画の脚本家たちは、悪人を描く場合、その人間を子供嫌いや動物嫌いにするのが、楽で効果のあることを知っている。それで、作者はそいつに犬を蹴とばさせたり、子供をなぐらせたりするのだが、これが一般の誤解を強めることになったというわけさ。以前この村にそうした作家の一人が滞在していたことがありましてね、レンヴィル君。その人がいろいろ説明してくれたのですが、とても面白かったですよ。子供と犬と、それから猫。でも、猫はそれほど効果がないかもしれないな。なぜって、世の中には猫をおそろしがる連中がかなりたくさんいますからね。たとえば、ネルソン卿がそうだったし、ほかにも各方面の有名人でそういった人は少なくありません。でも、ジョンスン博士は猫を非常に愛していたらしい。

ジョンスン博士は教会の偉大な支持者でしたが、いまあなたのおっしゃるところによると、大の愛猫家でもあったわけですね。

そうなのです。おそらくわたしとしてはその第一の点に対して感謝すべきかもしれないのですが、どうもわたしはこの立派な博士が好きになれないのですよ。博士が愛猫家だからといって、わたしのこの意見は今後も変わらないでしょう。レンヴィル君、あなたがジョンスン博士の大讃美者だったら、許してください。そしてわたしのことを冒瀆者だと考えないでください。

いやいや、ドッドさん、決してそんなご心配はいりませんよ。わたし自身、ジョンスン博士にはどうも親しみが感じられないのです。たしかに巨大な人物ではありますが、たとえ博士と同時代に生きていたとしても、ぜひ会いたいとか、好きになるとかいった偉人の一人ではありませんね。わたしは博士の食習慣のことを初めて読んだとき、とても不快を感じたのです。飢えた食人種か獣のように、食べ物の上に顔をくっつけ、額に青筋を立てながら、ガツガツむさぼり食っている男のことを考えると、わたしはまるで誰かに自分の墓の上を歩かれでもしているように、いまでもブルブルッと身ぶるいをおぼえるのです。奥さん、わたしの話し方があまりになまなましくて不快なお気持ちを与えたら、お許しください。わたしはただ本で読んだことを、ほとんどそのまま引用したのですから。

いいえ、レンヴィルさん、わたくしはそんなに簡単に身ぶるいはいたしませんから、ご安心あそばして。あなた方のように、敏感な人間ではないのです。もっと鈍感な、実際的な、家庭の女なのです。でも、それはそれとして、どうぞ率直におっしゃってくださいませんか――くっついたらなかなか離れない小さな指にまつわりつかれたり、抱きつかれたりすることが、あなたにはほんとにご不快じゃないのでございますか？なぜって、パッティーがはじめてあなたのお膝にはいのぼったとき、わたくしは、あなたがいまおっしゃったようにブルブルッと身ぶるいなさったのを、たしかに見たような気がいたしたからですわ。

ええ、わたしは家庭の男ではありませんし、ご承知のように結婚もしておりません。それがわたしをいくぶんぎごちなくブキッチョにしているかもしれません。が、正直言ってわたしは小さな女の子が何よりも大好きなのです。六、七歳の少女――その年ごろの少女は、わたしにはまったく完全無欠なものに見えるのです。すでに形は出来上がっていながら、まだ新鮮で、みずみずしく、なんともいえない可愛らしい姿をしている。彼女らはまだ痩せる段階、ひょろ長くなる段落には達しておらず、そのまま人の心に解けこむようなおもむきがあります。

では、小さい男の子は？　あなたは小さい男の子も同じようにお好きですか？　わたくしたちはもちろん、パッティーをもうけたのが最初ですが、パッティーに小さな弟ができたらどんなにいいだろう、とよく思うのですけれど。

奥さん、わたしは男の子も好きですが、近ごろの男の子は漫画だのカウボーイの絵だのに影響されて、とてもタフで相手になりません。わたしの膝の上にいまのっている小さなお嬢ちゃん――このような少女にまさるものをのぞめるとは、思いませんね。

パッティー、レンヴィルさんはお前をそれほど気にはなさらないらしいよ。だから、レンヴィルさんがお前をお下ろしになるまで、そのままのっていてもいいですよ。

マミー、あたし、レンヴィルさんがあたしを好きなのを、ちゃんと知ってるのよ。ずっと前から知ってるのよ。はじめてお客さまに来た日に、レンヴィルさんはあたしの耳に小さな声でささやいたんですもの。あたしを食べちまいたいって――

奥さん、わたしは何があなたを惑わしたかわかったような気がしますよ。わたしはときどき神経的痙攣を起こすんです。突然ドキッとして身ぶるいにおそわれることがあるんです。ほんとなんですよ。自分ではちゃんと気がついているんですが、しかし、よほど注意して見ていないと、ほかの人にはわからないかもしれません。ひどく興奮した人とか、高い才能をもった人には、これに似たことがよく起きるらしいですね。ネルソン卿の猫嫌いなども、その一つじゃないでしょうか。ドッド氏には、非常に音楽的才能にめぐまれたいとこさんが一人おありですが、この人などもときどき不意に椅子から立ち上がるのですよ。

レンヴィルさんは、小猫が好き？　小さな女の子と小猫と、どっちが好き？

もちろん、女の子のほうですよ、パトリシア。わたしは猫は大嫌いですよ。

ウサギよりも女の子のほうが好き？

ええ、もちろん。ウサギも可愛いけれど、でも小さな女の子のほうがいいですね。

ここにはウサギがたくさんいたんだけれど、みんな悪い病気で死んじまったの。いまでもあの丘の上の大きな森には、一匹住んでるらしいんだけど、お父ちゃ《ダディ》んはあたしをそこへつれて行ってくれないの。

パッティー、お前はひまさえあると森へ行きたがってお鼻を鳴らしているのね。でも、ダディーは教区の面倒も見なければならないし、お説教の原稿も書かなければならないので、そんな暇はないのよ。それに、ここにはもう一匹もウサギはいないって、ダディーも言ったでしょう。

レンヴィル君、ここに落ちつくときまったら、いま住んでいるあの家に、これからもずっとお住みになるつもりですか？

いや、そんなつもりはありません。たぶんもう少し広い家をさがすことになるでしょう。もちろん、どうなるか、将来のことはわかりません。人間の計画というものは、ちょっとの間に変わるものですからね。でも、わたしはこんどこそわたしの定住計画を妨げるような何ごとも起こらぬようにと心から希望しています。

もう突発的衝動に動かされるようなことはないでしょう？　もしそれが避けられれば、われわれとしてもうれしいですがね。放浪癖――たぶんあなたならそう呼ばれるだろうと思うが――つまり、たえず動いて行きたい熾烈な欲望――それですな？

ドッドさん、わたしはこう思うのです。それは宿命の問題ですよ。あなたはそれを欲望の一種として説明されるかもしれませんが。

レンヴィルさん、おじさんに小さな女の子があったら、森へつれて行ってあげる？

ええ、そりゃ、つれて行ってやりますよ。わたしはお説教を書けるほど利口ではないから、あなたのお父さんよりも暇がある。それに女の子をつれて森へ行くのは、とてもたのしいでしょうからね。

あら、教会の時計が六時を打っていますわ！　インドではこれを〈日没の大砲〉と呼んでいるそうですね。わたしたち、お茶をのんでからもだいぶたちますのね。レンヴィルさん、シェリー酒を一杯いかがですか？　フランスで言っている、アペリチフに？

いや、けっこうです、奥さん。わたしは要りません。それに、もうとっくにおいとましなければならない時刻ですから。今晩はこれで失礼します。七時までに帰りませんと、台所でとても大きな声でぶつぶつつぶやくのを聞かなければならないのです。ドッドさん、いろいろご親切にしてくださって、感謝のほかありません。おふた方に心からお礼申し上げます。突発的衝動を必ず抑えるように努力します。パトリシア、お別れのキスをさせてくれる？

マミー、あたしレンヴィルさんをそこまで送って行ってもいい？　森のそばまでいっしょに行ってもいい？　だって、森の中をちょっとのぞけば、大きなウサギが見られるかもしれないんですもの。

これ、パッティー、パティキンズ！　レンヴィルさんは、もう充分以上にお前のお相手をしてくださったんだよ。いいかげんでおやめなさい、無理なことを言って、レンヴィルさんを困らせるのを――

奥さん、わたしには、それがむしろたのしいのですよ。わたしにとってそれがどんなにたのしいことか、あなた方には見当もおつきになりますまい。しかし、森のはずれまではここから少なくとも半マイルあります。それにもどりが半マイル。このぽちゃぽちゃした小さな足では、その道のりの半分も行けないことはたしかです。ねえ、パトリシア、あんたにはまだひとりでおうちへ帰ってくることはむずかしいですよ。

大丈夫よ、あたしできるわ。だって、いつも村まで歩いて行くんですもの。村は森よりも遠いでしょ。それなのに、あたしいつも歩いて行って、帰りも歩いてもどってくるのよ。ダディー、行ってもいいでしょう？　ねえ、レンヴィルさん、マミーにたのんでちょうだいよ。

まあ、パッティー、それじゃまるで鼻声と、甘ったれと、かじりつきをいっしょにしたようなものじゃないの。レンヴィルさんだって、小さな女の子にそんなふうにからみつかれたら、どうしていいかおわかりにならないにちがいないわ。お前はレンヴィルさんの首をしめているんですよ。レンヴィルさんは息もほとんどおできにならないわ。

おい、マリー、わたしたちは、今晩はどうもパッティーのことでやきもきしすぎているように思うな。この子はひとりで歩いて帰ってこられるよ。それに、レンヴィル君は、少しも迷惑じゃないと言っておられるんだ。まだ外は明るいのだし、この附近には山賊も狼も出たことがないのだから、三十分もしたらもどってきて、夕食には充分間に合うだろう。これから三、四十分間は、お前が一番忙しいときだし、この子が一番足手まといになるときだから、行かしてもいいんじゃないか。

そうね、ではレンヴィルさん、ほんとうにご迷惑でないのでしたら、こちらはけっこうでございますわ。わたくしはただ、パッティーがあなたの重荷にならなければいいがと、それだけが心配なのでございます。わたくしたちはあなたがこの土地に定住なさることを心からのぞんでおりますので、この子があなたに突発的衝動とやらを与えることにならないように、祈っております。

ああ、それはですね、奥さん、それは運命の問題——運命の問題ですよ。人間は誰も自分の宿命をのがれることはできないのです……さあ、わたしの可愛らしいパトリシア、いっしょに出かけましょう。そして時間があったら、森の中をちょっとのぞいてみましょう。

ほんと？　レンヴィルさん。あたしたち、きっと大きなウサギに会えるわよ。マミー、バイバイ！　ダディー、バイバイ！

パッティー、グッドバイ！　パトキンズ、グッドバイ！　レンヴィルさん、さようなら！

# デミタス・コーヒーのごとき味わい

文芸評論家
結城信孝

ジョン・コリアで思い出すのが、いまから三十年ほど前に数名の友人を相手にわたしが語り続けた〈奇妙な味の異色短篇〉のいくつかである。

その当時、仕事仲間でもあった彼らと食事をともにした折、何かの拍子にスタンリイ・エリンの「特別料理」（早川書房『特別料理』所収）のさわりを話しはじめたところ予想外の関心を集め、懇願されるままにオチまで洩らしてしまった。

ちょうど夕食の時間だったことも、効果を発揮した要因かもしれない。

こんなに不気味で残忍だけど、ユーモアのあるしゃれた小説が存在するなんて……その場にいた全員が驚きの表情でエリンの短篇を絶讃し、別の機会に集まった時にも「特別料理」の一席を再度リクエストされた。

口下手な人間が語っても、その面白さが伝わるくらいであるから、エリン作品の力は無限大といってもいい。

そのうち友人の多くから「特別料理」以外にも、何か面白いものはないのかと請われたので、今度はロアルド・ダールの「南から来た男」（ハヤカワ・ミステリ文庫『あなたに似た人』所収）を取り上げることにした。

いわば新作を披露したわけだが、エリンの作品よりもラストがより強烈なぶん（あくまでも聞き手側にとってだが）、こちらのほうが受けた。

ライターが出てくる場面になると、実際に手持ちの百円ライターで着火しながら一回、二回とカウントするほどサービスして見せたため、よけいに臨場感が増したのかもしれない。

臆面もなく芸人気取りだった二十代の風景を思い起こすと、恥ずかしい気がする。これも作品の魅力に負けたからであろうか。

友人たちのリクエストはエスカレートする一方で、限度がなかった。

いったんぜいたくな味をおぼえると、さらに別の珍味がほしくなるのは当然の心理で、こちらも覚悟を決めて大量の仕込みをはじめる。次から次へと、手当たり次第に異色短篇を読み漁った。

マルセル・エイメ、シオドア・スタージョン、チャールズ・ボーモント、シャーリイ・ジャクスン……いずれも友人たちの期待を裏切らなかったが、とりわけ高い人気を誇ったのが本書『炎のなかの絵』の冒頭を飾るジョン・コリアの「夢判断」であった。

――三十九階建てビルの最上階に住む青年が、同じビル内の二階で開業している精神科医を訪ねる。

じつは三十八日前から毎晩、奇妙な夢を見るんです。ビルから落下する夢で、昨日なんかついに二階まで落ちて行き……そう、まさに先生が今いるこの部屋が見えるところにまで落ちたんですよ。それでわたしの稚拙な口演ぶりにもかかわらず、みんな身を乗り出すようにして話に聞き入ってくれる。もし、その場所が屋内ではなくてビルの屋上なら、間違いなく下まで落ちてしまうかもしれない。そんな心配をするくらい、前屈みの姿勢に見えた。

おそらく判でおしたように規則正しくビルから落ちて行くという構成の妙が、彼らの興味を引いたのだと思う。

毎日かならず青年が夢を見るという現実的な一面と、ビルの上から一階ずつ落下するという非現実的な出来事との絶妙な組み合わせが、この怪談噺のミソであり、またコリアの小説世界最大の長所、特色にもなっている。

それで——に続く部分にさしかかると、何度となく耳にしている話であるのに、男の友人が「キャーッ」という甲高い女性並みの悲鳴をあげたところで、「夢判断」恐怖の一席の終わりと相成る。

「特別料理」にしても「南から来た男」にしてもリスナー（？）を十分に満足させはしたけれど、悲鳴をあげさせる点においては「夢判断」に及ばなかった。

やがて彼らは下手な話しを聞くだけでは飽き足りなくなり、次第に現物に手をのばしたい気持が芽ばえてくる。

ぜがひでも原作を読んでみたいという強い要望に応えるべく、わたしが所蔵していた函入りの〈異色作家短篇集〉第6巻の『炎のなかの絵』は、数カ月にわたって友人のあいだを行き来した。役目を終えて持ち主に返却された時には、ずいぶんと汚れ痛んでいた。

「夢判断」を別格にすると、友人間の評価が高かったのは「記念日の贈物」「死の天使」「ギャヴィン・オリアリー」の三篇だった。

贈物のヘビを間に繰り広げられる夫婦の掛け引きが、周到なエンディングによって鮮やかな幕引きをする「記念日の贈物」。

「死の天使」も夫婦のやり取りが読みどころで、食べ物をめぐって欲望をさらけ出す二人の行く末に……。ブラック・コメディもまた、コリアのお家芸であろう。

「ギャヴィン・オリアリー」は、ノミを主人公に据えている。美女の生血を吸うことに全生涯を賭けた一匹のノミ男の女性遍歴という、とんでもない設定のホラ話。

コリア風ファンタジーの決定的な一作だと思うが、彼のショート・ストーリイの特徴は日常の中の非日常というか、非日常の中の日常というべきか、どの作品にもヒネリが効いていて、手が込んでいる。

短篇小説の要諦は日常の一断面を切り取ることなどと言われているが、コリア作品に描かれるところの日常風景はひとつとしてストレートなものはない。すべてが変化球であり、クセ球という点に価値がある。

そして一話一話が短い。本書に二十もの作品が収められているのも、ひとつひとつが簡潔だからであるが、かといって物足りなさは感じないし、決して薄味ではない。一篇一篇がデミタス・コーヒーのごとく苦くて濃厚な味わいがある。

現在コリアの作品集は『炎のなかの絵』しか入手できないが、かつて『ジョン・コリア奇談集』と題した文庫本二冊が、サンリオSF文庫（のちに、ちくま文庫）で刊行されたことがあり、また多くのアンソロジーにも選出されている。

代表作のひとつである「ナツメグの味」は、小鷹信光編の美酒ミステリ傑作集『冷えたギムレットのように』（河出文庫）、人肉食テーマの『怖い食卓』（北宋社）には、名作のほまれ高い「みどりの想い」が収録されているが、残念ながら新刊書店では購入できない。

現在入手可能なのが、仁賀克雄編『幻想と怪奇―おれの夢の女―』（ハヤカワ文庫NV）所収の「特別配達」。前記「ギャヴィン・オリアリー」に匹敵する短篇で、本書でコリア中毒患者になった読者に勧めたい。

なお、コリアには翻訳された長篇がひとつだけある。一九七七年刊行の『モンキー・ワイフ』（講談社）で、青年とフィアンセの間にメスのチンパンジーが入り、風変わりな三角関係ができあがるという破格の恋物語。奇談の名手ジョン・コリアに恥じない作品に仕上がっている。

コリア・ファンとしては、この『炎のなかの絵』の新装版に続いて第二、第三の作品集と、さらに『モンキー・ワイフ』の新訳刊行を切に望みたい。

二〇〇六年二月

# ジョン・コリア著作リスト

〈長篇小説〉

1 His Monkey Wife; or, Married to a Chimp(1930)『モンキー・ワイフ：或いはチンパンジーとの結婚』海野厚志訳　講談社
2 No Traveller Returns(1931)
3 Tom's A-Cold: A Tale(1933)
4 Defy the Foul Fiend; or, The Misadventures of a Heart(1934)

〈短篇集〉

1 An Epistle to a Friend(1932)
2 Green Thoughts(1932)　五五〇部の署名本
3 The Devil and All(1934)　一〇〇〇部の署名限定本
4 Variation on a Theme(1935)　二八五部の署名本
5 Witch's Money(1940)　三五〇部のみの限定本

6 Presenting Moonshine (1941)
7 The Touch of Nutmeg, and More Unlikely Stories (1943)
8 Fancies and Goodnights (1951)
9 Of Demons and Darkness (1965)　前項の短縮版
10 Pictures in the Fire (1958)　『炎のなかの絵』本書

〈日本で編纂された短篇集〉
1 『ジョン・コリア奇談集』（中西秀男編・訳／サンリオSF文庫）
2 『ジョン・コリア奇談集Ⅱ』（中西秀男編・訳／サンリオ文庫）
3 『ザ・ベスト・オブ・ジョン・コリア』（中西秀男訳／ちくま文庫／前記二冊を再編集したもの）

本書は、一九六一年六月に〈異色作家短篇集〉として、
一九七四年九月に同・改訂新版として刊行された。

炎《ほのお》のなかの絵《え》
異色作家短篇集 7

2006 年 3 月 10 日　　初版印刷
2006 年 3 月 15 日　　初版発行

著　者　ジョン・コリア
訳　者　村《むら》 上《かみ》 啓《ひろ》 夫《お》
発行者　早　川　　浩

発行所　株式会社　早川書房
東京都千代田区神田多町 2 - 2
電話　03 - 3252 - 3111（大代表）
振替　00160-3-47799
http://www.hayakawa-online.co.jp

印刷所　三松堂印刷株式会社
製本所　大口製本印刷株式会社

定価はカバーに表示してあります
ISBN 4-15-208709-9 C0097
Printed and bound in Japan
乱丁・落丁本は小社制作部宛お送り下さい。
送料小社負担にてお取りかえいたします。